FRANCIS DURBRIDGE

Im Schatten von Soho

Buch

Mike Hiltons Tage des Glücks scheinen gezählt. Dem reichen Londoner Börsenmakler mag in seinem Leben bisher alles gelungen sein, nun aber muß er hilflos mitansehen, wie seine Frau nach einem Streit ihre Koffer packt und das gemeinsame Prachthaus in Belford verläßt. Mikes anfängliche Verzweiflung löst sich jedoch schon bald in Luft auf, als er im Londoner Vergnügungsviertel Soho die extravagante Selby Brooks kennenlernt. Sie ist hübsch, elegant und vor allem äußerst reizend zu Mike. Spätestens als Selby ganz in die Nähe seines Wohnorts auf ein Hausboot zieht – angeblich, um in der Wohnung einer kranken Freundin nach dem Rechten zu sehen – hat Mike jeden Gedanken an seine Frau vergessen. Er ist frisch verliebt und wie verzaubert von seiner neuen Freundin. Doch eines Tages, als er sie auf dem Hausboot besuchen will, findet er sie ermordet vor – und ist entsetzt. Bald darauf verwandelt sich sein Entsetzen in herbe Ernüchterung: Der Polizei zufolge war Selby keineswegs das unschuldige Mädchen, als das sie sich ausgab. Sie gehörte einer ausgewiesenen Erpresserbande an und hatte es auf Mikes Vermögen abgesehen. Für Chief-Inspector O'Day Grund genug, Mike des Mordes zu verdächtigen ...

Autor

Francis Durbridge, 1912 in England geboren, veröffentlichte seine Romane zum größten Teil unter seinem richtigen Namen, aber auch in Zusammenarbeit mit James D. R. McConnell unter dem Pseudonym Paul Temple. In Deutschland wurde Durbridge durch die spektakulären Verfilmungen seiner Bücher berühmt. Er starb im April 1998.

Von Francis Durbridge außerdem als Goldmann Krimi lieferbar:

Das Halstuch. Roman (3175)
Melissa. Roman (3073)

Francis
Durbridge

Im Schatten von Soho

Roman

Aus dem Englischen von
Ursula Pommer

GOLDMANN

Die Originalausgabe erschien 1969 unter dem Titel
»The Pig-Tail Murder«

Umwelthinweis:
Alle bedruckten Materialien dieses Taschenbuches
sind chlorfrei und umweltschonend.
Das Papier enthält Recycling-Anteile.

Wiederveröffentlichung Juli 2000

Umschlaggestaltung: Design Team München
Umschlagfoto: Photonica / Nakaoko Tomita
Satz: DTP Service Apel, Hannover
Druck: Elsnerdruck, Berlin
Krimi 3218
Lektorat: Julia Eisele
Herstellung: Max Widmaier
Made in Germany
ISBN 3-442-03218-0

7 9 10 8 6

1

Den ganzen Abend hatte der Reißverschluß an Dellas schwarzem Kleid Scherereien gemacht. Jetzt schien er endgültig festgeklemmt zu sein. Einen schrecklichen Moment lang dachte sie, sie würde überhaupt nicht mehr in der Lage sein, das vertrackte Kleid herunterzubekommen. Ihre Arme schmerzten, als hätte man sie ihr auf dem Rücken zusammengebunden, und sie fühlte genau, wie Max unruhig wurde. Es blieb ihr nichts anderes übrig, als sich mit aller Energie so weit zu verrenken, daß sie die Rückseite des Kleides nach vorne zerren konnte. Endlich konnte sie den Reißverschluß sehen und vollends öffnen. Sie drehte das Kleid wieder zurück und wand sich heraus. Schließlich schien diese Stegreif-Einlage sogar noch eine Art Erfolg geworden zu sein. In den fünf Sitzreihen hinter ihr flatterte ein kleiner Beifall auf. Sie überlegte ernstlich, ob sie dieses Malheur nicht zum festen Bestandteil ihrer Vorführung machen sollte. Eine Striptease-Tänzerin, die aus dem Ablegen ihrer Kleidungsstücke ein Problem macht, wäre etwas absolut Neues.

Sie wandte den Zuschauern ihren entblößten Oberkörper zu. Ihre Schultern zuckten im Takt der Musik, ihr Busen wippte. Aus zwei Metern Entfernung starrte das Riesenauge des Scheinwerfers sie an, immer abwechselnd grün, purpurn, blau und feuerrot. Der Lautsprecher tat einen unschönen Rülpser, dann wechselte das Tonband über zu ›Strangers in the Night‹. Dellas Lächeln blieb unverändert gleich, als sie ihre Tanzschritte dem neuen Takt anpaßte.

Fast hatte sie es geschafft. Jetzt blieb nur noch das kleine schwarze Dreieck als letzte Hülle. Mit schwingenden Hüften wandte sie sich der Seidendraperie zu, die die winzige Bühne abstützte, so daß die Männer einen Blick auf ihre Kehrseite tun konnten. Mit ein paar rhythmischen Auf- und Abbewegungen ging sie auf einen seitlich stehenden Stuhl zu. Um den Theatervorschriften zu entsprechen, mußte sie jetzt, während sie den kleinen Lendenschurz langsam sinken ließ, einen schmalen Streifen aus falschem Leopardenfell vor sich spannen. Völlige Nacktheit auf der Bühne war nur im Zustand absoluter Bewegungslosigkeit zulässig.

Leila, die farbige Tänzerin mit den strammen Schenkeln, wartete bereits in der Seitenkulisse. Die Sache mit dem Reißverschluß hatte Della in Zeitnot gebracht. Es war lebenswichtig, nicht mit der Zeit in Verzug zu kommen, sonst geriet das ganze ausgeklügelte System ins Wanken. Della kürzte deshalb die Szene mit dem Leopardenfell ab, stellte sich in der Bühnenmitte in Pose, ein Bein geziert nach vorne abgewinkelt, und ließ den letzten Stoffrest fallen. Jetzt war es an Max, den Vorhang hinunterzulassen.

»Du mußt gegen den Reißverschluß was unternehmen, Schätzchen«, zischte Max ihr zu, als sie in den winzigen Umkleideraum hinunterstieg.

Sie nickte und schaute auf die Uhr. Es blieben ihr knapp fünf Minuten, um ins ›Paris-Plaisir‹ hinüberzukommen. Sie konnte sich nicht den kleinsten Augenblick verminderter Konzentration leisten. In der kleinen Umkleidekabine lagen nicht nur ihre, sondern auch Leilas Straßenkleider herum. Es galt als unverzeihlich, wenn man seine Sachen mit denen der anderen Mädchen durcheinanderbrachte. In Windeseile faltete Della Bühnenkostüm und Leopardenfell zusammen und packte beides, zusammen mit den hochhackigen Pumps, in die Tragetasche. Dann streifte sie ihre engen Hosen und den Pullover über, schlüpfte in flache Schuhe und war bereit zum Gehen.

Della war seit acht Stunden auf den Beinen, und es blieben

ihr immer noch drei weitere Stunden. Sie hatte sich ausgerechnet, daß sie im Verlauf ihres Arbeitstages insgesamt acht Meilen zurücklegte, während sie ihre Runde durch Sohos Nachtlokale machte. Man zahlte ihr zwanzig Pfund die Woche, und sie war der Meinung, daß ihr jeder Penny auch zustand. Um diese Nachtzeit war ständig mindestens ein halbes Dutzend Striptease-Tänzerinnen unterwegs, erkennbar am Bühnen-Make-up und an den kleinen Tragetaschen, in denen sie ihre Ausrüstung mit sich herumschleppten – hauchdünne Schleier, Haft-BHs, Straußenfedern und Leopardenfell-Imitationen. Diese Mädchen waren abgehärtet im Spießrutenlaufen unter den Pfiffen und herausfordernden Blicken der Männer. Die Gefahr, auch tätlich angegriffen zu werden, war dabei gleich null. Abgesehen von zahllosen Polizeistreifen gab es eine Menge anonymer Bürger von Soho, die jedem Striptease-Mädchen mit Messer oder Rasierklinge zu Hilfe eilen würden, falls es in Schwierigkeiten geriet.

Das ›Paris-Plaisir‹ war ziemlich luxuriös für ein Striptease-Lokal. Es hatte einen separaten Seiteneingang, so daß man sich nicht durch die Zuschauer zu zwängen brauchte und keinen plumpen Annäherungsversuchen ausgesetzt war. Der Umkleideraum war in kleine Kabinen unterteilt und bot mehreren Mädchen zu gleicher Zeit Platz; hier riskierte man nicht, seine Kleidungsstücke mit denen der anderen zu vertauschen. Im übrigen war der Zuschauerraum größer und die Tonbandbegleitung von viel besserer Qualität. Das Scheinwerferlicht blendete einen nicht, und es gab keine ermüdenden Unterbrechungen in der Musik.

Della war mit dem Umziehen fast fertig, als Doris ihre Vorführung beendete. Doris war wirklich ein reizendes Mädchen, aber sie hatte eine Figur wie ein Plumpudding. Della war es ein Rätsel, warum Doris ihre Brötchen ausgerechnet mit Striptease-Tanzen verdiente. Max hatte es ihr einmal erklärt: Es gab eine Menge Männer, die erleichtert waren, wenn Doris auftrat.

Männer, denen attraktive Frauen von vollendetem Wuchs nicht einen Blick gönnen würden, hatten bei Doris das Gefühl anzukommen. Sie war bieder.

Lieber Gott, laß meinen Reißverschluß nicht wieder klemmen, betete Della, als sie auf die Bühne trat.

Im ›Paris-Plaisir‹ konnte sie besser als in den anderen Nachtklubs beobachten, was im Zuschauerraum vor sich ging. Die vorderste Reihe war nur knapp ein Meter von ihren Füßen entfernt. Die Blicke der Zuschauer waren voll neugierigen Interesses auf ihren Körper geheftet. Im Hintergrund stand eine Gruppe Beschwipster. Zwischen ihnen – was alle Striptease-Tänzerinnen hassen wie die Pest – ein weiblicher Gast, eine Zuschauerin!

Kurz bevor Della sich anschickte, den Reißverschluß zu öffnen, sah sie, wie sich ein Mann aus der Gruppe löste und der Tür zum Ankleideraum zustrebte. Gleich darauf hörte sie, wie die Tür sich öffnete und wieder schloß. Das fand Della merkwürdig. Im allgemeinen hielt Tino, der Manager des Nachtklubs, jeden auf, der versuchte, die Garderobe zu betreten.

Dellas Stoßgebet schien erhört worden zu sein. Diesmal ging der Reißverschluß so weich wie nie. Sie gab zum Schluß noch eine kleine Extraeinlage mit dem Leopardenfell und erntete dafür einen recht beachtlichen Beifall. Sie lächelte befriedigt, als sie ihre kleine Umkleidekabine betrat.

Aber im gleichen Augenblick erfror ihr Lächeln und machte eisiger Abwehr Platz. Der Mann, den sie vorher durch den Ankleideraum hatte gehen sehen, machte den Eindruck, als wollte er ihre Kabine für alle Zeiten zu seinem Daueraufenthalt machen. Er saß da, den Stuhl gegen die Wand gekippt, die Füße unbekümmert auf die Schmalseite ihres Ankleidetisches gelegt. Sein Hut lag achtlos hingeworfen auf ihrem Make-up-Koffer. Der Mann beobachtete sie ruhig und unverwandt im Spiegel. Er mochte um die dreißig Jahre alt sein, aber seine

Gesichtszüge waren ausgeprägter, der Ausdruck seiner Augen erfahrener, als es seinen Jahren zukam. Sein Lächeln war durchaus freundlich, trotzdem schlug Della das Herz bis zum Halse.

»Was wollen Sie hier? Warum können Sie mich nicht endlich in Ruhe lassen?«

»Weil unser kleines Geplauder nie zu Ende geführt wurde, Della. Sie sind damals mittendrin davongelaufen, erinnern Sie sich?«

»Na schön, und jetzt kann ich genausowenig mit Ihnen sprechen. In den nächsten vier Minuten werde ich im ›Keyhole‹ erwartet. Wollen Sie sich nun bitte aus meinem Stuhl erheben und mir Platz machen?«

»Es würde Sie nicht mehr als eine Minute Zeit kosten, mir zu sagen, was ich von Ihnen wissen möchte.«

Er nahm seine Füße vom Tisch und wandte sich ihr direkt zu. Della war splitternackt von der Bühne gelaufen, ihre abgestreiften Kleidungsstücke gegen die Brust gepreßt. Die lange Hose und der Pullover, die sie jetzt anziehen wollte, hingen über der Rückenlehne des Stuhles, in dem er immer noch saß.

»Hören Sie zu, ich habe Ihnen alles gesagt, was ich wußte. Es gibt nichts mehr zu erzählen. Wollen Sie mich jetzt endlich in Frieden lassen, ich habe nämlich zu arbeiten . . .«

Sie begann ihre lange Hose hinter seinem Rücken hervorzuziehen. Mit einem Ruck stand der Mann auf und ergriff sie bei den Armen.

»Della, Sie müssen sprechen! Ich muß wissen, wer dieser Mann ist!«

»Begreifen Sie doch – ich habe nicht die leiseste Ahnung, wen Sie meinen. Ich weiß von nichts!«

»Kein Wort glaube ich Ihnen. Wäre es wirklich so, warum sind Sie dann immer so nervös, wenn ich mit Ihnen zu reden versuche?«

Sie hörte auf, sich gegen seinen Griff zu wehren, und sah

ihn verängstigt und zögernd an. Die Eingangstür wurde geöffnet und wieder zugemacht. Das nächste Mädchen war gekommen, um sich für ihre Aufführung umzuziehen.

»Also gut, treffen wir uns nachher«, murmelte sie hastig. »Ich mache um ein Uhr Schluß. Wir können dann ja in der Minibar miteinander reden.«

Er ließ sie los. Sofort griff sie hastig nach ihren Kleidern, um sich förmlich in sie hineinzustürzen.

»Das letzte Mal, als wir uns verabredet hatten, sind Sie überhaupt nicht aufgetaucht!«

»Ja, ich weiß, heute abend komme ich bestimmt – ehrlich! Sie haben nämlich ganz recht – ich habe Angst!«

Er trat einen Schritt zur Seite, so daß sie ihre Sachen zusammenlegen konnte.

»Abgemacht – aber wäre es nicht besser, Sie nehmen ein Taxi, sobald Sie fertig sind, und fahren zu mir statt in die Minibar? Sie wissen doch, wo ich wohne.«

»Ja, Ladbroke Lane. Welche Nummer war es doch noch . . .?«

»Nummer zwölf, zweiter Stock. Sie werden mich diesmal aber nicht wieder versetzen?«

»Bestimmt nicht. Wenn ich etwas fest verspreche, halte ich es auch!«

Er nickte nur, griff nach seinem Hut und tauchte im Dunkel des Zuschauerraumes unter. Niemand beachtete ihn, als er durch die Tür nach draußen verschwand. Alle waren viel zu sehr mit den Vorgängen auf der Bühne beschäftigt.

Am Ausgang klopfte er freundschaftlich einem Mann auf die Schulter. Der Mann saß an dem Tisch, auf dem die Liste der Klubmitglieder auflag.

»Vielen Dank auch, Tino.«

»Nicht der Rede wert, Fred – für Sie immer. Gute Nacht . . .!«

Draußen auf der Straße stand eine Gruppe braver Geschäftsleute aus der Provinz und beäugte nervös und verlegen die raffiniert aufgenommenen Posenfotos im Schaukasten mit der vielversprechenden Aufschrift: ›Zwölf bildschöne Tänzerinnen!‹ Fred Bellamy widerstand schmunzelnd der Versuchung, sie über die traurige Enttäuschung aufzuklären, die drinnen auf sie wartete. Er wandte sich nach links und ging langsam in Richtung Old Compton Street.

An der Straßenecke hatte ein junger Mann einen kleinen Menschenauflauf verursacht. Er hielt eine Gitarre in der Hand, auf dem Rücken trug er eine Trommel und Schlagzeug und in Mundreichweite eine Mundharmonika in Spezialhalterung. Ein sommersprossiger kleiner Bengel in Jeans ging rundum und sammelte Geld in einer Mütze. Bellamy warf ein Sixpence-Stück hinein und setzte seinen Weg fort, als ein Polizeibeamter erschien, der den Musikanten ermahnte, den Fußgängerverkehr nicht zu behindern.

In seinen besonders phantasievollen Augenblicken, die er nicht allzu häufig hatte, liebte es Bellamy, sich Soho als Dschungel vorzustellen, in dem er der Leopard war. All die kleinen Kuppler und Betrüger – die Schakale und Paviane des Dschungels – flohen in ihren Unterschlupf, sobald er erschien, und tauchten später wieder auf, um hinter seinem Rücken zu schnattern und Grimassen zu schneiden. Er kannte genau alle Fährten und Spuren in diesem Dschungel, er war vertraut mit jeder Spielhölle, mit jedem Striplokal und jedem Kellerloch. Er wußte die Namen der käuflichen Mädchen, die in den Türeingängen trübe beleuchteter Spelunken auf der Lauer lagen und den vorbeikommenden Männern einladend zuzwinkerten. Gefährliche kleine Gruppen dunkler Gestalten zeigten die mysteriöse Neigung, sich bei seinem Erscheinen aufzulösen, und die uniformierten Portiers der besseren Eßlokale begrüßten ihn mit respektvollem Kopfnicken, wenn er vorbeikam. Heute abend jedoch war für Bellamy das kleine Dschungelspiel nebensächlich. Er wußte, daß irgendwo in der Unterwelt von Soho sich ein Tiger versteckt hielt, ein Tiger, der bereits wußte, wie Blut schmeckt, und der Appetit auf mehr hatte …

Er ging die Windmill Street hinunter, vorbei an dem alten Theater, das schon seit langem ein Spielsalon war, vorbei an all den Kinos, die sich auf Nacktfilme spezialisiert hatten. An der Ecke der Shaftesbury Avenue blieb er stehen, um sich eine Zigarette anzuzünden. Er hatte gerade drei Züge getan, als vor ihm ein Polizeiwagen hielt. Der Fahrer war in Uniform, im Fond saß eine massige Gestalt in Zivil.

Bellamy warf das Zündholz in den Rinnstein, bückte sich, um die Wagentür zu öffnen, und hechtete auf den Rücksitz. Der Wagen glitt um die Kurve.

»Guten Abend, Sergeant. Haben Sie Ihren unwiderstehlichen Charme bei der jungen Dame erprobt?« Chefinspektor O'Day wog stattliche zwei Zentner, das meiste davon waren Muskeln und Knochen. Früher war er einmal Polizeichampion im Schwergewicht gewesen. Er war ein überaus zäher Mann, geistig wie körperlich, und so bissig wie ein Peitschenhieb. Dennoch wirkte er sympathisch. Sein leicht irischer Akzent trug dazu bei, auch seinen schroffesten Bemerkungen den Stachel zu nehmen.

»Ich habe mir alle Mühe gegeben, aber ich bin nicht sehr weit damit gekommen. Trotzdem werde ich sie noch einmal treffen.«

»Wann?«

»Heute Nacht.«

»Und wo?«

»Bei mir.« Bellamy sah O'Days zweifelndes Gesicht. »Keine Sorge. Diesmal wird sie erscheinen.«

»Und Sie glauben, daß sie Ihnen sagen wird, was sie weiß?«

»Ja, Sir, das glaube ich. Sie hat nämlich Angst.«

»Na, hoffentlich haben Sie recht. Kein einziges der anderen Mädchen wird auch nur ein Wort verlauten lassen. Sie haben alle tödliche Angst vor dieser Bestie. Ich wünschte, ich könnte sie davon überzeugen, daß keine von ihnen sicher ist, bis wir den Kerl eingelocht haben.«

Die Gegend um Notting Hill, wo Bellamys Apartment lag, kam selbst nachts nicht zur Ruhe. Unablässig fuhren Polizeiwagen von und zur Polizeiwache in der Ladbroke Road, und ständig gellte die Sirene des Überfallkommandos, das zu einem Verkehrsunfall oder zu einer Schlägerei raste. Selbst von der Ladbroke Lane aus konnte Bellamy noch das stete Rauschen des Verkehrs auf der Holland Park Avenue hören.

Ungefähr zehn Minuten vor ein Uhr war er nach Hause gekommen. Er ließ die Haustür unverschlossen, damit Della hereinkonnte, und klemmte einen Schuh in den Türspalt seiner Wohnung, so daß er hören konnte, wenn jemand die Treppe heraufkam. Er erwartete Della nicht vor halb zwei und vertrieb sich die Zeit, indem er sich einen starken Kaffee braute und seinen Bericht über den Rauschgiftring begann, den er am Nachmittag ausgehoben hatte.

Als Beamter der Kriminalpolizei war Bellamy wahrhaftig nicht prüde. Das konnte er sich nicht leisten. In der Umgebung, in der er sich beruflich bewegen mußte, konnte eine Nackttänzerin geradezu schon als Ausbund an Tugend gelten. Er kannte Della seit ein paar Jahren. Ein- oder zweimal hatte sie ihm ein paar wertvolle Tips gegeben, die ihn auf die Fährte kleinerer Verbrechen brachten. Und sie hatte ihn mehr als einmal rein freundschaftlich besucht. Mit ihren blonden Haaren, dem etwas sentimentalen kleinen Mund und dem Unschuldsblick ihrer runden Kinderaugen sah sie aus, als sei sie gerade aus der sechsten Klasse einer ehrwürdigen Mädchenschule davongelaufen. Sie hatte im übrigen einen ausgeprägten Sinn für Humor, was für ihren Beruf als Striptease-Tänzerin gar nicht immer günstig war. Gelegentlich begriff sie die Komik dessen, was sie tat, und konnte darüber in unbändiges Gelächter ausbrechen. Bellamy mochte sie gern, aber gerade in letzter Zeit hatte sie begonnen, ihn zu meiden wie die Pest. Er wußte genau, warum. Sie besaß die Informationen, die er von ihr haben wollte, und hatte Angst, sie preiszugeben.

Es war kurz vor halb zwei, als er hörte, wie am oberen Ende der Straße ein Taxi anhielt und einen Fahrgast absetzte. Die Wagentür wurde zugeworfen, und der Motor kam auf Touren, als das Taxi davonfuhr. Das Klappern der Absätze auf dem Bürgersteig hallte von den Häuserwänden der engen Straße wider. Bellamy zog den Vorhang zur Seite und sah sie unten. Sie hastete die Straße entlang und blickte sich immer wieder ängstlich um, als fürchtete sie, sogar hier verfolgt zu werden.

Er ging auf den Treppenabsatz hinaus und lehnte sich über das Geländer, um die Haustür im Auge zu haben.

Es vergingen ein paar Sekunden, bis die Tür aufgestoßen wurde. Della ging zwei Schritte in die Halle und blieb plötzlich stehen. Entweder war sie todmüde oder benommen.

»Kommen Sie doch herauf«, rief Bellamy freundlich.

Sie hob den Kopf. Ihr Mund war offen, und in ihren Augen war ein Ausdruck maßloser Verwunderung.

»Della, was ist los? Fehlt Ihnen was?«

Ihr Mund bewegte sich wortlos. Sie wollte etwas sagen und brachte keinen Ton heraus. Wie um Hilfe bittend erhob sie die Hand zu halber Höhe – dann verdrehten sich ihre Augen, und taumelnd fiel sie mit dem Gesicht vornüber. Der dumpfe Aufprall ihres hilflosen Körpers auf dem Boden der Halle hatte etwas Trostlos-Endgültiges an sich.

Bellamy raste, immer vier Stufen auf einmal nehmend, die Treppen hinunter. Bevor er noch die Halle erreicht hatte und neben ihr kniete, sah er den Messergriff, der aus ihrem Rücken herausragte. Am anderen Straßenende hörte er eine Wagentür schmettern und einen wahnwitzig beschleunigten Motor aufheulen.

Soho ist weltberühmt. Die Besucher der Hauptstadt, einerlei ob sie aus der Provinz oder aus dem Ausland kommen, treibt es unweigerlich nach Soho, um das riesige London von seiner verruchten Seite kennenzulernen. Soho ist etwas Einmaliges.

In keiner anderen Hauptstadt der Welt findet man hochmoderne und elegante Restaurants so freundlich Seite an Seite mit Bordellen und Striptease-Lokalen. Nirgendwo begegnet man in Straßen, die von Kupplern, Dirnen und Erpressern bevölkert werden, so selbstverständlich und zwanglos erfolgreichen Geschäftsleuten in Begleitung eleganter Frauen. Hier hat die Moral jede Freiheit. Wer aber den etwas subtileren, weniger professionellen Sex sucht, muß schon ein bißchen weiter hinausfahren. Der Komplex der Nachtklubs breitet sich aus wie ein vielarmiger Polyp, bis hinunter zur Bayswater Road und natürlich auch bis Chelsea. Das einfallsreichste, geradezu kunstvollste System, den menschlichen Trieb der Arterhaltung auszunutzen, wird einen Steinwurf von der King's Road entfernt mit Raffinesse betrieben.

Die Telefonnummer von Ingrids Apartment war auf keiner von jenen Karten verzeichnet, die in der Auslage weniger gut beleumundeter Zeitschriftenhändler zu finden sind. Ingrid verschenkte weder ihre Blicke an x-beliebige Männer auf der Straße, noch beachtete sie langgezogene Pfiffe der Anerkennung. Für sie gab es kein Herumlungern in schlechtbeleuchteten Torwegen, um abzuwarten, was die Nacht ihr bringen möge. Gelegentlich war sie in einem der aufwendigeren Spielklubs zu sehen, ein wachsames Auge auf alleinstehende Männer mit hohen Einsätzen und hohen Gewinnen gerichtet. Die Besuche ihrer ›Interessenten‹ wurden im allgemeinen von dem Vermieter ihres Apartments arrangiert oder manchmal auch von seinem Vertreter. Die Mädchen kannten ihn, lediglich vom Namen her, als Mister King. Er selbst hielt sich im Hintergrund. Der Versuch, allzuviel über ihn persönlich in Erfahrung zu bringen, konnte nicht unbedingt als Garantie für die Fortdauer von Gesundheit, Schönheit und Wohlergehen gelten.

So blickte Ingrid, als sie kettenrauchend in einer dunklen Ecke der ›El-Sombrero‹-Kaffeebar saß, starr geradeaus und vermied strikt die hoffnungsvollen Blicke diverser junger Männer, die auf sie gerichtet waren. Sie hätte sich gerne vor diesem Stelldichein gedrückt, wenn sie gekonnt hätte, aber sie wagte es nicht, denn ihre Arbeitserlaubnis mußte in ein paar Wochen erneuert werden.

Es war schon zehn Minuten vor drei, als Bellamy die Bar betrat und ganz selbstverständlich zu ihr herüberschlenderte. Er warf seinen Hut achtlos auf einen Stuhl und setzte sich ihr gegenüber.

»Sie kommen mit einer halben Stunde Verspätung«, beschwerte sich Ingrid. »Gerade habe ich mir überlegt, ob ich nicht besser gehen sollte.«

»Ja, ich weiß«, erwiderte er sanft.

»Sie sagten, pünktlich Viertel nach drei!«

Bellamy zog seine Zigaretten aus der Tasche und winkte der Kellnerin.

»Das stimmt!«

»Schön, ich kann nicht mehr lange bleiben. Ich werde im Geschäft zurückerwartet.«

»Die werden schon warten!« Bellamy rief der Kellnerin über die Schulter seine Bestellung zu: »Ein Kännchen Kaffee bitte.«

Er setzte sich bequem in seiner Ecke zurecht und betrachtete Ingrid anerkennend. Sie war eine wohlproportionierte junge Frau mit einem Walkürenprofil. Als sie seinen beobachtenden Blick bemerkte, schob sie schlecht gelaunt die Unterlippe vor und zog die Mundwinkel herunter.

»Ich dachte, Sie hätten mich vergessen.« Sie sprach leise und wählte ihre Worte sorgfältig. »Es ist lange Zeit her.«

»Ja«, antwortete Bellamy freundlich, »lange nicht gesehen ...«

Ingrid zündete sich mit dem glimmenden Zigarettenende eine neue Zigarette an.

»Warum wollten Sie mich ausgerechnet hier treffen?«

Bellamy wartete, bis die Kellnerin den Kaffee und ein Glas Wasser vor ihn hingestellt hatte. Nachdenklich wickelte er seinen Würfelzucker aus und ließ zwei Stücke in den Kaffee fallen.

»Sie wissen sicher, was Della zugestoßen ist?« Er starrte in seine Tasse und beobachtete, wie der Zucker kleine Blasen warf und sich langsam auflöste.

»Della?«

»Della Morris. Sie wurde ermordet. Es stand in den Zeitungen. Eine schlimme Geschichte!«

Sie stieß heftig eine Rauchwolke aus.

»Ich – kenne keine Della Morris. Zeitungen lese ich sowieso nicht. Die deprimieren einen nur.«

»Ach, da habe ich mich wohl geirrt.« Bellamy lächelte sarkastisch. »Ich glaubte doch tatsächlich, sie wäre mal eine gute Freundin von Ihnen gewesen, damals, als Sie noch im Striptease-Geschäft waren.«

»Nein, das war sie nicht – das heißt, jetzt wo ich überlege, fällt mir ein, daß ich den Namen vielleicht schon mal irgendwo zufällig gehört habe.«

Bellamy nahm seinen Löffel und rührte gedankenvoll in seinem Kaffee. Sie beobachtete ihn ängstlich durch den Rauch ihrer Zigarette.

»Ingrid?«

»Bitte?«

Bellamy sah sie voll an und lächelte. »Ich erinnere mich, daß ich mich eigentlich mal als recht guter Freund von Ihnen erwiesen habe, in der einen und anderen Weise . . .«

»Ja, das haben Sie . . .«

»Es ging damals um Ihre Arbeitserlaubnis. Erinnern Sie sich?«

»Natürlich erinnere ich mich. Ich war Ihnen sehr dankbar.«

»Sie waren?« fragte Bellamy hintergründig lächelnd. »Ich hoffe, Sie sind es noch, mein Herzchen!«

»Ja«, sagte Ingrid vorsichtig, »ich bin es noch.«

»Dann hören Sie bitte auf, mir Sand in die Augen zu streuen.« Bellamys Lächeln war plötzlich verschwunden, und seine Stimme klang hart. Ingrid zuckte zusammen wie unter einem Schlag.

»Ich weiß nicht, was Sie meinen.«

»Alles, was mit Ihrem Laden zusammenhängt. Ihr Job ist doch nur Fassade und war niemals etwas anderes. Ich weiß genau, was los ist, meine Liebe. Sie sind wieder im alten Fach!«

»Nein, Fred, das stimmt nicht!«

»Natürlich stimmt es. Bloß daß diesmal Telefonnummern dabei eine Rolle spielen. Und dann dieses üppige Apartment, das Sie bewohnen – erzählen Sie mir doch nicht, daß sich so etwas mit Ihrem Verkäuferinnenlohn bestreiten ließe. Die Miete dafür wird von demselben Mann bezahlt, für den Sie arbeiten – Sie und die anderen Mädchen.«

»Ich weiß wirklich nicht, wovon Sie reden.«

Bellamy sah, daß sie allmählich in Panik geriet. Das war ein Vorteil, den er sofort wahrnahm. Er senkte seine Stimme, lehnte sich über den Tisch und ließ Ingrid keine Sekunde aus den Augen. »Sie wissen sehr wohl, wovon ich rede. Ich spreche von dem mörderischen Hund, der hinter diesem Callgirlring steht.«

Er beobachtete, wie ihre Augen sich vor Schreck weiteten, und änderte bewußt seine Taktik. Sanft faßte er nach ihrer Hand. Sie war kalt, und er fühlte, wie sie zitterte.

»Ingrid, Sie müssen mir sagen, wer es ist. Verstehn Sie doch, ich will Sie ja gar nicht mit hineinziehen. Ich bin um Ihre Sicherheit besorgt!«

»So, und Dellas Sicherheit? Um die waren Sie wohl auch besorgt – und was ist ihr passiert?«

»Ach, sieh mal an, demnach lesen Sie also doch gelegentlich Zeitung?« Ingrids lichter Moment verschwand so plötzlich, wie er aufgeblitzt war.

»Nein«, sagte sie stumpf, »ich weiß von nichts, ich weiß nicht, wer der Mann ist, den Sie meinen. Ehrlich, Fred – ich weiß absolut nichts . . .«

Bellamy starrte sie, zwischen Mitleid und Gereiztheit schwankend, eine Minute unverwandt an. Dann zuckte er die Achseln und ließ ihre Hand los.

»Also gut, mein Kind«, erwiderte er, legte ein Zweischilling-Stück neben seine Tasse und griff nach seinem Hut. »Dann eben nicht!«

Sie hielt den Kopf gesenkt, als er aufstand und hinausging. Es dauerte mehrere Minuten, bis sie zu zittern aufhörte und in der Lage war zu zahlen.

2

Der rotschimmernde Mercedes 250 SE kurvte elegant um den Sloane Square und ordnete sich in die lange Reihe von Fahrzeugen ein, die auf der King's Road in westlicher Richtung fuhren. Mike Hilton, der am Steuer des Wagens saß, versuchte seiner Ungeduld Herr zu werden. Es war ein strahlender Sommertag, aber der Nachmittag war ihm verpatzt. Schon vor vierzehn Tagen hatte er sich mit Brian Rutland zum Golf verabredet, und der hatte im letzten Moment abgesagt. Brian hatte in aller Eile angerufen und ihm auseinandergesetzt, daß er schleunigst zum Flugplatz müsse, um einen wichtigen amerikanischen Kunden abzuholen, der sich kurz zuvor angesagt habe. Na schön, sei's drum. Falls er nun in einer halbwegs passablen Zeit nach Hause kam, war vielleicht noch Gelegenheit, Ruth abzuholen. Dann könnten sie beide zum Baden gehen – in Smithons neuem Swimming-pool. Er wußte, das würde ihr Spaß machen. Sie hatten ohnehin in letzter Zeit nicht mehr allzuviel gemeinsam unternommen. Es wäre ein kluger Schachzug und könnte möglicherweise sogar dazu beitragen, die Beziehungen zwischen ihnen wieder ein bißchen zu verbessern. Der Krach von gestern abend war der schlimmste, den sie je miteinander gehabt hatten.

Er war gerade im Begriff, die Hupe zu betätigen, um dem Fahrer vor ihm ein bißchen Zunder zu geben. Der Mann wollte nach rechts abbiegen und verhielt sich dabei aufreizend höflich, indem er alle Wagen aus der anderen Richtung zuerst einmal vorbeiließ. Aber dann ließ Mike doch die Finger von der Hupe. Er hatte mittlerweile gelernt, daß man mit einem so auffallend teuren Wagen wie dem Mercedes sowohl seine PS als auch sein Temperament unter Kontrolle halten mußte. Alle anderen Verkehrsteilnehmer waren instinktiv gegen den Fahrer eines Superwagens. Wenn man dann auch nur das Geringste verkehrt machte, fielen sie wie die Wölfe über einen her. Er versuchte sich von seiner schlechten Laune abzulenken, indem er beobachtete, was rechts von der Straße vor sich ging.

Um diese Nachmittagsstunden waren die Wirtshäuser geschlossen, aber sonst war allerhand los. Da schwärmten eine Menge Fußgängerinnen zwischen fünfzehn und vierzig um die Auslage einer offensichtlich sehr schicken Boutique wie Bienen um ein Frühlingsbeet; etwas weiter die Straße hinauf hatte eine Kunstgalerie Pop-art ausgestellt, in einer höchst raffinierten Zusammenstellung von Plastiken aus Metallbruchstücken demolierter Wagen und aus sonstigen Abfallerzeugnissen. Eine Espresso-Bar hatte eine Reihe weißer Boulevardtischchen und Stühle auf den Bürgersteig hinausgestellt, und der Effekt der knallbunten Sonnenschirme wirkte auf den ersten Blick wenig englisch. Dafür saßen die Besucher steif und linkisch an ihren Tischen, vor sich ihre lauwarmen, nichtalkoholischen Getränke. Auf Hochglanz poliertes Kupfer, Messingkessel, Pfannen, Pferdegeschirre, Kasserolen und Kuchenformen glitzerten im Fenster eines Antiquitätenhändlers. Am Schwarzen Brett eines Zeitungsstandes waren säuberlich kleine Karten angepinnt, die alles von der bescheidenen Kellerwohnung bis zum arbeitssuchenden jungen Mädchen aus Schweden anboten.

Ein Geschäftsmann in der üblichen eleganten Aufmachung – dunkelgrauer Anzug, blütenweißes Hemd, schwarze Schuhe, Schirm und Melone – wirkte in der King's Road ebenso fehl am Platze wie etwa auf der Landstraße zwischen Tobruk und Bengasi. Mike folgte mit den Augen einem Mädchen, das auf dem Bürgersteig vorwärtsstrebte, mehr oder weniger in gleicher Höhe mit seinem Wagen. Sie trug einen winzigen, wippenden Minirock und gehörte offensichtlich zu den Frauen, die aus der Notwendigkeit des Gehens eine Kunst machen, indem sie bei jedem Schritt ihre Fersen so gekonnt drehen, daß ihr Hinterteil im natürlichen Rhythmus des Schreitens aufreizend vor- und zurückschwingt. Ein dezentes Hupen von rückwärts erinnerte ihn daran, daß der Verkehr wieder in Fluß geraten war.

Die automatische Kupplung des Mercedes machte das Vorwärtsgekrieche weniger beschwerlich. Mikes Wagen schoß ein paar hundert Meter vorwärts, um haarscharf hinter dem Heck eines städtischen Autobusses zu stoppen. Ein Junge im Union-Jack-Hemd kletterte die Stufen vom Oberdeck hinunter und sprang ab. Dabei warf er fast eine junge Mutter um, die gerade versuchte, ihr Kind aufs Trittbrett zu heben. Sie war von etwas molliger Statur, was sie aber nicht davon abgehalten hatte, ein Paar knallenge, scharlachrote Stretchhosen anzuziehen. Über ihre stattliche Kehrseite spannte sich der Stretch zum Zerreißen. Mike dachte wieder an Ruth. Ruth war auch ein wenig rundlich, aber eigensinnig genug, um auf einer Sorte von Kleidern zu bestehen, die eher zu den Bohnenstangenfiguren von Mannequins passen würden. Sie war unglaublich empfindlich, was ihre äußere Erscheinung anbelangte, und nahm auch nur die leiseste Andeutung, sie sei zu alt für diese Mode, tödlich übel. Mike hatte ein- oder zweimal eine Bemerkung fallenlassen, aber das war schrecklich ausgegangen.

Nach der Geburt des Kindes hatte Ruth eben nie wieder ihre frühere Schlankheit zurückgewonnen.

Endlich gelang es Mike, den Bus zu überholen und innerhalb der nächsten paar hundert Meter den Tacho auf vierzig zu bringen. Diese Geschwindigkeit genügte bereits, um den Fahrtwind in den Ohren rauschen zu hören. Mit dem heruntergelassenen Verdeck spürte man voll die brütende Hitze des Sommertages. Ein paar Meter vor dem Zebrastreifen entdeckte er das Mädchen an der Bordsteinkante. Er warf schnell einen Blick in den Rückspiegel und gab seinen Bremsen die Chance, ihre Qualität zu beweisen. Ohne das leiseste Geräusch quietschender Reifen hielt der Wagen direkt vor dem Fußgängerübergang. Das Mädchen betrat den Fahrdamm und ging vorbei.

Sie hatte einen fliederfarbenen Hosenanzug an, der die Hand eines geschickten Schneiders verriet. Der männliche Zuschnitt des Anzugs trug dazu bei, ihre sehr weibliche Erscheinung besonders zu betonen. Die Jacke war in der Hüfte, die Hose vom Knie abwärts leicht ausgestellt. Eine lockere Kappe saß ihr unverschämt schief auf dem Kopf, im Arm hielt sie eine weiße Perserkatze, die zu ihrer strengen Aufmachung einen wirkungsvolleren Kontrast abgab als jedes teure Schmuckstück. Als sie an Mikes Wagen vorüberging, wandte sie den Kopf und sah ihm direkt in die Augen. Dabei lächelte sie in einer Art, die weit mehr bedeutete als ein unverbindliches ›Dankeschön‹. Ihre Gesichtszüge entsprachen in der Wirkung dem Ebenmaß ihres Körpers. Ein langer Pferdeschwanz dichten kastanienbraunen Haares fiel ihr über die linke Schulter. Ihr Mund war voll und gut geschnitten, ihre Augenbrauen hoch gewölbt, das Oval ihres Gesichts erschien kühn und ausgeprägt. Ihre Haltung war hervorragend, anmutig ohne Großspurigkeit, und überaus weiblich, ohne herausfordernd zu wirken.

Der Verkehr staute sich hinter Mike. Er mußte wohl oder

übel weiter. Als er langsam wieder anfuhr, beugte er sich nochmals vor, um sie im Rückspiegel zu beobachten. Sie überquerte den Bürgersteig der gegenüberliegenden Seite, wobei sie in ihrer Handtasche nach irgend etwas – vielleicht nach einem Schlüssel – kramte. Dann ging sie auf die Seitentür eines Lokals zu, in dem Mike schon einige Male gewesen war. Es hieß ›The Four Poster‹.

Ganz nahe gellte eine Hupe. Mike sah nach vorne und stellte fest, daß ein Lieferwagen, aus einer Seitenstraße kommend, versuchte, sich in eine Lücke der Fahrzeugschlange zu drängen. Der Fahrer des Lieferwagens hatte sich neben Mike eingeordnet und gebremst. Mike bremste auch, gleichzeitig mußte er aber das Steuer scharf nach links einschlagen, dabei geriet er gegen den Griff eines Obsthandkarrens, worauf sich einige Zentner Äpfel, Birnen, Orangen und Ananas über den Bürgersteig der King's Road ergossen.

Es war ungefähr zwei Stunden später, als ein durch und durch schlecht gelaunter Mike den Eingang zur Villa ›Tall Trees‹ betrat. Der Zusammenstoß mit dem Obstkarren war sehr zeitraubend gewesen. Der Besitzer hatte das Ganze bemerkenswert gelassen aufgenommen, besonders als Mike ihm anbot, den vollen Preis seiner Ladung zu erstatten. Lange und ziemlich betuliche Zusicherungen und Beteuerungen schienen zweckmäßiger zu sein, als die Polizei hinzuzuziehen. Mike hatte dabei seine Ungeduld nur mit knapper Not im Zaum halten können. Was ihn wirklich verärgerte, war der verbeulte Kotflügel des Mercedes, und er wußte nicht einmal die Wagennummer dieses verdammten Lieferwagens.

Mike hatte ›Tall Trees‹ als Wohnsitz für Ruth und sich gekauft, als sie heirateten. Es war das teuerste Haus in der neuerschlossenen Wohngegend des Außenbezirks von Belford.

Mit der Planung und Ausführung des knappen Dutzends Luxushäuser war der beste Architekt beauftragt worden, den man auftreiben konnte. Es war eine glänzende Idee von ihm gewesen, das natürliche Waldgelände in die Pläne mit einzubeziehen. Jedes einzelne Haus kam so in den Genuß scheinbar vollkommener Abgeschiedenheit. Man hatte das Gefühl, sich völlig allein und ungestört mitten in der Landschaft zu befinden.

Mit fünfunddreißig Jahren war Mike bereits ein wohlhabender Mann. Nachdem er seine Ausbildung abgeschlossen hatte und in die väterliche Börsenmaklerfirma eingetreten war, starb sein Vater und hinterließ ihm die runde Summe von einhundertfünfzigtausend Pfund. Mike hatte aber nicht nur das Vermögen seines Vaters geerbt, sondern auch seinen Geschäftssinn und Instinkt für günstige Gelegenheiten. Nach einigen gewitzten Spekulationen konnte er sein Vermögen sehr beachtlich der Viertelmillionengrenze nähern.

Es war zuerst nicht leicht gewesen, das Mißtrauen abzubauen, aus dem einige seiner Mitarbeiter durchaus kein Hehl machten. Aber er konnte beweisen, daß er eine gute Nase für den Aktienmarkt hatte und eine besonders geschickte Art, mit den Klienten umzugehen. Was aber besonders wichtig war – aus der Zeit seiner brillanten Golferfolge in Cambridge hatte er noch zahllose Freunde und Bekannte aus der Sportwelt. Das brachte ihm im Laufe der Zeit eine Menge guter Geschäftsabschlüsse ein.

Die Auffahrt zu ›Tall Trees‹ führte in einer sanften Kurve zum Haus. So entstand der Eindruck eines weit längeren Weges, und das Anwesen erschien noch wesentlich intimer. Die Auffahrt war mit rotem Ziegelmehl bestreut, wie man es auf jedem Tennisplatz findet. Der Anblick seines Hauses erfüllte Mike immer wieder mit neuer Freude. Es hatte ein Flachdach und eine etwas ungewöhnliche Form. Beim Bau hatte der Architekt Naturstein und Zedernholz sehr geschmackvoll miteinander kombiniert. Der Zaun rings um das Grundstück und die Überdachung, die von der Garage zum Haus führte, waren strahlendweiß gestrichen. Vor dem dunkelgrünen Hintergrund des Waldes, im Licht der sinkenden Sonne, die durch das Laubwerk schien, wirkte das Haus so harmonisch der Landschaft angepaßt, als hätte es von jeher dorthin gehört.

Mike fuhr den Wagen in die Garage. Dabei stellte er fest, daß Ruths Lotos Elan auch dort abgestellt war. Also war Ruth zu Hause. Er vergewisserte sich, daß er den Hausschlüssel in der Tasche trug, und ging von der Garage den überdachten Weg entlang – den der Architekt liebevoll den ›kleinen Kreuzgang‹ nannte – hinüber zur Haustür. Die Halle war erfrischend kühl und erfüllt von leichtem Blumenduft.

Mike verstaute seine Golfschläger in dem dazugehörigen Ständer in der Garderobe, ging ins Bad, wusch sich Hände und Gesicht in kaltem Wasser und glättete sein zerzaustes Haar. Dann fühlte er sich wieder soweit menschlich, daß er Ruth unter die Augen treten konnte. Er ging durch die Halle zu den drei Stufen, die hinunter in den großen Wohnraum führten.

»Ruth! Bist du da, Püppchen?«

Mike durfte diesen Kosenamen nur zu Hause gebrauchen und nur, wenn sie allein waren. In Gegenwart Dritter war er streng verpönt.

»Ruth, wo bist du?«

Das Haus wirkte leer. Das Echo seiner Stimme hallte durch das Treppenhaus. Er öffnete die Terrassentür, ging ein paar Schritte in den Garten hinaus und rief ihren Namen. Ruth war keine Spaziergängerin aus Leidenschaft. Es war höchst unwahrscheinlich, daß sie aus dem Haus gegangen war, ohne den Wagen zu benutzen.

Er lief mit langen Schritten die Treppe hinauf, nahm immer zwei Stufen zugleich. Auf der linken Seite im ersten Stock lag das Kinderzimmer. Die Tür war jetzt verschlossen. Weder Ruth noch er betraten es noch. Sie versuchten damit, sich einzureden, daß der Teil des Hauses, der früher Jill gehört hatte, überhaupt nicht existiere. Einmal, als Ruth nicht zu Hause war, hatte Mike die Tür aufgeschlossen und war auf Zehenspitzen in dem Raum herumgegangen, der einmal das Schlafzimmer seiner Tochter gewesen war. Aber der Anblick der Kindertapete, des immer noch gefüllten Spielzeugbords und des Kinderbetts mit dem duftigen Betthimmel hatte ihm die Brust so schmerzhaft zusammengezogen, daß er schnell wieder hinausgegangen war. Seitdem blieb die Tür verschlossen.

Die Schlafzimmerflucht bestand aus dem großen luftigen Doppelschlafzimmer, Mikes Ankleideraum und zwei separaten Badezimmern.

Er durchquerte das Schlafzimmer, in dem die beiden Betten immer noch nebeneinander standen, und ging hinüber in seinen Ankleideraum. Der Brief lehnte gegen den Spiegel auf der kleinen Kommode, in der seine diversen Toilettengegenstände untergebracht waren – Kamm, Bürste, Necessaire und eine Schachtel mit Manschettenknöpfen. Der Brief trug Ruths Handschrift.

Es war beängstigend beredt, dieses schlichte Rechteck blaßblauen Papiers, auf dem in den Schriftzügen seiner Frau sein Vorname stand. Was für eine Nachricht auch immer darin stehen mochte, sie schrillte jetzt schon aus der gefütterten Innenseite des teuren, leicht parfümierten Briefumschlags.

Zögernd nahm er den Brief auf und hielt ihn dann eine Weile abwägend in der Hand, als könne er am Gewicht die Bedeutung des Inhalts ermessen. Den Umschlag zu öffnen, erforderte einen Kraftaufwand, der nur mit der Anstrengung eines Absprungs vom Zehnmeterturm des Olympiastadions vergleichbar war.

Einige Minuten war Mike unschlüssig und starrte hinaus. Da lag der Garten mit seinen verschlungenen Pfaden, die ins Freiland führten, und mitten auf dem Rasen stand die Eiche, die sie so sorgfältig gehütet hatten. Der große Ast, an dem früher einmal Jills Schaukel hing, war leer. Etwa drei Monate nach Jills Tod hatte Mike seine Frau überrascht, wie sie in Tränen aufgelöst unter der Eiche saß. Am nächsten Tag war er, ohne ein Wort darüber zu verlieren, auf die Eiche gestiegen und hatte die Schaukel heruntergenommen.

Ein Eichelhäher stob kreischend aus dem Geäst und flog in den Wald. Mit einer entschlossenen Bewegung riß Mike die Umschlagklappe auf und entfaltete den Briefbogen.

›Mike, ich mag keine großen Abschiedsszenen, und ich beabsichtige auch nicht, einen Abschiedsbrief zu schreiben. Ich schreibe Dir nur, damit Du Dir keine Sorgen machst und auch bitte nicht versuchst, mir zu folgen. In den nächsten Tagen hörst Du mehr von mir. Glaub' mir, ich gehe nur, weil ich sicher bin, daß es so am besten für uns beide ist.

Paß auf Dich auf.

R.‹

Er mußte den Brief dreimal lesen, bevor er begriff, was geschehen war. Aber selbst dann konnte er es nicht glauben.

Er fühlte instinktiv, daß er diesen Brief aufbewahren mußte – als ein Stück von Ruth, das einzige, das ihm von ihr geblieben war. Er faltete ihn wieder zusammen, schob ihn in den Umschlag zurück und steckte ihn sorgfältig in die Innentasche seines Sakkos. Dann stieß er die Tür zu dem Zimmer auf, in dem Ruth ihre Kleider aufbewahrte. Der riesige Wandschrank, der die ganze Längsseite des Zimmers einnahm und ihre gesamte Garderobe enthielt, stand offen. Ein Koffer, der wohl zunächst von ihr ausgewählt und dann zurückgelassen worden war, lag aufgeklappt auf dem Teppich. Ihre Schuhe stapelten sich in einem ungeordneten Haufen auf dem Boden. Anscheinend hatte sie sie aus dem Schrank genommen und hastig durchgesehen, bis sie fand, was sie wollte. Ihr Toilettentisch nahe dem großen Aussichtsfenster war kahlgeräumt. Gewöhnlich standen dort in dichter Reihe neben- und hintereinander Fläschchen, Döschen, Parfüms und Sprays, all jene Dinge, die eine Frau braucht, um sich ausgehfein zu machen. Nun war die Glasplatte bis auf feine Spuren zerstäubten Gesichtspuders ganz leer. Zwar hatte Ruth sich offensichtlich für leichtes Gepäck entschieden, aber in ihrem Kosmetikbedarf hatte sie sich nicht eingeschränkt.

Der Aschenbecher auf dem Frühstückstisch war bis obenhin angefüllt mit Zigarettenkippen ihrer Spezialmarke. Letzten Endes schien ihr die Trennung doch so nahe gegangen zu sein, daß sie während des Packens Kette geraucht hatte. Er nahm den Aschenbecher auf und legte seine Handfläche darunter. Das Porzellan war noch leicht erwärmt.

Dieses schwache Wärmegefühl in seiner Hand zerbrach die Hülle von Unwirklichkeit, die Mike bis zu diesem Moment umgeben hatte. Plötzlich fühlte er denselben krampfartigen Schmerz in der Brust, den er auch verspürt hatte, als er damals heimlich in Jills Zimmer gewesen war. Aber diesmal war es anders. Hiergegen konnte er etwas tun. Ohne sich dessen bewußt zu werden, war er schon aus dem Zimmer und rannte, immer eine Stufe überspringend, die Treppe hinunter – sozusagen mit den Gedanken voraus. Wenn Ruths Wagen noch in der Garage stand, dann war anzunehmen, daß sie mit der Bahn fahren wollte und ein Taxi zum Bahnhof genommen hatte. Mike wußte, daß um 16.43 Uhr ein Zug von Belford nach Waterloo ging. Gesetzt den Fall, die britische Eisenbahn könnte sich heute entschließen, ausnahmsweise einmal nicht auf die Sekunde pünktlich zu sein, dann bestand die Chance, daß er noch rechtzeitig hinkam.

In der Diele wäre er fast mit einer grämlichen Frau mittleren Alters zusammengerannt. In ihrem altmodischen Kostüm und dem biederen Hut sah sie aus, als hätte sie sich für den Sonntagskirchgang zurechtgemacht. Selbst als Mike nach ihren Schultern faßte, um sie vor dem Hinfallen zu bewahren, gelang ihr noch der Ausdruck tiefster Mißbilligung.

»Oh, Mrs. Hall, entschuldigen Sie bitte. Sagen Sie, haben Sie zufällig meine Frau gesehen, bevor sie aus dem Hause ging?«

»Aus dem Hause? Ich dachte, ich hätte ihren Wagen in der Garage stehen sehen, als ich eben hereinkam.«

»Ach ja, natürlich. Ich vergaß. Heute ist ja Ihr freier Nachmittag.«

»Mein freier Nachmittag ist immer Freitag, Mr. Hilton, das war so abgemacht, als Sie mich eingestellt haben und ...«

»Aber ja, Sie haben vollkommen recht. Verzeihen Sie, aber ich bin in Eile. Ich möchte den Zug um 16.43 Uhr erreichen, bevor er abfährt.«

Sie ließ ihn bis zur Tür kommen, bevor sie mit ihrer Frage herausplatzte: »Soll das heißen, daß Sie zum Abendessen nicht zu Hause sein werden?«

»Ja – ich meine – nein, ach, auf jeden Fall halten Sie bitte das Abendessen bereit.«

»Abendessen für zwei, oder?« Sie beobachtete ihn mit neugierigen Knopfaugen.

»Ganz recht!« Mike schrie sie fast an. »Abendessen für zwei!«

Der Bahnhof von Belford lag an der westlichen Hauptstrekke und bot ausgezeichnete Verbindungen nach London. Das war mit ein Grund, warum die Grundstückspreise in dieser Gegend so hoch waren. Die Entfernung von ›Tall Trees‹ zum Bahnhof betrug etwas über fünf Meilen, die innerhalb der Geschwindigkeitsbegrenzung lag. Mike brachte die Strecke in sechs Minuten hinter sich – immer ein wachsames Auge auf den Rückspiegel geheftet, damit er einen Polizeiwagen noch rechtzeitig entdecken konnte ...

Als er vor dem Viktorianischen Backsteingebäude hielt, standen die Zeiger der Stationsuhr gerade auf 16.39 Uhr. Er beobachtete kritisch den Eingang, halb in ängstlicher Erwartung, daß gleich eine Menge Reisender herausströmen würde, was bedeutet hätte, daß der Zug schon angekommen war. Aber die drei Taxis auf dem Vorplatz standen immer noch da und warteten auf Fahrgäste. Die Leute in der Halle hingen gelangweilt herum – mit dem Ausdruck geduldiger Resignation, die für wartende Zugreisende charakteristisch ist. Mike stellte den Wagen unter einem Parkverbotsschild ab und knallte die Tür zu. Ein paar Reisende warteten auf dem Bahnsteig, wo der Zug nach London einfahren mußte. Er konnte das sehen, als er durch die Eingangshalle lief.

»Es tut mir leid, mein Herr, aber Sie müssen eine Bahnsteigkarte lösen.« Der uniformierte Bahnbeamte an der Sperre streckte den Arm aus, um Mikes Eile zu stoppen.

Fluchend über den Aufenthalt ging Mike zu dem Automaten gegenüber der Schalterreihe. Es stellte sich heraus, daß er zwar eine Menge Münzen in der Tasche hatte, nur leider nicht die richtigen. So mußte er, vor Wut kochend, zum Fahrkartenschalter, vor dem eine taube alte Dame gerade versuchte, sich einen Platz im Taunton-Expreß für Freitag zu reservieren. Es war bereits Abfahrtszeit, als er im Dauerlauf dem Übergang zu Bahnsteig drei zustrebte.

Einige Reisende sahen sich mitleidig nach ihm um, als er gehetzt die Treppe hinunterlief. Der Zug war noch längst nicht in Sicht.

Er kam sich wie ein Narr vor, als er so den Bahnsteig entlangraste und nicht einmal die Farbe ihres Kleides kannte. Nirgends eine Spur von ihr. Plötzlich verlangsamte er seine Schritte – er hatte auf der Bank vor dem Warteraum einen ihm bekannten Koffer entdeckt. Er ging zur Tür und drückte sie auf. Dumpfe, verbrauchte Luft schlug ihm entgegen, als er eintrat. Ein verwahrloster alter Mann, eine alte Segeltuchtasche neben sich, saß auf der gegenüberliegenden Bank und schmatzte an irgend etwas. Er hob seine schweren Augenlider, um Mike eingehend zu fixieren. Mike konnte Ruth nicht entdecken, bevor er sich mitten im Raum befand. Sie stand hinter ihm, von der geöffneten Tür halb verdeckt. Sie blätterte in einem Heft ›Harper's Bazaar‹ und sah auch nicht auf, als die Tür wieder ins Schloß schnappte.

»Ruth!«

Sie blickte auf, ein zwiespältiger Ausdruck, halb Kummer, halb Mitleid, überschattete ihr Gesicht.

»Mike, woher wußtest du, daß ich hier bin?«

»Dein Wagen stand in der Garage, da habe ich mir gedacht, daß du den Zug nimmst.«

»Ich dachte, du wärest beim Golf ...«

»Das wurde abgeblasen, Brian hatte keine Zeit.«

»Du hast meinen Brief gefunden?«

»Ja, paß auf, Ruth ...«

»Nein, Mike, nicht ...« Sie hatte das Heft zugemacht und begann sich ihre weißen Handschuhe überzuziehen.

»Ich wünschte, du wärest mir nicht gefolgt. Darum bin ich ja auch weggegangen, als du nicht da warst, um eine Szene zu vermeiden.«

Der alte Mann hatte zu schmatzen aufgehört, obwohl er den Mund noch voll hatte. Er wollte sich kein Wort dieser Unterhaltung entgehen lassen. Mike setzte sich neben Ruth auf die Bank. Irgendwo draußen pfiff von weither eine Lokomotive.

»Du konntest doch nicht annehmen, daß ich dich so einfach aus meinem Leben davonlaufen lasse? Schließlich solltest du wissen, daß ich nicht der Mann bin, der einen solchen Brief liest und die Sache dann auf sich beruhen läßt.«

»Ich hatte gehofft, daß du ein bißchen einfühlsamer sein würdest.«

»Und du warst besonders einfühlsam, ja?« Unwillkürlich hatte Mike die Stimme erhoben. Ruth wandte sich ab, um ihre aufsteigenden Tränen zu verbergen.

»Mike, laß uns nicht schon wieder streiten, wenigstens nicht hier, ich bitte dich.«

Mike starrte auf den alten Mann mit seiner Segeltuchtasche. Er hatte seine Augen wieder abgewandt und kramte in der Tasche nach weiterem Eßbarem.

»Hör zu, Ruth.« Mike gab sich Mühe, ruhig zu bleiben. »Der Krach von gestern abend tut mir leid. Es war mein Fehler. Das ist mir jetzt klar. Ich bin aus der Haut gefahren. Aber bitte, glaub mir, die Hälfte von dem, was ich sagte, habe ich gar nicht so gemeint.«

Sie sah ihn an, und schon fühlte er, wie sich die Kluft zwischen ihnen vertiefte.

»Ich überlege mir, ob du überhaupt weißt, wie du mich gekränkt hast, durch alles, was du mir gestern abend sagtest. Und es war ja nicht allein gestern abend ...«

»Ich weiß, das ist es ja gerade, wir haben uns auch vorher gestritten, aber wir haben uns auch immer wieder versöhnt.«

Ruth schüttelte den Kopf. Sie hatte Magazin und Handtasche zusammengerafft und war im Begriff zu gehen.

»Im vergangenen Jahr haben wir laufend Auseinandersetzungen gehabt. Eine immer schlimmer als die andere. Ich kann so nicht weitermachen, Mike, ich kann das einfach nicht mehr aushalten.«

»Das klingt ja gerade so, als sei es immer mein Fehler gewesen. Kannst du wirklich mit ruhigem Gewissen behaupten, daß immer nur ich der Schuldige war?«

»Ich weiß nicht, wessen Schuld es ist, und offen gestanden ist es mir jetzt auch egal. Ich weiß nur, daß es so nicht weitergehen kann.«

Ruth war aufgestanden. Sie sah auf einmal so müde aus, als ob sie gleich umfallen würde. Mike unterdrückte das Verlangen, sie an den Schultern zu packen und ein bißchen Verstand in sie hineinzuschütteln. Er stand da und würgte alle Worte hinunter, die wie ein Sturzbach in seinem Innern tobten und nach Ausbruch drängten.

»Bitte –«, nur mit Anstrengung gelang es ihm, ruhig zu sprechen, »wenn du es auf diese Weise wünschst ...«

»Ich wünsche es gar nicht auf diese Weise, Mike, aber es gibt keine Alternative.«

Wieder ertönte ein Lokomotivpfiff. Diesmal näher. Der alte Mann griff nach seiner Tasche und schlurfte hinaus. Sie standen in verlegenem Schweigen, während sich die Tür mit einem kleinen sausenden Geräusch langsam schloß.

»Ruth, was ist aus uns geworden, warum – verdammt noch mal?«

»Ich weiß es nicht.« Ihre Stimme schwankte. Sie fühlte, wenn sie diese Szene nicht sofort beendete, würde sie in Tränen ausbrechen. Und sie wollte nicht, daß er sie so in Erinnerung behielt – mit tränenüberströmtem Gesicht.

»Es begann alles erst nach Jills Tod. Seitdem scheint es, als ob wir ...«

»Ach du lieber Himmel«, er drehte sich ärgerlich zur Wand, »nun bring nicht noch Jill mit hinein. Das alles ist länger als ein Jahr her. Jill hat damit wirklich nichts zu tun.«

»Glaubst du das wirklich?«

Er stand mit dem Rücken zu ihr gewandt, aber er wußte, daß sie ihn herausfordernd ansah.

»Du glaubst also, ich habe mich so verändert, seit sie – seit sie ...«

»Ich glaube, daß wir beide uns verändert haben, Mike.«

Sie legte eine Hand auf den Türgriff. »Nun laß mich bitte allein. Bitte, geh jetzt –«

Draußen steigerte sich das gleichmäßige Geräusch sich nähernder Räder zu unerträglichem Lärm, als der Zug brausend in den Bahnhof einfuhr. Der Boden unter ihren Füßen zitterte.

»Und was wirst du jetzt tun?« fragte Mike.

»Ich fahre nach Paris und bleibe eine Weile bei Harrisons.«

»Und dann?«

»Ich habe daran gedacht, wieder bei der Air France anzufangen, falls sie mich da noch haben wollen.«

»Du hast daran gedacht? Das hast du doch alles schon vor langer Zeit geplant, oder?«

»Nein, Mike, das habe ich nicht«, erwiderte sie mit kaum unterdrückter Ungeduld. »Aber ich handle auch nicht im Affekt, das solltest du eigentlich wissen.«

»Ja, das sollte ich wohl.«

Mit kreischenden Bremsen war der Zug zum Stehen gekommen. Der Bahnsteig hallte von zuschlagenden Türen und den lauten Rufen der Gepäckträger wider. Der Lärm, den der Zug mit sich gebracht hatte, verstärkte gleichzeitig jedes andere Geräusch. Ruth hing ihre Handtasche über ihr Handgelenk und klemmte die Zeitschrift unter den Arm. Sie öffnete die Tür. Mike hatte Ruth den Rücken zugewandt und starrte durch das Fenster des Warteraums auf den gegenüberliegenden leeren Bahnsteig.

»Auf Wiedersehen, Mike.«

Er antwortete nicht und wandte sich auch nicht um. Hilflos sah sie einige Sekunden auf seinen breiten Rücken, dann raffte sie sich auf und verließ den Raum. Leise schnappte die Tür hinter ihr zu, der Lärm auf dem Bahnsteig ließ nach. Noch einige Zugtüren schlugen, ein Warnruf ertönte, dann hörte man, wie das dumpfe Poltern des anfahrenden Zuges in gleichmäßiges Rattern überging. Das Schlagen der Räder auf die Schienen wurde schneller, bis die plötzliche Stille und das wieder hell gewordene Fensterviereck des Warteraums anzeigten, daß der Zug die Station verlassen hatte.

Mike drehte sich um. Etwas Weißes, zwischen Fußboden und Tür eingeklemmt, hielt seinen Blick fest. Es war einer von Ruths Handschuhen. Er ging hin und hob ihn liebevoll auf. Einen Augenblick hielt er ihn in den Händen und roch an ihm. Ein schwacher Duft ging von dem Handschuh aus. Ruths Parfüm. Er hatte es ihr geschenkt, als sie das letzte Mal zusammen in Paris gewesen waren, kurz vor Jills Geburt.

3

Ausnahmsweise freute Mike sich diesmal auf den Montagmorgen. Er hatte das längste Wochenende seines Lebens hinter sich. Samstag abend war er ins ›Westend‹ gegangen und hatte redlich versucht, seinen Kummer zu lindern. Der Sonntagvormittag war damit herumgegangen, daß er seinen Kater pflegte, und am Sonntag nachmittag hatte er die lahmste Runde Golf seit Jahren gespielt. Er sehnte sich wirklich danach, dem leeren Haus zu entrinnen und sich zum Arbeiten an den Schreibtisch in seinem Büro setzen zu können.

Bevor er in die Stadt fuhr, fragte er telefonisch bei seiner Garage an, wann er den Mercedes vorbeibringen könne, um die Delle im Kotflügel ausbeulen zu lassen.

Chatsworth Motors, die ihm, ebenso wie alle vorherigen Wagen, auch den Mercedes geliefert hatten, besaßen hochmoderne Anlagen ungefähr eine Viertelmeile von der Schnellstraße nach London entfernt und daher von Belford aus schnell zu erreichen. Colin Chatsworth war vormals ein erfolgreicher Rennfahrer gewesen, der es schnell von Formel-Zwei- zu Formel-Eins-Rennen gebracht hatte. In jenen Jahren war sein Name überall so bekannt, daß eine eigene Garage ein lohnendes Geschäft für ihn werden mußte, als er sich vom Rennen zurückzog.

Eine viertel Stunde, nachdem er von ›Tall Trees‹ aufgebrochen war, parkte Mike seinen Wagen auf dem Vorplatz von Chatsworth Motors. Hinter den Flügeltüren des Verkaufsraumes waren rasante Wagen verlockend ausgestellt. Chatsworth war auf ausländische Wagen spezialisiert und hatte die Vertretungen von Mercedes, Alfa Romeo, Volvo, Lamborghini und

Toyota. Er ließ sich lediglich dazu herab, die englische Marke Lotos zu verkaufen, manchmal hatte er allerdings auch ein paar Exemplare englischer Gebrauchtwagen anzubieten.

Heute Morgen stand ein Ferrari im Fenster, ein Aston-Martin und ein Bentley Typ R mit Spezialfederung.

Als Mike seine Beine aus dem Wagen herausschwang, sah er eine vertraute Erscheinung neben den Tanksäulen stehen. Da er das Prinzip vertrat, es sei immer ratsam, sich gut mit der Polizei zu stellen, schlenderte er hinüber, um ›Hallo‹ zu sagen. Polizeiinspektor Craddock war ein freundlicher Mann, Ende Fünfzig. Er zeigte lebhaftes Interesse an allem, was in Belford vor sich ging. So konnte man auch immer damit rechnen, daß er schnell Gründe fand, da und dort Geld lockerzumachen, mit dem dann zum Beispiel Wohltätigkeitsorganisationen unterstützt wurden.

»Guten Morgen, Mr. Hilton.« Craddock lächelte liebenswürdig, dennoch schien es Mike, daß der Polizeiinspektor mehr von den Vorgängen in ›Tall Trees‹ wußte, als er zu erkennen gab.

»Morgen, Inspektor, was macht das Verbrechen?«

»Ich kann nicht klagen. Noch keine Knappheit eingetreten, da können Sie sicher sein. Wohl'n bißchen Ärger mit dem Luxuswagen gehabt, wie?«

»Ach – das«, sagte Mike leichthin. Der verbeulte Kotflügel war auf der anderen Wagenseite, und Mike hatte gehofft, der Inspektor habe den Schaden nicht bemerkt. »Irgendein idiotischer Lieferwagen hat mich geschnitten, und bei dem Versuch, ihm auszuweichen, habe ich einen Obstkarren erwischt. Na, jedenfalls haben wir uns außergerichtlich und in Freundschaft geeinigt.«

»Das ist immer das beste.« Der Inspektor lächelte und nickte dem Tankwart freundlich zu, als er sein Wechselgeld in Empfang nahm. »Trotzdem ist es auch eine gute Idee, solche kleinen Vorfälle der Polizei zu berichten. Das ist für Sie wie für jeden anderen eine gute Absicherung.«

»Ja, das hätte ich tun sollen.« Mike überlegte, ob der Inspektor den Unfallbericht schon haben mochte. Er konnte ihm wohl nicht gut erklären, daß die ganze Geschichte durch Ruths verrücktes Verhalten vorübergehend völlig aus seinem Gedächtnis gelöscht war.

»Nächste Woche haben wir die Wohltätigkeitsveranstaltung fürs Waisenhaus, Sir.« Der Inspektor schien bereit zu sein, das Thema Zusammenstoß fallenzulassen. »Können wir auch in diesem Jahr wieder mit Ihrer kleinen Vorführung rechnen?«

»Ich weiß nicht recht«, antwortete Mike in beiläufigem Ton, »diesen alten Trick von mir haben die Leute mittlerweile schon so oft gesehen. Aber Sie können mich mal für einen Fünfziger vormerken. Das wird für die Eislutscher wohl ausreichen . . .«

»Ich werde Sie beim Wort nehmen«, sagte der Inspektor lachend und stieg in seinen schwarzen Ford Zephyr.

»Ist Mr. Chatsworth da?« fragte Mike den Tankwart, der gerade seine Hände an einem Baumwollappen abwischte. Der Mann wies mit dem Kinn in die andere Richtung des Vorplatzes, wo ein Austin Healey parkte. Mike erkannte Colin Chatsworth, der sich mit einem hochgewachsenen Mann im karierten Anzug unterhielt. Beide betrachteten eingehend den Austin.

Chatsworth sah auf, als Mike zu ihnen herüberkam. Er war von kleiner Statur und rundgesichtig, mit hellen blauen Augen; er hatte die etwas vorgebeugte Haltung des ehemaligen Rennfahrers und eine etwas steifbeinige Art zu gehen.

»Hallo, Mike«, rief er und verzog sein Gesicht zu einem kleinen boshaften Grinsen, »was höre ich, Sie haben mit dem Mercedes Bruch gemacht? Dabei haben Sie ihn erst einen Monat.«

Mike war sich klar darüber, daß er wegen dieses Bagatellunfalls noch allerhand Witzeleien über sich würde ergehen lassen müssen.

»Na, wenn schon, nicht jeder von uns hat die Gelegenheit, sich im Formel-Eins-Rennen zu qualifizieren. Irre ich mich eigentlich, wenn ich mich da an eine ganz kleine Delle aus Monaco entsinne, so vor ein paar Jahren?«

Chatsworth lächelte säuerlich, als Mike ihn an den Auffahrunfall erinnerte, in den er beim großen Preis von Monte Carlo mit drei anderen Wagen verwickelt war.

»Peng! Getroffen! Nun lassen Sie uns mal einen Blick auf den Schaden tun. Kennen Sie übrigens Barry Freeman? Barry betreibt einen Handel mit Gebrauchtwagen, und manchmal, wenn ich ein paar besonders gute Stücke hereinbekomme, hat er bei mir das Vorkaufsrecht.«

Freeman gab Mike die Hand zur Begrüßung. Für Mike war es höchst ungewöhnlich, zu Leuten aufschauen zu müssen, die ihm vorgestellt wurden. Aber dieser Mann überragte ihn um etliche Zentimeter. Er war dunkelhaarig und trug den ganzen Kopf voll dichter Locken, die sich bis auf den Kragen seines Jacketts ringelten, seine Bartkoteletten reichten bis auf die Höhe der Ohrläppchen hinunter. Er trug eine Hornbrille mit breiten Seitenbügeln und hatte eine lange, leicht gebogene Nase.

»Was Colin wirklich meint«, sagte er, »ist, daß er die ausrangierten Schaukeln, die er keinem seiner Kunden mehr anzubieten wagt, auf mich ablädt.«

»Sieht gar nicht mal so wild aus«, sagte Chatsworth und legte den Kopf schief, um den verbeulten Kotflügel von Mikes Wagen kritisch in Augenschein zu nehmen. Er hatte Freemans Bemerkung ignoriert, und Mike vermutete, daß bei aller Freundschaftlichkeit die beiden Männer sehr voreinander auf der Hut waren. »Das können wir in unserer eigenen Werkstatt erledigen.«

»Wie lange wird es dauern?«

»Ein paar Tage, denke ich. Können Sie Donnerstag abend wieder vorbeischauen?«

»O. K. Besteht Aussicht, daß Sie mir in der Zwischenzeit einen Wagen leihen? Ich könnte den Wagen meiner Frau benutzen. Aber sie ist auf Besuch bei Freunden und hat die Schlüssel von dem Lotos bei sich. Der verflixte Wagen ist abgeschlossen ich kann nicht hinein. Da fällt mir eben ein, wir gehen doch beide morgen abend zu der Dinnerparty, nicht wahr?«

Chatsworth reckte sein Kinn und schaute vage über seinen Besitz. »Mal schauen, was haben wir denn da, was Sie gebrauchen können? Ist ein Morris 1000 unter Ihrer Würde? Ich habe ihn gerade von einem Kunden in Zahlung genommen, Steuer und Versicherung sind drin.«

»Ja, der geht. Hauptsache, das Ding fährt! Um welche Zeit sollen wir übrigens bei dieser Party auftauchen?«

»Viertel nach sieben bis dreiviertel acht. Findet dieses Jahr im ›Dorchester‹ statt. Ich habe keine Lust, zu früh zu gehen. Vielleicht sollten wir uns vorher treffen und zusammen etwas trinken.«

»Eine gute Idee. Ich erwarte Sie also um halb acht Uhr drinnen beim Haupteingang.«

»Gut.« Chatsworth wölbte die Hand um den Mund und rief seinem Tankwart zu: »Tom, führe Mr. Hilton zum Hintereingang und gib ihm die Schlüssel zu dem Morris 1000. Er leiht ihn für ein oder zwei Tage.«

»Vielen Dank, Colin. Bis morgen dann.«

»Nichts zu danken!«

Chatsworth sah nachdenklich hinter Mike her. Freeman, der neben ihm stand, sagte: »Scheint ein netter Kerl zu sein und wohl auch ganz schön betucht, wenn er einen Lotos und einen Mercedes laufen hat!«

»Oh, Mike ist nicht gerade knapp bei Kasse. Sein Alter hinterließ ihm um die hunderttausend Pfund!«

Freeman pfiff durch die Zähne. »Manche Leute haben doch ein unverschämtes Glück. Arbeitet er überhaupt?«

»Er ist Börsenmakler. Macht gute Geschäfte, wie man von

allen Seiten hört. Trotzdem beweist dieser Fall mal wieder, daß Geld allein nicht glücklich macht.«

»Was meinst du damit?«

»Seine Frau ist ihm gerade davongelaufen, huschte mal eben nach Paris. Übrigens ein nettes Mädchen.«

Die beiden Männer gingen zurück zu dem Austin Healey, als Mike um die Ecke des Gebäudes verschwand.

»Also, wieviel bietest du mir für die Kiste?«

Freemans Gesicht verzog sich zu einem schiefen Grinsen.

»Die Hälfte von dem, was du verlangst, alter Junge.«

Am Dienstag abend, als Mike zu der Verabredung im ›Dorchester‹ nach London fuhr, schob sich ein ungewöhnlich dichter Verkehr die Schnellstraße entlang. Als er sich der Hammersmith Flyover näherte, sah er, daß die Doppelreihe der Fahrzeuge fast stand. Einem plötzlichen Impuls folgend blinkte Mike nach links und schwenkte zur inneren Fahrbahn hinüber, um zum Hammersmith Broadway zu gelangen. Dann bog er in die Straße ein, die zur Putney Bridge führte. Das war seine bevorzugte Ausweichstrecke. Sie brachte ihn durch die King's Road sofort zum Sloane Square.

Der Motor des Morris klang wie ein Sack voll Nägel. Ihn überhaupt zum Starten zu kriegen, war schlimmer als ein Tanz mit des Teufels Großmutter. Nun vollführte das Vehikel eine Reihe unregelmäßiger Sätze, als ob eine unsichtbare Hand versuchte, es nach hinten zu ziehen. Es war schon ein Viertel nach sieben. Seine einzige Hoffnung, pünktlich zu sein, bestand darin, daß er diesen Haufen Schrott irgendwo abstellte, ein Taxi nahm und dem Automobilklub den Ärger mit der Karre überließ. Der Gedanke, vor dem ›Dorchester‹ vorzufahren und den Portier zu fragen, wo er dieses schäbige Gefährt wohl parken könne, war einfach zuviel für ihn.

In der King's Road voranzukommen, war fast unmöglich. Als Mike schließlich zu der Stelle kam, an der er den Zusammenstoß mit dem Obstkarren hatte, war er fest entschlossen, nicht weiterzufahren. Er entdeckte einen Parkplatz in der Straße, aus der neulich der wildgewordene Lieferwagen herausgeflitzt war, und zwängte den Wagen hinein. Er stellte den Motor ab, ließ den Zündschlüssel stecken und merkte sich den Namen der Straße und die Nummer des Wagens. Dann hielt er Ausschau nach einer Möglichkeit zu telefonieren.

Als er zurück zur King's Road kam, sah er fast direkt gegenüber die Lichter vom ›Four Poster‹. Eilig überquerte er die Straße, dann drückte er die Schwingtüren der Bar nach innen auf.

Das ›Four Poster‹ war sowohl Klub als auch Gaststätte. Es war ein Lieblingstreffpunkt der Halbwelt von Chelsea, und am Abend konnte man in der Klub-Bar die auf ›Künstler‹ zurechtgemachten Typen, Schulter an Schulter – und vielleicht auch Hüfte an Hüfte – mit ein paar anspruchsvolleren Callgirls sehen. Zwanzig Minuten nach sieben, als Mike hereinkam, war das Lokal schon voll. Beißender Zigarettenrauch und betrunkenes Gelächter schlugen ihm entgegen, als er etwas zögernd die ornamentgeschmückte Glastür aufstieß. Das ›Four Poster‹ hatte der neuen Einrichtungswelle widerstanden und war beim Mahagoni- und Glasstil des neunzehnten Jahrhunderts stehengeblieben. Lediglich in der Umgebung der Imbißbar, die man etwas abseits plaziert hatte, fand sich ein wenig moderner Chromglanz. Die gegenüberliegende Seite war in eine Reihe kleiner Nischen abgeteilt, offenen Zugabteilen nicht unähnlich.

In einer dieser Nischen saß – für Mike nur undeutlich erkennbar – ein schlankes Mädchen am Tisch. Sie trug einen langen Pferdeschwanz kastanienbraunen Haares, das von ihrem eigenen Haar nicht zu unterscheiden war. Auf ihren Knien balancierte eine blendendweiße Perserkatze, die mit genießerischer Feierlichkeit an einem Glas Magenbitter schlabberte.

Das Mädchen beantwortete das Gelächter ihrer Umgebung nur mit einem unbeteiligten Lächeln. Ein Mann stand neben ihr und versperrte ihr den Blick ins Lokal. Es war ein untersetzter, freundlicher kleiner Pole, der eine randlose Brille trug. Er sah genauso aus wie das, was er war – der Besitzer eines Buchantiquariats. Sein Name war Louis Dubinsky, und sein Interesse schien weniger durch die Katze als vielmehr durch das Benehmen des jungen Mannes ihm gegenüber beansprucht zu sein.

Chris Benson, Anfang der Zwanzig, sah trotz seiner schlampigen Aufmachung recht gut aus. Er trug die Haare lang und hatte sich einen schlapp herabhängenden Schnurrbart wachsen lassen. Seine Kleider bestanden aus einer Schlafanzugjacke, einer engen, farbbekleckslen Cordhose und einem losen khakifarbenen Arbeitskittel. Auch auf seinen Lippen und dem Schnurrbart waren noch Farbspuren zu sehen. Er hatte es sich nie abgewöhnen können, seinen Farbpinsel in den Mund zu stecken, und selbstverständlich wusch er sein Gesicht nur zweimal in der Woche.

»Die wird heute Nacht auf die Dächer gehen, um herumzusumpfen, wenn du nicht auf sie aufpaßt, Sell!«

Louis Dubinsky führte das Gelächter an, das Chris' ›Witz‹ honorierte. Die kleine Runde hatte genügend Alkohol konsumiert, um auch für den schwächsten Kalauer noch dankbar zu sein. Die drei Mädchen, die der Katzenbesitzerin gegenüber saßen, flüsterten sich Abwandlungen von Chris' Witz zu und hörten überhaupt nicht auf, darüber zu kichern. Sie waren alle drei sehr stark aufgemacht, bereit, zur ›Arbeit‹ zu gehen, falls das schrille Läuten des Telefons ihnen gelten sollte.

Chris sah in die Runde, um festzustellen, ob sonst noch jemand seinen Witz so fabelhaft gefunden hatte. Da entdeckte er den elegant gekleideten Herrn, der sich an die Bar zu drängen versuchte. Chris gab Dubinsky einen Rippenstoß. Ein Smoking, noch dazu in Verbindung mit plissiertem Smokinghemd, grüner Samtschleife und Kummerbund, war im ›Four Poster‹ ungefähr die gleiche Rarität wie ein Bikini am Nordpol.

Mike fühlte aller Augen auf sich gerichtet und war um so peinlicher bemüht, ein Telefon ausfindig zu machen. Er erreichte die Bar gerade in dem Augenblick, als der Wirt sich bückte, um vom unteren Regal eine Flasche Stingo heraufzuholen.

»Entschuldigen Sie« – Mike sprach mit etwas erhobener Stimme – »haben Sie vielleicht ein Telefon, das ich benutzen könnte?«

Bob West war ein dunkelhäutiger Mann, Ende Vierzig, mit stets bereitem Redefluß und einem wachen Auge für jede gute Geldanlage, speziell wenn Einkommensteuern dabei keine Rolle spielten. Er hob seine Augen nicht höher als bis zu Mikes Hemdbrust.

»Alles zu seiner Zeit, Mann. Im Augenblick bediene ich gerade einen Kunden.«

»Es ist ziemlich dringend. Mein Wagen ist zusammengebrochen, und ich bin schon . . .«

»Ich habe nur fünf Paar Hände, Genosse.« Bob West drehte ihm den Rücken zu, um einen Flaschenverschluß vom Bord hinter der Bar herunterzulangen.

Mike griff nach seinem Zigarettenetui und ließ sein Feuerzeug schnappen. Die Uhr über der Bar zeigte 7.28 Uhr an, aber sie schien vorzugehen. Der Wirt war in die hinteren Privaträume verschwunden.

»Verzeihen Sie.« Mike wandte sich an einen jungen Mann, der mit aufgestützten Ellenbogen am Tresen lehnte. »Wissen Sie, ob es hier in der Nähe eine Telefonzelle gibt?«

»Kann ich nicht sagen«, erwiderte der Jüngling, ohne aufzusehen.

Ungeduldig wandte Mike sich ab, entschlossen, draußen nach einer Telefonzelle zu suchen. In diesem Augenblick stieß er mit jemandem zusammen.

»Oh, ich bitte vielmals um . . .« Er brach seine Entschuldigungsfloskel ab. Vor ihm stand das Mädchen mit der Perserkatze, dasselbe Mädchen, das der Anlaß dafür gewesen war, daß er den Obstkarren mit dem Kotflügel seines Mercedes gerammt hatte. Sie sagte kein Wort, nur eine leichte Bewegung ihres Kopfes machte ihm deutlich, daß er ihr folgen solle. Er zögerte noch, als er beobachtete, wie sie sich routiniert einen Weg durch die Anwesenden bahnte, ging dann aber doch hinterher. Wahrscheinlich hatte sie seine Frage gehört und führte ihn jetzt zu einem Telefon. Es konnte aber auch die neueste Chelsea-Masche sein, Kunden einzufangen. Doch sie schien nicht zu dieser Kategorie zu gehören. Sie trug diesmal ein kurzes Kleid – Trapezschnitt –, das ein Paar schlanker, kerzengerader Beine freigab. Die meisten Männer drehten sich nach ihr um, als sie vorbeiging, und richteten ihre Blicke dann mit amüsiertem Interesse auf Mike. Drüben von der Nische aus beobachtete Dubinsky die kleine Prozession mit ungeteilter Aufmerksamkeit. Als sie die andere Seite des Raumes erreicht hatten, vergewisserte sich das Mädchen erst, ob er ihr folgte, dann öffnete sie eine fast unsichtbare, in das Mahagoni-Paneel der Salonbar eingelassene Tür und ging hindurch. Wieder zögerte Mike einen Augenblick. Er hatte den Verdacht, daß er so etwas wie eine Grenzlinie überschritt und daß beim nächsten Schritt vielleicht noch etwas mehr als nur ein Telefonanruf eine Rolle spielen würde. Sie machte eine ungeduldige Kopfbewegung. Er warf noch einen Blick zurück auf das Gewoge neugieriger Gesichter, dann folgte er ihr auf den dunklen Flur.

Sie stieg bereits die von einem Messinggeländer abgesicherte Treppe hinauf, die kaum beleuchtet war. Auf dem Treppenabsatz stand ein Tisch mit einem Topf traurig herabhängenden Farnkrauts und einem Tablett voll schmutziger Gläser und Tassen. Das Mädchen ging daran vorbei, unentwegt die Katze kraulend, und öffnete die Tür links von der Treppe.

Sie knipste das Licht an und trat ein. Jetzt war es zu spät

umzukehren – also ging er hinterher. Sie hatte bis jetzt noch kein Wort gesprochen. Er befand sich in einem großen Raum mit zwei hohen Fenstern. Auf den ersten Blick konnte er erkennen, daß dies ihr Wohn-Schlafzimmer war. Das Zimmer war mit düsteren, schweren viktorianischen Möbeln ausgestattet, doch trotz dieses wenig ansprechenden Hintergrundes hatte es eine persönliche Note. An den Wänden hing ungefähr ein halbes Dutzend moderner Gemälde, die in einer ungewöhnlichen Technik gemalt waren. Man hatte fast den Eindruck, daß der Künstler die Farbe aus großer Entfernung auf die Leinwand praktiziert hatte – vielleicht kopfunter von einem Kronleuchter schwingend, den Pinsel zwischen den Zähnen ... Außerdem gab es da auch eine Plastik, einen kauernden Mongolen in Stein. Eine Stereoanlage verdrängte – rein optisch – die schwere Eichenanrichte, und der ziemlich schäbige Bodenbelag war durch einen spanischen Teppich von brillanter Farbgebung getarnt. Die Beleuchtung bestand aus einer zylindrisch geformten Wandlampe. Sie richtete ihren Lichtstrahl auf das größte und ansprechendste Gemälde – ein Flammenmeer, das ein schon brennendes Gebäude vollends verschlang.

Das Mädchen ging zu dem breiten, mit einer weißen Felldecke bedeckten Couchbett. Das Fell paßte genau zur Farbe der Katze. Es lagen zahlreiche Kissen auf der Couch verstreut. Das Mädchen setzte die Katze auf den Teppich und ringelte sich selbst daneben. Hinter Mike schwang die schwere Tür in den Angeln und schloß sich mit einem kleinen ›Klick‹. Mike stand mitten im Raum und überlegte, was nun von ihm erwartet wurde.

Mit spöttischem Lächeln sah sie zu ihm auf und wies mit einer Kopfbewegung auf ein Tischchen neben der Tür. Er folgte der angegebenen Richtung mit den Augen und entdeckte das Telefon.

»Oh – äh – danke –«

Er sah sie an und ging – noch immer verblüfft – hinüber zu dem Apparat. Im nächsten Augenblick gab es ein Klirren zu seinen Füßen und einen dreistimmigen Chor von Geschrei und Gezische. Als er hinuntersah, stellte er fest, daß er in ein Schälchen mit Milch getreten war und damit drei schwarze Katzen in panische Flucht geschlagen hatte.

»Es tut mir leid. Ich habe sie nicht gesehen.«

Das Mädchen beugte sich vor und gab dem Kätzchen einen Kuß zwischen die Ohren. Mike konnte nur mit Anstrengung seine Gedanken sammeln und versuchte sich zu erinnern, weshalb er eigentlich telefonieren wollte. In dem dämmrigen Licht mußte er sich vorbeugen, um die Ziffern zu erkennen. Er wählte 944 12000.

»Hallo, ist da der Automobilklub? Würden Sie mir bitte den Pannendienst geben?« Während der darauffolgenden Pause hielt das Mädchen seinen Blick für einen Augenblick fest.

»Hallo? . . . Ja, ich bin genau am Ende der King's Road Ecke Charles Street zum Stehen gekommen. Es ist ein schwarzer Morris 1000, Kennzeichen 879 BBY. Könnten Sie so freundlich sein und herausfinden, was mit dem Wagen los ist? Rufen Sie mich doch bitte später im ›Dorchester‹-Hotel an. Ich bin dort beim Abendessen auf der Terrasse zu finden . . . Mitgliedsnummer? Nein, ich fürchte, ich habe die Karte nicht bei mir . . . Gut, wenn das nötig ist. ›Tall Trees‹ Sunbury Avenue, Belford. Mein Name ist Hilton, M. F. Hilton . . . ja, ich habe den Schlüssel im Zündschloß stecken lassen . . . Das ist sehr freundlich von Ihnen.«

Er legte auf und kratzte sich den Hinterkopf. Sie hatte nicht das geringste Interesse für dieses Gespräch gezeigt, nicht einmal, als er Name und Adresse angab. Während er in seiner Tasche nach einem Sixpencestück suchte, streckte sie sich und erhob sich mit anmutigem Schwung.

»Ich bin Ihnen wirklich sehr dankbar. Sie bekommen Sixpence von mir, nicht wahr?«

»Die Gebühren übernimmt das Haus.« Das waren die ersten Worte, die sie sprach. Ihre Stimme war tief und etwas rauh. Sie hatte eine gewählte Aussprache, als hätte sie Sprachunterricht gehabt. Sie stand so dicht neben ihm, daß er mit ausgestrecktem Finger die Katze im Nacken streicheln konnte. Die bewegte sich nur widerwillig und machte einen Satz auf den Fußboden.

»Sie scheint mich nicht recht zu mögen«, sagte Mike entschuldigend. »Dummes Tier«, erwiderte das Mädchen und sah ihm lächelnd in die Augen. Um dem Zwang ihres Blickes zu entgehen, fischte er einen Shilling aus der Tasche und legte ihn geräuschvoll auf die Anrichte.

»Bitte tun Sie das nicht«, sagte sie, »es ist zuviel.«

»Na schön«, erwiderte Mike geradezu mutig, »Sie können mir ja den Rest das nächste Mal herausgeben, wenn wir uns wiedersehen.«

Während er überlegte, ob er zu weit gegangen war, wandte er sich zur Tür und öffnete sie. Die weiße Katze flitzte durch den Spalt und verschwand auf der Treppe.

Wieder folgte er dem Mädchen die Treppe hinunter. Als sie unten im Hausflur standen, zeigte sie auf eine Tür geradeaus.

»Sie können hier hinausgehen, wenn Sie nicht wieder durch die Bar wollen. Das ist mein Privateingang.«

Er erinnerte sich, sie vor dieser Tür gesehen zu haben, als sie in ihrer Handtasche nach ihrem Schlüssel suchte. Sollte er das als Einladung auffassen, wiederzukommen?

»Ich bin in ziemlicher Eile«, sagte er hastig. »Ich fürchte, ich bin zu spät dran – um halb acht soll ich jemanden im ›Dorchester‹ treffen . . . Also, nochmals vielen Dank Miss . . .« Das Kätzchen war wieder zum Vorschein gekommen und rieb sich an den Beinen seiner Besitzerin. Sie bückte sich und hob es hoch.

»Brooks, Selby Brooks.«

Als er auf die Straße hinaustrat, empfand er ein nagendes

Schuldgefühl. Dann machte er sich jedoch klar, daß das angesichts von Ruths Benehmen einfach lächerlich war.

In die Bar zurückgekehrt, setzte sich Sel wieder zu ihren Freunden.

»Prima, Herzchen, das war schnelle Arbeit, würde ich sagen. Ich wollte, ich hätte selbst daran gedacht.«

Ruby Stevenson hatte die meiste Zeit ihres Lebens im Theater zugebracht und nannte jedermann ›Herzchen‹. Ihre erste Jugendblüte lag schon lange zurück, aber durch ihr exotisches Wesen und ihre auffällige Kleidung haftete ihr immer noch ein Hauch der Theaterwelt an, in der sie einst lebte.

Die Blondine im Trägerkleid, die sich an Chris Bensons Arm kuschelte, warf einen etwas giftigen Seitenblick auf Sel.

»Für einen Schnellschuß war das ein echter Rekord«, bemerkte sie mit unverkennbar nordischem Akzent. »Du kannst nicht länger als fünf Minuten oben gewesen sein.«

»Dein Verstand ist eingleisig, Ingrid.« Dubinskys Ton klang tadelnd. »Du glaubst, daß jedes männliche Wesen, das du siehst, an schwedischen Übungen interessiert ist. Dabei weißt du, daß Sel nicht zu dieser Sorte Mädchen gehört.«

Aber Ingrid hörte gar nicht hin. Sie beobachtete den unauffälligen Mann, der an die Bar getreten war und einen Drink bestellte. Sie wünschte inständig, Sergeant Bellamy hätte sich eine andere Bar als ausgerechnet die ›Four Poster‹ ausgesucht. Doch der Wunsch kam zu spät . . .

4

Es war eine ermüdend lange Woche für Mike. Er gehörte zu jenen Männern, für die weibliche Gesellschaft ein Elementarbedürfnis ist. Trotz der dauernden Auseinandersetzungen zwischen ihm und Ruth hatte die bloße Tatsache ihrer Anwesenheit Behaglichkeit und Sicherheit für ihn bedeutet. Jetzt wurde ihm plötzlich klar, wie selbstverständlich er sie in sein tägliches Leben einbezogen hatte. Zugegeben – sie hatten sich mit der Zeit auseinandergelebt. Ruth hatte ihre Freunde, er hatte die seinen. Ruths Interesse galt Belford, das seine richtete sich auf die City und die Leute, die er dort traf. Aber er konnte einfach nicht glauben, daß sie nicht eben solches Verlangen nach ihm hatte wie er nach ihr, und jeden Abend, wenn er nach Hause kam, nährte er die schwache Hoffnung, daß sie vielleicht doch da sei und auf ihn wartete ...

Mrs. Hall mit ihrer Neigung zu kleinlichem Klatsch war ein überaus kümmerlicher Ersatz. Sie erwartete nicht nur ihren Lohn, sondern auch noch einen aufmerksamen, geduldigen Zuhörer. So begann Mike in London zu Abend zu essen und erst nach Hause zu kommen, nachdem er sich einen Film angesehen hatte. Aber er schlief immer in ›Tall Trees‹. Er wollte da sein, wenn die Morgenpost kam.

Es war noch immer kein Brief von Ruth gekommen. In ihrer letzten Nachricht hatte sie doch versprochen zu schreiben. Vielleicht dachte sie aber auch, das Gespräch, das sie auf dem Bahnsteig miteinander führten, habe sie der Verpflichtung weiterer Erklärungen enthoben.

Es war wenigstens ein schwacher Trost, daß er am Donnerstag morgen auf dem Weg zur Stadt den beklagenswert klapprigen Morris zurückbringen und dafür seinen eigenen Wagen wieder in Empfang nehmen konnte. Er hatte eine eigenartige Antipathie gegen die Cromwell Road entwickelt und es sich schon zur Gewohnheit gemacht, über die King's Road und entlang der Themse in die City zu fahren. Er brauchte dabei zwar mehr Zeit, aber vielleicht auch nur deshalb, weil er gewöhnlich die King's Road etwas langsamer entlangfuhr.

Einige Male hatte er schon erwogen, am ›Four Poster‹ Halt zu machen – nur für einen kurzen Drink und natürlich auch, um sich die restlichen Sixpence abzuholen, die Selby Brooks ihm noch schuldete. Aber das wäre vielleicht zu auffällig gewesen, und so verschob er es von Mal zu Mal. An einem Freitagabend, als er nach Hause fuhr, um sich für ein Abendessen im ›Debenham Country Club‹ noch umzuziehen, traf er sie endlich wieder. Er sah sie in der Nähe vom Sloane Square. Man erkannte sie sofort an ihrem langen Pferdeschwanz und dem weißen Kätzchen, das aus ihrem Einkaufskorb hervorlugte. Sie trug denselben Hosenanzug wie an dem Tag, an dem er sie zum erstenmal gesehen hatte. Er gab dem Wagen hinter sich ein Zeichen und scherte in einen Parkplatz an der Bordsteinkante aus, ein paar Meter hinter ihr, und tippte zweimal dezent auf die Zweitonhupe. Sie wandte sich um, die Augenbrauen geringschätzig hochgezogen, dann sah sie den Mercedes und lächelte.

»Hallo!« rief Mike ihr zu.

Sie kam herüber an die Wagentür.

»Ach, Sie sind es. Hat der Automobilklub Ihren Wagen geflickt?«

»Es war nicht dieser.« Mike erzählte ihr schnell den Sachverhalt. Frauen sind ja so ahnungslos, wenn es um technische Dinge geht. Dennoch konnte er ihr jetzt nicht erklären, daß der Zusammenstoß nur deshalb passiert war, weil er sie damals im Rückspiegel beobachtet hatte.

»Wollen Sie nach Hause? Kann ich Sie vielleicht mitnehmen?«

»Das wäre nett von Ihnen.«

Er lehnte sich hinüber, um die Tür zum Beifahrersitz zu öffnen. Sie ließ sich vorschriftsmäßig, wie es sich für eine Dame gehört, auf dem Sitz nieder. Er versuchte, ihr den Einkaufskorb abzunehmen.

»Vorsichtig!« warnte sie. »Zoe könnte Sie kratzen. Ich halte sie besser auf meinen Knien.« Sie schlug die Tür mit etwas mehr Kraftaufwand zu, als nötig gewesen wäre, und lächelte ihn an.

»Wird es schneller gehen als zu Fuß?«

»Ich bezweifle das eigentlich.« Er erwiderte ihr Lächeln. »Sind Sie in Eile?«

»Nicht unbedingt.«

»Gut.«

Mike sah in den Seitenspiegel und reihte sich wieder in die träge dahinkriechende Autoschlange ein. Diesmal war es ihm egal, ob es schnell oder langsam voranging. Er hatte keine Eile, das ›Four Poster‹ zu erreichen.

»Ich bin froh, daß Sie daherkamen. Der Einkaufskorb ist nämlich sehr schwer.«

»Ich freue mich auch. Ich bin jeden Tag hier vorbeigefahren und habe nach Ihnen Ausschau gehalten.«

»Wirklich?«

Er fühlte, wie sie ihn ansah, schaute zu ihr hinüber und suchte ihre Augen. Diesmal unterbrach Sel den Kontakt.

»Schauen Sie nach vorn!« rief sie.

Mike wandte sich wieder der Straße zu, gerade rechtzeitig genug, um den Zusammenstoß mit einem Postauto zu vermeiden.

»Ich hätte meine Aufmerksamkeit lieber auf die Fahrbahn richten sollen.« Sel lachte leise.

Der Mercedes mit dem heruntergelassenen Verdeck und den beiden gutaussehenden Insassen zog die neugierigen Blikke einiger Fußgänger auf sich. Gerade als sie ein großes Buchantiquariat mit der Aufschrift Dubinsky passierten, kamen zwei Männer in Sicht. Der eine war klein und trug eine randlose Brille, der andere hatte einen herabhängenden Schnurrbart und machte einen etwas unterernährten Eindruck. Sel sah sie und winkte ihnen im Vorbeifahren zu. Der junge Mann mit dem Bart brauchte eine Weile, bis er sie erkannte, dann ergriff er seinen Begleiter am Arm und zeigte in ihre Richtung.

»Freunde von Ihnen?« erkundigte sich Mike.

»Ja, der kleine ist Louis Dubinsky, der Inhaber des Buchladens. Der junge Mann neben ihm ist Chris Benson. Vielleicht haben Sie eines seiner Bilder in meinem Zimmer bemerkt?«

Die Fahrt war nur sehr kurz gewesen. Sie schienen das ›Four Poster‹ in ein paar Sekunden erreicht zu haben.

»So, da wären wir«, bemerkte Mike, als er in die Kurve einbog.

Zoe starrte ihn aus runden Augen intensiv an. Er machte noch einmal den Versuch und streckte die Hand aus, um die Katze zärtlich zu kraulen. Sie schnurrte und preßte ihren Kopf gegen seine Hand.

»Sie mag Sie!« rief Sel erstaunt aus. »Das war ein nettes Geburtstagsgeschenk, nicht wahr, Zoe? Sag dankeschön fürs Mitfahren.«

»Wessen Geburtstag? Ihrer oder Zoes?«

»Meiner natürlich«, sagte Sel lachend. »Zoe ist noch nicht alt genug, um überhaupt schon einen Geburtstag zu haben, nicht wahr, Liebling?«

»Oh – dann wünsche ich viel Glück!«

»Danke!« Sie öffnete die Tür und schwang ihre Beine hinaus. Dann fügte sie nach einer kurzen Pause hinzu: »Ich gebe heute Abend eine Party in meinem Zimmer. Hätten Sie Lust zu kommen?«

»Ja – äh –« Mike suchte nach den passenden Worten. Ein Abend in Sels Gesellschaft war ganz entschieden der Männergesellschaft des ›Country Club‹ vorzuziehen. Er überlegte, ob er die Verabredung dort noch so spät absagen konnte. Sel mißverstand sein Zögern.

»Vielleicht sind die Chelsea-Typen nicht ganz Ihr Geschmack?«

»Nein – das ist es nicht. Ich – äh – ich komme sehr gerne!«

»Gut, jederzeit nach neun. Wir erwarten Sie dann, nicht wahr, Zoe? Und vielen Dank noch mal fürs Mitnehmen!«

Mike lächelte, als sie die Wagentür schloß, und fuhr erst

weiter, als sie den Seiteneingang zum ›Four Poster‹ erreicht und den Schlüssel ins Schloß gesteckt hatte.

Sels Party kam nicht in Schwung bis kurz nach halb zehn, aber dann war sie voll im Gange. Der Plattenspieler vibrierte als Begleitung zu Dionne Warwicks einschmeichelnder Stimme, die Luft war rauchig, und man konnte das Stimmengewirr bis hinunter auf die King's Road hören. Jeder Fußbreit Teppich wurde von stehenden und hockenden Gästen beansprucht. In den verschiedenen Polstersesseln saß man zu zweit. Die alkoholischen Getränke, die Sels Gäste als Geschenk mitgebracht hatten, standen kunterbunt auf einem Tisch durcheinander. Chris Benson, nach wie vor unrasiert und in dem immer gleichen Aufzug, diskutierte mit einem rabiat aussehenden Frauenzimmer, das Männerkleider trug. Ein paar desillusionierte junge Leute räkelten sich auf dem Fußboden, Wodka und Dubonet schlürfend, und zählten alle Leute auf, die ihnen am meisten auf die Nerven gingen, angefangen bei Picasso bis zu Billy Graham. Ruby Stevenson erzählte uralte Witze, die vor zwanzig Jahren schon kein Mensch mehr hören wollte. Die beiden Call-Girls Iris und Vera, die Sel insgeheim um ihre Unabhängigkeit beneideten, hatten sich miteinander auf die Couch gerollt und flüsterten sich vertrauliche Mitteilungen zu, während sie die anwesenden Männer aufs Korn nahmen. Sie hatten ihre kleinen goldenen Sandaletten von den Füßen gestreift und einfach am Boden liegen lassen.

Am anderen Ende der Couch saß Sel; sie trug einen Kasack aus geblümter glänzender Seide und unterhielt sich gerade sehr höflich mit einem Kunsthändler. Er schien mit seinen fünfzig Jahren der älteste Gast zu sein. Sel sah auf, als Louis Dubinsky mit drei Gläsern Whisky in den rundlichen Händen auf sie zusteuerte.

»Das hast du prima gemacht, Louis.« Sie lächelte ihm über ihr Glas hinweg zu. »Kluges Kind, auf Anhieb das Eis zu finden.«

»Prost! Wirklich eine nette Party, Sel.« Er spähte mit kurzsichtigen Augen durch den Raum. »Wie geht es unserem gutaussehenden Freund mit dem schicken Wagen?«

Sie hob nur die Augenbrauen.

»Erzähl mir bloß nicht, du hättest ihn nicht eingeladen.«

Sie lachte und schaute in ihr Glas. »Doch, ich habe ihn eingeladen.«

»Das ist aber merkwürdig, daß er dann nicht da ist, er weiß doch, wie er hierherkommt.« Dubinsky faßte Sel scharf ins Auge. Weil seine Brillengläser das Licht reflektierten, konnte Sel den Ausdruck seiner Augen nicht erkennen.

»Er muß es sich anders überlegt haben«, meinte sie achselzuckend.

»Da kommt schon wieder jemand Neues«, meldete der Kunsthändler. »Ist das vielleicht zufällig Ihr Freund?«

Sel sah zur Tür. Mike stand auf der Schwelle, studierte die Gesichter ringsum und schien über den Lärm, der ihm entgegendröhnte, ziemlich entsetzt zu sein. Er trug einen sehr konservativen dunklen Anzug und ein weißes Hemd. Unter den Arm hatte er eine Pralinenschachtel geklemmt. Die Wodka konsumierenden jungen Leute, die es sich auf dem Teppich bequem gemacht hatten, waren sich darüber einig, daß Mike genau das verkörperte, was sie am meisten haßten.

Sel hatte sich erhoben und die Katze Dubinsky in den Arm gedrückt.

»Kümmere dich ein bißchen um Zoe, Liebling. Ich habe jetzt Besseres zu tun.«

Gegen Mitternacht wechselte die Stimmung. Etwa ein Dutzend Gäste war zu einer anderen verrückten Party gegangen, und es gab jetzt etwas mehr Platz. Trotzdem sah es eine Weile ganz so aus, als ob keine Stimmung mehr aufkommen würde. Schließlich war es Ruby Stevenson, die unvermutet in die Bresche sprang. Sie hatte ganz offensichtlich mehr Alkohol getrunken, als ihr gut tat, aber anstatt ihren Schwips unauffällig zu überspielen, barst sie fast vor Betriebsamkeit und dem unwiderstehlichen Drang zu organisieren. Ihre alten Theaterinstinkte waren urplötzlich in ihr erwacht, und nun war sie entschlossen, eine Varietéshow zu improvisieren. Ein junger Mann, der seine Gitarre mitgebracht hatte, war auch gleich bereit, ein paar Schlager zum besten zu geben. Vera und Iris legten gemeinsam einen harmlosen kleinen Tanz aufs Parkett, und Dubinsky führte, mehr gezwungen als freiwillig, Zauberkunststücke vor. Mike lag mit dem Rücken zur Wand auf der Couch und besah sich das Ganze mit jener milden Nachsicht, die sich nach dem Genuß von fünf Brandys einstellt.

Als sich Dubinsky unter dem Beifall der Umsitzenden zurückzog, bemerkte Mike mit Entsetzen, das Ruby ihren schwankenden Zeigefinger auf ihn richtete.

»Nun mal los! Jetzt sind Sie dran!«

Mike wies auf sich selbst. »Wer? Ich?«

»Ja, ja, der gutaussehende junge Mann im feschen grauen Anzug!«

Mike schüttelte den Kopf. »Ich bin für so etwas wirklich völlig ungeeignet.«

»Ganz egal, Sie müssen mitmachen.« Ruby ging schnurstracks auf ihn zu, packte ihn bei den Armen und zog ihn von der Couch hoch.

»Nein, laß ihn in Frieden, Ruby«, protestierte Sel, peinlich berührt.

»Jeder macht hier mindestens einmal mit!« verkündete Ruby. »Nun seien Sie kein Frosch. Machen Sie irgend etwas, nur um der lieben alten Ruby einen Gefallen zu tun.« Sie wandte sich zu den anderen Gästen. »Er soll doch mittun, oder?«

Sie erhielt keine Antwort auf ihre Frage. Jeder konnte Mikes Verlegenheit sehen, und schließlich verspürte keiner rechte Lust auf eine verpatzte Vorführung.

Mike warf einen Blick auf Sel und sah, daß sie an ihrer Unterlippe nagte.

»O. K.«, sagte er. »Gibt's hier irgendwo eine Zeitung?«

Jemand fand eine Abendzeitung unter dem Tisch und warf sie ihm hinüber. Er nickte dem Jüngling mit der Gitarre aufmunternd zu. »Ein bißchen Musik im Hintergrund wäre gar nicht schlecht.«

Mike verbeugte sich vor Sel, die verblüfft diesen plötzlichen Wechsel von verlegenem Zögern zur Showroutine beobachtet hatte.

Er faltete die Zeitung achtmal und begann unter der Begleitmusik der Schlaggitarre mit schnellen, knappen Fingerbewegungen das gefaltete Papier zu zerreißen. Kleine Schnitzel fielen zu Boden, bis er schließlich ein säuberliches festes Papierpäckchen in der Hand hielt. Als er es auseinanderzog, entfaltete sich eine lange Reihe tanzender kleiner Mädchenfiguren.

»Toll!« rief Dubinsky, und alle anderen klatschten Beifall.

»Kennen Sie noch mehr Tricks?« Ruby warf Mike einen durchdringenden Blick zu.

»Nein, damit hört's bei mir auf.«

Ruby schien plötzlich ihre Absicht geändert zu haben. »Na schön, tanzen wir ein bißchen. Chris, leg mal eine Platte auf!«

Bei den ersten Takten pflanzte sie sich direkt vor Mike auf. Sie machte nicht den geringsten Hehl aus ihrer Vorliebe für ihn.

»Wollen wir doch mal sehen, ob Sie ebenso gut tanzen, wie Sie zaubern können.«

Im nächsten Augenblick hatte sie sich an ihn gepreßt. Über ihre Schulter konnte Mike sehen, wie Sel ärgerlich die Stirn runzelte. Er befürchtete, das man von ihm verlangen würde, mit Ruby eine Solorunde vor versammelter Gesellschaft zu drehen. Aber zu seiner Erleichterung erhoben sich einige andere Paare, um auch zu tanzen, und einen Augenblick später war die kleine Fläche voll von Tanzenden. Ruby hatte die Augen genüßlich geschlossen, während sie die Melodie in Mikes Ohr summte. Ihre Umklammerung wurde enger und enger . . .

Sel richtete sich entschlossen von der Couch auf und ging auf die Tanzenden zu. In dem Augenblick, als Ruby sich wirbelnd an ihr vorbeidrehte, tippte Sel ihr energisch auf die Schulter.

»Entschuldige!«

»Was denn?« fragte Ruby, aus allen Himmeln stürzend.

»Ich habe abgeklatscht«, sagte Sel.

»Aber das ist doch jetzt gar nicht dran«, protestierte Ruby, doch Mike hatte sich bereits von ihr gelöst und Sels ausgestreckte Hände ergriffen.

Sie tanzten, nur die Fingerspitzen gegeneinandergestützt, fast ohne sich zu berühren. Ruby war auf die andere Zimmerseite hinübergegangen, wo Vera und Iris saßen, und machte absichtlich laute Bemerkungen, damit Mike und Sel sie auch hören konnten.

»Hier wird es entsetzlich schwül«, flüsterte Sel Mike ins Ohr. »Ich hätte gern ein bißchen frische Luft.«

»Ich auch«, sagte Mike erleichtert.

»Ich hole nur schnell Zoe, die dürfen wir nicht vergessen.«

Niemand achtete besonders auf den Weggang der Gastgeberin. Am Fuß der Treppe begegneten sie Chris, als er gerade durch die Tür der Bar kam, vier Bierflaschen in der Hand. Fast hätte er sie überrannt, als er zum Start auf die Treppe ansetzte. Dann bemerkte er erst, wer vor ihm stand, trat einen Schritt zurück, verbeugte sich ironisch und winkte mit den Bierflaschen hinter ihnen her. Sel warf ihm einen vernichtenden Blick zu und rauschte hinaus.

Als Mike die Haustür hinter sich zuzog, sah er ein Paar aus einem Jaguar steigen. In der Mitte des Gehsteigs trafen sie zusammen.

»Hallo, Kätzchen«, sagte der Mann zu Sel, »die Party ist doch noch im Gang, hoffe ich?«

Unter dem Licht der Straßenlaterne erkannte Mike den Gebrauchtwagenhändler Freeman, den er vor einigen Tagen bei den Chatsworth-Garagen kennengelernt hatte. Anscheinend war Freeman an diesem Abend schon auf einer Party gewesen; er war ziemlich angeheitert.

Sel schien nicht besonders begeistert darüber zu sein, ihn zu sehen.

»Ja, Mike und ich gehen bloß ein bißchen frische Luft schnappen.« Mit Augen, die schon etwas glasig waren, versuchte Freeman, Mike genau zu fixieren.

»Guten Abend«, sagte Mike. »Ich denke, wir kennen uns.«

Freeman taumelte einen Schritt vorwärts, dann erhellte sich sein Gesicht im plötzlichen Erkennen. »Hallo, alter Junge! Ich hab' gar nicht gemerkt, daß Sie es sind. Das ist ja 'n Ding! Klar, das ist ja Ihr Mercedes, hinter dem ich parke.«

»Stimmt.«

»Alles O. K.? Der alte Nigel hat ihn wieder hingekriegt?«

»Ja, er ist so gut wie neu.«

»Na, ich wette, auf nichts versteht sich Nigel besser als auf ein bißchen Blechschaden.«

Er drehte sich mit breitem Grinsen nach seiner Begleiterin um und klatschte ihr ziemlich unsanft auf die Kehrseite.

»Nigel? Wer ist Nigel?«

Stirnrunzelnd hatte das Mädchen versucht, der Unterhaltung zu folgen. Sie sprach langsam, mit stark nordischem Akzent.

»Das ist Ingrid. Sie ist Schwedin und liebt einen guten Trunk. Aber keinen Schwedentrunk, was, mein Gold?«

Er schüttelte sich vor Lachen über seinen eigenen Witz. Ingrid musterte ihn mit unergründlichem Ausdruck.

»Bis später dann«, sagte Sel und nahm Mikes Hand. Es war unverkennbar, daß sie die Unterhaltung abzubrechen wünschte.

Als sie in den Mercedes stiegen, konnten sie Freeman noch im Hausflur protestieren hören. »Erzähl mir nicht, daß ich die ganzen verfluchten Treppen da hinaufklettern soll . . .«

Auf der Uferstraße hatte sich der Verkehr allmählich gelichtet. Die meisten Fahrer schienen die Geschwindigkeitsgrenze vergessen zu haben. Mike und Sel lehnten über das Geländer der Battersea-Bridge und beobachteten einen Schlepper, der unten vorbeizog, eine Reihe kohlenbeladener Kähne am Schleppseil hinter sich. Ihre Lademarken reichten fast bis zur Wasseroberfläche, und ihre stumpfen Buge hoben sich unter einer großen Welle. Die Doppelmasten des Battersea-Kraftwerkes hoben sich scharf gegen das fahle Orange des Horizonts ab. Am Ufer beim Cheynewalk schwankten die Hausboote, glucksend aneinanderstoßend, geruhsam in ihren Verankerungen.

»Meine Eltern kamen 1945 bei einem Bombenangriff ums Leben«, sagte Sel. »Ich habe noch einen Bruder. Er ist nach Kanada ausgewandert, und ich habe nie mehr etwas von ihm gehört.«

»Leben Sie gern im ›Four Poster‹?«

Sel hob unschlüssig die Schultern. »Doch, eigentlich schon. Ich habe da freie Station. Es kostet mich nichts. Bob West ist mein Onkel. Er ist der Besitzer, wissen Sie.«

»Oh –«

»Er ist Witwer, und – na ja – er ist wirklich nett zu mir. Ich helfe ihm öfters in der Bar aus, und den Rest der Zeit läßt er mich tun, was ich will. Aber was ist mit Ihnen?«

»Wieso mit mir?«

»Sind Sie verheiratet?«

Mike zögerte, während der letzte Schleppkahn lautlos unter ihnen vorüberglitt.

»Ja, ich bin verheiratet.«

»Das klingt nicht sehr überzeugend«, sagte Sel mit der Andeutung eines Lächelns.

»Wir leben im Augenblick nicht zusammen. Meine Frau hat mich genau vor einer Woche verlassen.«

»Oh, das tut mir leid.« Sel wandte ihm spontan das Gesicht zu, und er hoffte inständig, daß ihre Augen kein Mitleid zeigen würden.

»Was ist denn passiert?«

»Ach, ich weiß es selbst nicht.« Mike warf eine zerknitterte Theaterkarte hinunter ins Wasser. »Es ist eigentlich nichts passiert. Wir sind gerade zehn Jahre verheiratet gewesen – die meiste Zeit davon glücklich. Und dann plötzlich ging es los.«

»Aber dafür muß es doch einen Grund geben!«

Mike zuckte die Schultern. Er wollte diesem Mädchen, das er kaum kannte, nicht die ganze Geschichte von Ruth, Jill und sich selbst erzählen. Sel merkte, daß er das Gespräch nicht fortzusetzen wünschte.

»Vielleicht hat sie Sie nicht verstanden«, sagte sie leichthin.

»Oh, sie verstand mich nur zu gut.« Mikes Stimme klang bitter. »Ich bin einigermaßen leicht zu verstehen und verstehe selbst sehr gut. Zwei kleine Belehrungen und eine kleine Strafarbeit, und ich weiß Bescheid.«

Sel lachte. »So was ähnliches habe ich schon mal gehört.«

Einen Moment sahen sie sich an. Sel schien in seinem Gesicht zu forschen. Mike fühlte sich ein wenig unbehaglich unter ihrem prüfenden Blick.

»Ist es Ihnen hier nicht zu kalt?«

Sie schüttelte den Kopf. »Mike, wo wohnen Sie? Haben Sie in der Stadt eine Wohnung?«

»Nein, wir haben ein Haus in Belford-on-Thames.«

»Oh, ich kenne Belford«, sagte sie begeistert. »Ist das nicht etwa fünf Meilen von Farndale entfernt?«

»Ja, das stimmt!«

»Eine Freundin von mir wohnt in Farndale. Ich bin ziemlich oft dort.«

»Es ist hübsch da, um diese Jahreszeit.«

»Ja.« Sel zog ihre Organzastola dichter um die Schultern und trat von der Brüstung zurück. In stillschweigender Übereinstimmung gingen sie zum Wagen. Von der See her wehte ein kühler Wind flußaufwärts.

»Ich will am Dienstag nach Farndale fahren. Ob Sie mich wohl in diesem himmlischen Auto mitnehmen würden?«

Mike lächelte breit. »Nichts täte ich lieber. Ich hole Sie am besten am Nachmittag um drei Uhr ab?«

»Schön, um drei Uhr am Dienstag. Das gilt als abgemacht!«

Er öffnete ihr die Wagentür. Ihre Hand lag leicht auf seinem Handgelenk, ihr Gesicht, ihm zugewandt, war eine Handbreit von dem seinen entfernt. Ihre Augen waren dunkelgrün, eine Augenbraue hatte sie fragend hochgezogen. Ihre Lippen schienen zu warten. Aber er wollte sie hier nicht küssen. Es waren zuviele Wagen unterwegs, zu viele Menschen kamen vorbei. Er wünschte sich den ersten Kuß lang, zärtlich und unbeobachtet. Sie stand eine Sekunde still da, dann bückte sie sich, um die Katze vom Sitz hochzunehmen, und streifte ihn leicht an der Wange.

Als Mike an diesem Abend nach Hause fuhr, dachte er nicht an Ruth, außer daß er hoffte, sie würde nicht vor Dienstag auftauchen.

5

»Kommen Sie und biegen Sie hier links in diese Öffnung ein. Wir sind jetzt gleich da.«

Bemüht, Sels Anweisung zu folgen, verlangsamte Mike das Tempo und drehte in die Heckenöffnung, die zu einem schmalen Weg zu führen schien; doch statt dessen sah er sich einem engen Pfad gegenüber, der grasbedeckt und von wild wuchernden Hecken überwachsen war.

Er hielt den Wagen an.

»Da hinunter kann ich nicht mehr fahren.«

»Ich weiß«, sagte Sel ruhig. »Den Rest des Weges müssen wir sowieso zu Fuß gehen.«

Er hatte sich zur Lunchzeit im Büro entschuldigt und war in den Klub gefahren, wo er sich eine Sporthose, ein Sporthemd und ein leichtes Jackett anzog. Sel hatte einen kleinen Koffer und einen Picknickkorb dabei. Den Korb in der einen, den Koffer in der anderen Hand, folgte Mike ihr den Pfad hinunter zum Fluß. Es war unmöglich, keinen Vergleich zwischen ihrem und Ruths Gang anzustellen. Der leichteste Windstoß preßte ihr dünnes Sommerkleid gegen ihre Schenkel und modellierte in nicht zu übersehender Weise den Schwung ihrer Hüften nach.

»Ihre Freundin lebt ja recht ungewöhnlich.«

»Es ist doch herrlich, finden Sie nicht auch?« fragte sie. »Hier gibt es meilenweit kein Haus.«

Durch die Lücken in der Hecke erhaschte er Ausblicke auf das flache Land, das von reifen Weizenfeldern bedeckt war. Es herrschte absolute Stille. Das einzige Geräusch kam vom Wind, der in den Blättern der Uferpappeln spielte.

Etwa fünfzig Meter weiter kamen sie auf den Treidelpfad, der dicht am Ufer verlief. Zuerst dachte Mike, der Fluß sei beängstigend gesunken, mußte dann aber feststellen, daß das, was er für das gegenüberliegende Ufer gehalten hatte, eine kleine Flußinsel war. Der Hauptarm des Flusses führte am äußeren Inselufer vorbei, und der schmale Streifen Wasser, an dessen Rand sie standen, war lediglich ein Seitenarm. Es war ein verlassenes und liebliches Stückchen Flußufer, ohne jedes Anzeichen einer menschlichen Behausung. Ein Stück weit entfernt lag ein Hausboot festgezurrt. Jemand schien es zu seinem festen Wohnsitz gemacht zu haben, denn eine Art Landebrücke auf Rädern verband es mit dem Ufer. Die Andeutung eines Gärtchens mit Beeten zog sich ein Stück das Ufer entlang.

Sel wandte sich nach Mike um und lachte über seinen verdutzten Gesichtsausdruck.

»Kommen Sie nur«, sagte sie und setzte ihren Weg zum Boot fort. Als sie näher kamen, konnte er erkennen, daß hier ein kleiner Segler zu einem Hausboot umgebaut worden war. Der Mast ragte mittschiffs noch stolz empor, aber über die frühere Luke war eine Art Windfang gebaut worden, um einen überdachten Eingang zum Wohnraum zu schaffen, der im Schiffsinneren dort eingerichtet worden war, wo in früheren Tagen Kornladungen untergebracht sein mochten.

Sel ging direkt zur Gangway, legte die Hand aufs Geländer und wandte sich wieder lächelnd zu Mike. Vorsichtig ging sie die steile Schräge hinauf, die Füße sorgsam auf die genagelten Querhölzer setzend. Dann zog sie einen Schlüssel aus ihrer Handtasche und schloß die Tür auf.

»Sie können jetzt an Bord kommen«, rief sie Mike zu.

»Sie haben mir gar nicht erzählt, daß Ihre Freundin in einem Hausboot wohnt«, verwunderte sich Mike, als er neben ihr angelangt war.

»Sie haben mich ja nicht danach gefragt. Passen Sie auf, die Treppe ist direkt lebensgefährlich.«

Sie gingen die steilen Stufen mit seitwärts gesetzten Füßen hinunter. Mike, der beide Hände voll Gepäck hatte, mußte sich äußerst vorsichtig bewegen, um nicht im Sturzflug ins Bootsinnere zu gelangen.

»Nun, wie finden Sie es?«

Er stellte seine Last ab und sah sich um. Auf den ersten Blick schien es ziemlich düster. Das Boot war für tiefen Seegang gebaut, und sein geräumiger Frachtraum, der seinerzeit für Hunderte von Tonnen Getreidefracht vorgesehen war, hatte wohl unterhalb der Wasserlinie gelegen. Da war weder Fenster noch Bullauge. Das ganze Licht fiel von oben aus einem Deckenfenster. Aber dafür gab es eine Menge Platz. Hölzerne Trennwände waren aufgerichtet, um den großen Raum in mehrere kleine zu unterteilen. Im mittleren Teil lag der Wohnraum. An dem einen Ende war eine kleine Kombüse untergebracht, am anderen ein Schlafraum mit Bad. Die Einrichtung bestand aus einer seltsamen Mischung billiger und geschmackvoller Möbel.

»Wie finden Sie es?« wiederholte Sel ihre Frage. Sie hatte ihre Handtasche auf einen niedrigen Diwan geworfen und ging im Raum umher. »Sehr hübsch«, sagte er vorsichtig. »Nur ein bißchen dunkel, finden Sie nicht auch?«

»Man gewöhnt sich dran. Wenigstens gibt es keine Chance für Neugierige.«

Mikes Augen waren auf ein perfekt ausgestattetes Barschränkchen gefallen, das sich in dieser Umgebung recht ungewöhnlich ausnahm.

»Das Ding ist ziemlich scheußlich«, bestätigte ihm Sel, die seine Gedanken erraten hatte. »Ich fürchte, Miriam hat eine Schwäche für derlei Dinge.«

»Wie heißt ihre Freundin?«

»Miriam Jones.«

»Wohnt sie hier richtig?«

»Ja.«

»Ich meine, immer?«

Sel lachte. »Ich verstehe, was Sie meinen. Ja. Miriam kaufte das Boot vor ungefähr zwei Jahren.« Sie griff nach einer Stange mit einem Metallhaken am äußersten Ende und öffnete damit eines der Oberlichter. Die Luft im Raum war abgestanden und dumpf.

»Oh, ich sehe, das Ganze ist sehr – äh – intim.«

»Das finden Sie greulich, nicht wahr? Würde es Ihnen was ausmachen, meinen Koffer da drüben hinzustellen? Ich will dieses Zeug nur in die Küche bringen.« Er nahm den Koffer und trug ihn in den kleinen Raum am anderen Ende: ein winziges Schlafzimmer, das von einer Messingbettstelle, zwei Meter im Quadrat, fast restlos ausgefüllt wurde. Um Geräumigkeit vorzutäuschen, hatte man die eine Wand des kleinen Raumes in ihrer ganzen Ausdehnung vom Boden bis zur Decke mit Spiegelglas bedeckt. Die Bodenbespannung war *scharlach*rot, die Tagesdecke auf dem Bett bestand aus weißer Spitze auf schwarzem Untergrund. Die übrigen Wände waren mit Naturholz getäfelt und unbemalt. Den Raum erfüllte intensiver Parfümduft.

Er legte den Koffer aufs Bett und ging zu Sel zurück, die gerade dabei war, ihre Vorräte in die Regale der kleinen Küche einzuordnen.

»Also, um der Wahrheit die Ehre zu geben, ich finde es sehr heimelig hier, allerdings muß zugegeben werden, daß die Bar ein bißchen fehl am Platze ist.«

»Ja, ich mag sie auch nicht.« Sie zog einen hochbeinigen Hocker unter das Oberlicht und stieg hinauf, um die Katze hinauszulassen.

»Na hören Sie, das hätte ich doch tun können«, sagte Mike.

»Sie können mir ja wieder herunterhelfen.«

Sie verschränkte die Hände hinter seinem Nacken und ließ sich mit dem ganzen Gewicht vorwärtsfallen. Er legte die Arme um ihre Hüften und hob sie sanft herunter auf den Boden. Atemlos blieb sie auf den Zehenspitzen stehen. Sie zog weder ihre Hände hinter seinem Nacken hervor noch versuchte sie, sich aus dem Griff zu befreien, mit dem er sie an sich preßte. Ihre Taille war unglaublich schmal, ihr ganzer Körper geschmeidig und biegsam . . .

Plötzlich erstarrte sie. »Was war das?«

Aus dem Wohnraum war ein dumpfer Ton gekommen, doppelt deutlich in dieser absoluten Stille. Er ließ sie los und ging zur Tür. Als er hindurchging, sah er eine große rötliche Katze. Sie mußte durch das offene Oberlicht heruntergesprungen sein.

»Hallo, wer ist denn das? Ist das noch eine Freundin von Ihnen?«

»Es ist Ginger, Miriams Katze. Du hast uns erschreckt, meine Liebe. Bist du gekommen, um nachzusehen, ob wir hier einbrechen?«

Sie beugte sich hinunter und kraulte die Katze.

»So, nur keine Angst, Ginger, es gibt gar keinen Grund zur Beunruhigung. Alles ist in Ordnung. Liebling, warum mixt du dir keinen Drink?«

Mit einem kleinen Ruck wurde Mike sich bewußt, daß die letzte Bemerkung ihm gegolten hatte.

»Ja, was ist mit Ihrer – deiner Freundin? Wird sie nicht . . .?«

»Oh, vergaß ich, das zu erzählen? Miriam ist nicht hier, sie ist im Krankenhaus, die Arme!«

»Im Krankenhaus?«

»Ja, sie haben sie am Montag morgen schleunigst nach St. Thomas gebracht. Sie mußte operiert werden.«

»Oh, das tut mir leid für sie.« Mike hatte sich am Barschrank zu schaffen gemacht und prüfte seinen Inhalt. »Ist es etwas Ernstes?«

»Ich denke nicht, wahrscheinlich Blinddarmentzündung. Jedenfalls habe ich ihr versprochen, hier nach dem Rechten zu sehen, bis sie wiederkommt.«

»Wie lange wird das dauern?« Er hatte sich für einen Manhattan entschieden und überlegte, ob wohl auch etwas Eis im Kühlschrank zu finden sei.

»Ich weiß nicht. Wie lange dauert eine Blinddarmentzündung? Zehn Tage, vierzehn Tage?«

»Ich glaube, heutzutage werfen sie einen ziemlich bald aus dem Bett.«

Sel hatte es sich auf dem Diwan bequem gemacht und sich behaglich gegen den Kissenhügel gelehnt, der an der Wand aufgeschichtet war. Ginger paradierte sehr formell durch die Räumlichkeiten, den Schwanz stracks in die Luft gereckt.

»Mix mir bitte auch einen Drink, Mike, ja?«

»Was möchtest du?«

»Oh, ich hätte gern einen Wodka mit Dubonet.«

Er mixte die Drinks und trug sie hinüber zum Diwan. Der kurze Rock, den sie trug, gab den eleganten Wuchs ihrer langen Beine frei. Sie sah lächelnd zu ihm auf, als ihre Hand nach dem Glas griff, das er ihr hinhielt.

»Ich danke dir, Liebling; was hast du dir gemacht?«

»Einen Manhattan.«

»Also dann –«, sie hob ihr Glas. »Skol!«

»Zum Wohl!«

In regelmäßigen Abständen von ein paar Sekunden regte sich das Boot in seiner Vertäuung ruhelos im Auf und Ab des fließenden Wassers. Nur leises Wellengeplätscher an der äußeren Bordwand war zu hören. Andere Geräusche, die von außen kamen, schienen weit entfernt zu sein und aus einer fremden Welt zu kommen.

»Mike?«

»Ja.«

»Ich nehme an, du kennst dich mit Immobilienpreisen aus. Was würdest du für ein Hausboot wie dieses bezahlen?«

»Was ich zahlen würde?«

»Ich meine natürlich nicht speziell dich.« Sel mußte lachen. »Ich möchte ganz allgemein wissen, wieviel man ungefähr rechnen muß.«

»Das ist schwer zu sagen. Du müßtest schon einen ziemlich exzentrischen Käufer finden. Eintausendfünfhundert Pfund, zweitausend vielleicht.«

»Ja, so was habe ich mir auch vorgestellt.«

»Warum? Willst du dir so ein Boot kaufen?«

»Ich wünschte, ich könnte es. Aber daran ist gar nicht zu denken.«

Sie schlürfte ein wenig aus ihrem Glas und nickte nachdenklich. Er sah, wie sie nach ihrer Handtasche griff, und vermutete, daß sie eine Zigarette suchte. Schnell nahm er sein eigenes Zigarettenetui aus der Tasche und bot es ihr an.

»Ich bin hier noch nie ohne Miriam gewesen. Ich weiß also gar nicht, ob ich es allein hier aushalte.« Tief sog sie den Zigarettenrauch ein und atmete ihn bedächtig wieder aus. »Es wird ziemlich einsam werden, speziell am Wochenende.« Ihre Wimpern flatterten bei den letzten Worten. Mike ließ sein Feuerzeug schnappen und zündete sich seine Zigarette an.

»Das muß nicht sein«, sagte er ruhig und bemerkte dabei, wie seine Hand leicht zitterte.

Eine lange Pause entstand. Als er ihre Augen suchte, war auf einmal alles anders geworden. Während sie seinen Blick festhielt, stellte sie ihr Glas auf einem kleinen Teetisch ab, legte die Zigarette daneben und streckte ihre Hand aus. Er nahm sie und fühlte sich sanft zu ihr hinuntergezogen.

»Deine Frau muß nicht ganz bei Sinnen sein.«

»Warum?«

»Jemand wie dich zu verlassen. Sie muß es doch auch empfinden, daß du eine unwiderstehliche Anziehungskraft auf Frauen hast.«

»Hier ist die Post, Mr. Hilton. Es ist auch ein eingeschriebener Brief dabei, für den ich unterschrieben habe.«

»Danke, Mrs. Hall. Legen Sie die Post bitte auf meinen Ankleidetisch.«

Mrs. Hall besaß eine besondere Gabe, anderen verständlich zu machen, daß sie unentwegt mehr leistete, als in ihrem Arbeitsvertrag vorgesehen war. An einem Sonnabendmorgen einen eingeschriebenen Brief zu unterzeichnen und ihn dann auch noch die Treppe hinaufzubringen, war in ihren Augen eine Leistung, die besondere Anerkennung verdiente. Sie legte den schmalen Stapel Briefe ab und betrachtete Mike, der allerlei Kleidungsstücke in einen Koffer stopfte, argwöhnisch. Er hatte ein Einzelbett aus dem Gästezimmer in sein Ankleidezimmer geschoben und schlief nun dort. Ruths Zimmer war abgeschlossen.

»Sie werden wohl zum Abendessen nicht da sein?«

»Nein, ich fahre übers Wochenende weg und bin vor Montag morgen nicht wieder zurück.«

Mrs. Hall verzog beleidigt den Mund, nickte und ging ohne ein weiteres Wort aus dem Zimmer. Mike warf noch ein paar Kleinigkeiten in den Koffer und schloß ihn. Er nahm den Briefstapel vom Tisch und sah ihn durch. Der eingeschriebene Brief enthielt seinen Paß, den er vor ein paar Wochen beantragt hatte. Dann waren da noch zwei Rechnungen, die üblichen Drucksachen und ein Umschlag mit französischer Briefmarke. Er trug Ruths Handschrift.

Vierzehn Tage war Ruth nun schon fort. Mike stellte entsetzt fest, daß er in den letzten drei Tagen kaum noch an sie gedacht hatte. Sels Existenz füllte ihn ganz aus.

Es war schon dunkel gewesen, als er am Dienstag abend das Boot verlassen hatte. Obwohl er kein unerfahrener Mann war, hatte Sel ihm eine völlig neue Welt erschlossen, in der es noch eine Menge zu entdecken gab. Der Unterschied zwischen Ruth und ihr war mehr als nur rein körperlich. Nun ja, sie war von geschmeidiger Schlankheit, während Ruth eher einer Juno glich. Viel entscheidender schien ihm aber ihre innere Einstellung zum Sex, ihre Art, Zärtlichkeiten zu nehmen und zu geben. Sie gab sich mit geradezu rückhaltlosem Vergnügen dem Liebesspiel hin. Statt des Gefühls, man erweise ihm einen Gefallen, machte Mike plötzlich die sensationelle Entdekkung, daß er selbst zur Quelle intensiv ausgekosteter Freuden wurde. In ihren Reaktionen war nichts von Damenhaftigkeit. Sie war wie eine Katze, einmal schmiegsam und träge, das andere Mal leidenschaftlich und ungestüm. Es war ein Erlebnis gewesen, das er nicht so schnell vergessen würde.

Während er Ruths Brief in der Hand hielt, registrierte er keine der Empfindungen mehr, die ihr Abschiedsbrief in ihm ausgelöst hatte. Zögernd schnitt er den Umschlag auf und zog den Briefbogen heraus.

›Lieber Mike,
ich bin bei Hendersons. Marcel hat mir meinen früheren Arbeitsplatz angeboten. Würdest Du bitte das Fotoalbum aus der obersten Schublade meines Toilettentisches schicken.

Ruth‹

Es hätte ebensogut ein Telegramm sein können. Er steckte den Brief wieder in den Umschlag und war gerade im Begriff, das Ganze in den Papierkorb zu werfen, als ihm einfiel, daß er die Adresse noch brauchen würde. Er öffnete die Schublade seines Schreibtisches und nahm die Schlüssel zu ihrem Zimmer heraus. Der Raum war düster mit den heruntergelassenen Stabjalousien und dem Bettzeug, das in unansehnlichen Haufen auf den Betten getürmt lag. Schnell ging er hinüber zu ihrem Toilettentisch und fand das Album ohne Schwierigkeiten. Es war ein teures, ledergebundenes Buch mit Ruths eingepreßten Initialen und mit dem Namen ›Jill‹ darunter.

Als er wieder in seinem Zimmer war, konnte er der Versuchung nicht widerstehen, das Album durchzublättern. Er hatte nicht gewußt, daß Ruth noch Fotos aus Jills Babyzeit aufbewahrte. Da waren Aufnahmen von Jill im Kinderwagen, Jill bei den ersten selbständigen Schritten, Jill im Garten von ›Tall Trees‹. Er klappte das Buch geräuschvoll zu, wohl wissend, welche Wirkung es auf ihn haben würde, wenn er weiter darin blätterte, und warf es aufs Bett.

Doch das Verlangen war zu groß. Er nahm das Album wieder auf, wendete langsam Seite um Seite und betrachtete still die Fotos. Da waren ganze Serien von den Ferientagen, die sie als kleine Familie miteinander verbracht hatten. Schottland, Cornwall, Südfrankreich, Wintersport in der Schweiz. Das letzte Foto zeigte sie alle drei auf der Rückreise von ihrem letzten Ferienaufenthalt.

Er ging hinunter in sein Arbeitszimmer und holte ein Stück

Packpapier. Als er das Album einwickelte, hatte er das Gefühl, sein ganzes bisheriges Leben zu verpacken. Er verschloß das Päckchen mit Klebestreifen. Auf dem Weg zum Hausboot würde er es auf die Post bringen.

»Komm um zwölf Uhr«, hatte Sel gesagt. »Dann habe ich noch Zeit, aufzuräumen und mit dem Rad ins nächste Dorf zu fahren, um einzukaufen. Danach können wir vor dem Lunch noch in aller Ruhe etwas trinken.«

Obwohl er so viel Zeit wie möglich in Belford auf der Post verbrachte, war ihm klar, daß er immer noch zu früh kommen würde. Er bummelte die Hauptstraße flußaufwärts und machte, um die Zeit totzuschlagen, noch einen völlig unnötigen Umweg, der ihn über ein Dorf mit dem Ortsschild ›Chapel Denning‹ führte. Der Ort bestand aus nicht mehr als einer mittelalterlichen Kirche, einer Gastwirtschaft und ein paar Häuschen, die sich am Rande ausgedehnten Weidelands hinzogen. Mike entschied sich gegen den schmalen Weg, der zu dem Weiler hinunterführte, und fuhr statt dessen auf der kreuzenden Hauptstraße langsam weiter. Seine Aufmerksamkeit war mehr auf die strohgedeckten Dächer und weidenden Kühe als auf die Fahrbahn gerichtet. Plötzlich wurde er durch einen kleinen Knall aufgeschreckt. Er drehte sich nach rechts und sah ein Netz feiner Sprünge am unteren Rand seiner Windschutzscheibe. Sofort bremste er scharf, so daß der Wagen auf der Stelle zum Stehen kam. Mike blickte sich ratlos um und versuchte die Ursache des Schadens ausfindig zu machen.

Am Straßenrand stand ein kleiner Junge. Er betrachtete Mike ängstlich und schuldbewußt. Mike stieg aus dem Wagen, schloß sorgfältig die Tür und ging gereizt auf den Jungen zu. Er war wirklich wütend. Jetzt hatte er erst den zerbeulten Kotflügel reparieren lassen, und nun mußte auch noch das passieren.

»Hast du den Stein geworfen?«

Der Junge konnte nicht älter sein als höchstens neun Jahre. Er trug kurze graue Hosen und einen grauen Pullover. Den Kopf hatte er voll ungebärdiger Ringellocken, auf der kleinen Nase saß eine Brille mit Metallrand, und eine Silberklammer zur Zahnregulierung war über die oberen Zähne geschoben. Man sah, daß er völlig außer sich vor Angst war.

»Ja, Sir, es tut mir leid, ich habe wirklich nicht Ihren Wagen treffen wollen.«

»So, und was wolltest du dann treffen?«

Statt einer Antwort wies der Junge mit dem Zeigefinger auf die andere Straßenseite. Mike sah sich um und entdeckte eine uralte Eiche am Rand der Weide. In ihren Zweigen war ein rotweißer Papierdrachen festgeklemmt.

»Du zielst aber verdammt schlecht, das war wohl nicht ganz die richtige Höhe, was?«

»Wie?« Der Junge sah ihn verständnislos an.

»Ich meine, du hast nicht gut gezielt«, wiederholte Mike, immer noch mißtrauisch.

»Ich habe einen Zweig getroffen, und von da ist der Stein abgeprallt auf die Straße. Ich wollte das nicht, ganz bestimmt nicht!«

Das Kind hatte die Augen weit aufgerissen vor Angst, und sein Mund begann zu zittern.

Mikes Zorn schmolz. »Du mußt in Zukunft vorsichtiger sein. Das hätte verdammt leicht ein Unfall werden können, und du wärest daran schuld gewesen!«

»Ja, Sir«, sagte der Übeltäter mit hängendem Kopf und versuchte, tiefe Reue zu zeigen. So klein er war, hatte er doch schon genug Erfahrung mit Erwachsenen, um zu wissen, daß mit Mikes letzter Ermahnung das Schlimmste ausgestanden war.

»Ich weiß nicht, wie ich ihn 'runterkriegen soll. Die Schnur schlüpfte mir aus der Hand, und der Drachen flog weg. Dann krachte er in den Baum.«

»Wie lange versuchst du schon, ihn herunterzubekommen?«

»Ich weiß nicht.« Das Kind schüttelte hoffnungslos den Kopf. »Ich glaub', es ist schon Stunden her ... Mein Vater wird bestimmt wütend, er hat ihn mir gerade erst geschenkt.«

Mike sah erst auf den Jungen und dann auf den Drachen. Das Ganze erinnerte ihn an ein kummervolles Ereignis seiner eigenen Kinderzeit. Da hatte er ein schönes, neues Segelboot, ein Geschenk seines Patenonkels, unwiederbringlich ins Meer treiben lassen. Er warf einen Blick auf seine Armbanduhr. Es war noch früh genug: ein Viertel vor zwölf. Er zog seinen Mantel aus.

»Ich sehe schon, dagegen müssen wir etwas unternehmen. Du sammelst mir zu diesem Zweck etwas Munition, Freund. Ein paar kräftige Aste werden wohl das beste sein. In der Schule haben sie mich nicht umsonst ›den Schleuderer‹ genannt.«

»Schleuderer?« Die Angst war verflogen. Der Kleine beobachtete Mike voller Zweifel.

»Ja, so – mit der flachen Hand!«

Das Kindergesicht verzog sich zu einem verständnisvollen Lächeln. Dann begann der Kleine, Zweige von den Bäumen, die die Straße säumten, als Wurfgeschosse für Mike zu brechen. Zehn Minuten später stellte Mike das Bombardement ein und überdachte kurz die Situation. Der Drachen steckte nun noch tiefer in den Zweigen, und eine noch heftigere Wurfattacke würde ihn vermutlich zerreißen. Aber es war undenkbar, jetzt aufzugeben. Der kleine Bursche beobachtete ihn mit dem wechselvollen Ausdruck von Angst und Hoffnung in den Augen.

»Da gibt's nur eines: Ich muß da 'rauf, um ihn zu kriegen.«

»Werden Sie auf den Baum klettern?« Der Junge zeigte unverhohlenes Entzücken, und Mike schwoll die Brust.

»Es ist gar nicht schwierig, sobald ich erst mal den untersten Ast zu fassen bekomme.«

Er betrachtete das Unternehmen als eine Art Konditionstraining und war sogar ganz froh darüber. Es gelang ihm, den unteren Ast zu greifen, sich daran hochzuziehen und sich rittlings daraufzusetzen. Danach war es ziemlich einfach, den Ast, auf dem der Drachen festsaß, zu erreichen. Mike rüttelte kräftig daran, aber der Drachen rührte sich nicht. Durch die Blätter sah er das angespannte Kindergesicht, das zu ihm aufsah.

»Bleib nicht dort stehen«, rief er. »Ich muß an diesem Ast entlangkriechen.«

Es war ein halsbrecherisches Unterfangen, und als er auf der Hälfte des Astes angelangt war, wurde ihm erst richtig bewußt, daß er im Begriff war, für ein Spielzeug, das vielleicht nicht mehr als einen Shilling gekostet haben mochte, Kopf und Kragen zu riskieren. Man tut die idiotischsten Dinge, um nicht sein Gesicht zu verlieren. Als sich der Ast unter ihm bog, begann Mike heftig zu schwanken. Es war kaum zu unterscheiden, ob er den Baum oder der Baum ihn schüttelte. Schließlich konnte er mit den äußersten Fingerspitzen den Drachen vom Ast losbekommen und sah, wie er zu Boden schwebte. Begeistert lief das Kind, um sein Spielzeug aufzufangen, während Mike begann, den nicht minder gefährlichen Rückweg anzutreten.

Als er schließlich wieder auf festem Boden angelangt war, hatte der Kleine bereits den Strick entwirrt und säuberlich um den hölzernen Haltegriff gewickelt.

»Das war Klasse! Ich dachte schon, Sie würden runterfallen. Jetzt muß ich aber gehen, mein Vater hat gesagt, ich soll nicht später als zwölf Uhr wieder zu Hause sein.«

Mike warf einen Blick auf seine Armbanduhr. »Ach du lieber Himmel! Wir haben eine halbe Stunde gebraucht, dein Ding da runterzuholen.«

Plötzlich saß wieder die Furcht in den Augen des Kleinen. Er machte einen Satz und lief davon, quer über die Weiden, hielt dann plötzlich an und drehte sich zu Mike um. »Vielen Dank, Sir!« rief er wohlerzogen zurück.

»Schon gut, mach so was nur nicht wieder.«

Er stand eine Minute da und sah dem Jungen nach, der über die Wiesen lief, dann nahm er seinen Mantel auf und ging lächelnd zum Wagen zurück. Seine Hosen hatten zwei grüne Moosflecken abbekommen, aber der Vorfall hatte ihn seltsamerweise mit einem Gefühl tiefer Befriedigung erfüllt.

Es war fast halb eins, als er in den kleinen Parkplatz am Ende des Uferpfades einlenkte. Nachdem er den Zündschlüssel abgezogen hatte, blieb er noch eine Weile im Wagen sitzen und trommelte nachdenklich mit den Fingern auf das Lenkrad, bevor er ausstieg und den Kofferraum öffnete, um seinen Koffer herauszunehmen. Einen Augenblick zögerte er, den Koffer in der Hand. Dann legte er, einem unbestimmten Impuls folgend, den Koffer zurück, zog den Deckel wieder herunter und ging den kleinen Pfad hinunter zum Fluß.

Das Hausboot sah an diesem dunstigen Vormittag noch verlassener aus als sonst. Während der letzten Tage hatte es geregnet, und der Fluß war gestiegen. Die Strömung war stärker, und die Taue, die das Boot festhielten, waren stramm gezogen. Ein Damenfahrrad stand an den Pfosten der Landebrücke gelehnt.

Er ging die Gangway hinauf und klopfte an die Tür. Niemand antwortete. Er öffnete die Tür und rief: »Sel!«

Seine Stimme wurde als Echo aus dem Laderaum zurückgeworfen. Vorsichtig stieg er die Treppe hinunter und blieb, unten angekommen, wie erstarrt stehen. Der Raum war in einem unbeschreiblichen Zustand der Verwüstung. Der Barschrank lag umgekippt auf dem Boden, zersplitterte Gläser und zerbrochene Flaschen ringsum. Bestecke und Teller waren von einem offensichtlich gedeckten Tisch hinuntergefegt worden. Sogar das Bücherbrett war umgestoßen und hatte seinen Inhalt auf den Teppich ergossen. Eine schreckliche Vorahnung griff Mike eiskalt ans Herz, als er auf die halboffene Tür des

Schlafzimmers zuging. Er betrat den Raum. Auf dem Bett, unter der Spitzendecke, lag etwas, was die Umrisse eines menschlichen Körpers hatte. Mike griff nach der Decke und zog sie herunter. Das verfärbte und bis zur Unkenntlichkeit entstellte Gesicht war vielleicht einmal Sels Gesicht gewesen. Das Sommerkleid jedenfalls gehörte ihr. Ihr Haarteil hatte man ihr tödlich eng um den Hals gezerrt.

Als er die Decke wieder hochzog, hörte er ein hohes Fauchen direkt über seinem Kopf. Er sah nach oben und entdeckte die rötliche Katze. Sie hockte mit angriffslustig gespreizten Krallen am Rande des Oberlichtes. Mike hatte kaum Zeit, den Arm schützend vors Gesicht zu heben, als sie ihn bereits mit gestrecktem Sprung traf.

6

Mike hatte Hunger. Genauer gesagt, er fühlte das ganz primitive Bedürfnis, seinen Körper mit Nahrung aufrechtzuhalten. Nachdem das erste Gefühl der Übelkeit und Betäubung überwunden war, kam nun dieses unpassende Hungergefühl.

Er saß auf einem der Lukendeckel am Oberdeck. Es war schon fast drei Uhr nachmittags. Vier oder fünf Überfallwagen parkten draußen auf dem Weg, wo auch sein eigener Wagen noch stand. Drei Motorräder mit Sprechfunkgeräten standen auf ihren Ständern aufgebockt. Ein Landrover, der sich den engen Pfad hinunter einen Weg gewalzt hatte, parkte am Rande des kleinen Gärtchens. Die flinksten unter den Zeitungsreportern waren auch schon da und hingen unschlüssig in der Nähe der Gangway herum, um die ersten offiziellen Feststellungen abzuwarten. Der abgelegene friedliche Flußarm war plötzlich Schauplatz großer Unruhe und Betriebsamkeit geworden. Die Maschinerie der Kriminalpolizei lief auf vollen Touren.

Nachdem Mike sich aus einer unzerbrochenen Flasche einen großen Schluck Whisky eingeflößt hatte, war seine erste Reaktion gewesen, einfach davonzulaufen. Soweit er sich erinnern konnte, hatte ihn niemand zu dem Hausboot gehen sehen. Es war auch unwahrscheinlich, daß Sel irgend jemandem von ihrer Verabredung erzählt hatte. Wenn er dablieb und sich den Verhören der Polizei stellte, würde womöglich bekannt werden, daß er, ein respektabler verheirateter Mann, im Begriff gewesen war, ein Wochenende mit einer Frau zu verbringen, die er zuvor nur dreimal in seinem Leben gesehen hatte. An und für sich war ja nichts dabei; aber sicher würde dann auch die delikate Geschichte mit Ruth herauskommen, und das wäre ein gefundenes Fressen für die Boulevardblätter.

Schließlich hatte ihn die fürchterliche Stille davongetrieben – der Schatten des Todes, die schauerliche Eiseskälte, die sich durch diesen brutalen Mord über das ganze Boot ausgebreitet hatte. Er taumelte von Bord, erstaunt darüber, daß die Sonne durch die Wolken gebrochen war und daß ein Vogel fröhlich in einer Pappel zwitscherte. Sel hatte davon gesprochen, daß sie ins Dorf fahren wollte, also mußte ein kleiner Ort in der Nähe sein. Mike startete den Wagen und fuhr etwa ein Kilometer in anderer, unbekannter Richtung. Am Rande einer verstreuten Häusergruppe entdeckte er eine Telefonzelle. Er hielt davor an. Sein gesunder Menschenverstand hatte den ersten wilden Fluchtinstinkt überwunden. Wäre er geflohen, hätte er genau das getan, was der Mörder hoffte. Er hätte die Rolle des Mordverdächtigen übernommen. Er brauchte die Telefonnummer des Belforder Polizeireviers nicht erst zu suchen. Er kannte sie auswendig. Craddock war gerade in einem Verhör, und Mike mußte allerhand Energie aufbieten, um darauf zu bestehen, daß der diensttuende Wachtmeister ihn weiterverband.

»Können Sie es kurz machen, Mr. Hilton? Ich führe gerade eine Untersuchung durch!«

Mike machte es kurz. Als er Craddock die nüchternen Tatsachen mitgeteilt hatte, blieb es eine Weile still in der Leitung.

»Auf welcher Flußseite ist das?«

»Moment mal – Norden.«

»Gut – dann ist es mein Bezirk. Nun hören Sie mal gut zu, Mr. Hilton. Ich möchte, daß Sie zum Hausboot zurückgehen und dort warten. Wie ist die Nummer der Telefonzelle, von der aus Sie anrufen? Gut. Parken Sie Ihren Wagen an der Straße bitte so, daß wir ihn sehen können. Lassen Sie alles so, wie Sie es vorgefunden haben, und machen Sie niemandem irgendwelche Angaben, bevor ich komme.«

Das Warten war endlos gewesen. Als Craddock schließlich eintraf, war er nicht allein. Zwei Kriminalbeamte in Zivil begleiteten ihn, außerdem ein Mann, in dem Mike den Arzt vermutete. Sie waren lediglich die Vorhut einer ganzen Armee von Beamten, die mit schweigsamem Eifer in Aktion traten. Abseits von einer Gruppe Neugieriger saß Mike so gut wie unbeachtet; doch er wußte, daß ein uniformierter Beamter ihn unauffällig im Auge behielt. Nach ein paar flüchtigen Fragen war Craddock die Treppe ins Innere des Schiffes hinuntergetappt. Mike hatte alles nur halb bewußt wahrgenommen; die Leute, die Craddock folgten, das Stimmengemurmel, während der Doktor die Leiche untersuchte, das Aufblitzen der Blitzlichter, der dumpfe Ton, als ein Möbelstück gerückt wurde, die Schritte, die aus dem Innern des Schiffes widerhallten.

Nach einer Ewigkeit kam Craddock die Treppe wieder heraufgekeucht, schaute sich um und entdeckte Mike zusammengesunken auf dem Lukendeckel. Er setzte sich neben ihn, fischte nach einer Zigarettenpackung und hielt sie Mike hin. Beide rauchten.

»Erzählen Sie mir etwas über Miss Brooks, Sir. Wie lange haben Sie sie gekannt?«

»Eine Woche ungefähr.«

»Eine Woche?« wiederholte Craddock und warf Mike einen schnellen Blick zu.

»Ja, wissen Sie, mein Leihwagen brach auf der Straße zusammen, als ich eines Abends in die Stadt fahren wollte, und ich mußte irgendwo ein Telefon finden . . . Inspektor, was ist da drinnen geschehen? Ich habe nur einen ganz kurzen Blick hineingetan. Es war entsetzlich. Ich konnte es nicht ertragen.«

»Das glaube ich Ihnen. Wenn man nicht daran gewöhnt ist, versetzt einem so etwas einen ganz schönen Schock. Das ist etwas, was man weder im Foto noch im Fernsehen wiedergeben kann – das ganze Grauen eines Mordopfers.«

»Ich weiß – aber wurde sie – wurde sie . . .?«

»Vergewaltigt? Nein, es hat einen Kampf gegeben, und alle Anzeichen sprechen dafür, daß es ein verzweifelter Kampf war. Aber es handelt sich nicht um ein Sexualverbrechen. Sie ist erdrosselt worden. Der Mörder hat dazu ihr eigenes Haarteil benutzt.«

»Großer Gott, was für ein Mensch ist das, der so etwas fertigbringt?«

Aus den Augenwinkeln beobachtete Craddock, wie sich elementares Entsetzen auf Mikes Gesicht ausbreitete.

»Fahren Sie fort, Sir. Sie erzählten mir eben von Miss Brooks.« Stillschweigend hörte Craddock sich an, was Mike über sein dreimaliges Zusammentreffen mit Sel zu berichten hatte.

»Wissen Sie, ob dieses Hausboot ihr gehörte?«

»Nein, es gehörte einer Freundin, die sich einer Operation unterziehen mußte. Ich glaube, Sel sagte, ihr Name sei Miriam Jones. Sel – Miss Brooks – hat sich während Miriams Abwesenheit um das Boot gekümmert.«

»Ich verstehe. Und das erste Mal waren Sie am vergangenen Dienstag hier. Stimmt das?«

»Ja.«

Craddocks Ton war milde. Er war zwar in amtlicher Eigenschaft hier, aber auch als Freund, der sich bemühte, in einer mißlichen Situation zu helfen.

»Und wie lange blieben Sie bei dieser Gelegenheit?«

»Oh, etwa eine Stunde«, antwortete Mike leichthin. Er war sich darüber klar geworden, daß das, was zwischen ihm und Sel am vergangenen Dienstag gewesen war, mit dem Fall an sich nichts zu tun hatte. »Wir haben etwas miteinander getrunken, und ich lud sie für heute zum Lunch ein. Ich sollte sie um zwölf Uhr abholen.«

»War es zwölf, als Sie hierherkamen?«

»Nein, es war später.«

»Wie spät?«

»Ich war nicht vor halb eins hier.«

»Und was hat Sie aufgehalten?«

»Ein kleiner Junge traf mit einem Stein meine Windschutzscheibe. Ich hielt an, um ihm eine Lektion zu erteilen. Es endete damit, daß ich ihm seinen Drachen rettete, der sich in einem Baum festgehakt hatte.«

»Oh, ich verstehe.« Craddock wandte seinen mächtigen Kopf und beobachtete Mikes Hand, die eine Zigarette umeinander drehte, als sei sie ein Propeller.

»Und wo – genau – war das?«

»Es war bei dem Weideland in der Nähe eines kleinen Dorfes mit dem Ortsschild ›Chapel Denning‹.«

»Ich kenne das Dorf. Es liegt nicht auf dem geraden Weg von Belford hierher.«

Mike fixierte den Inspektor scharf, aber dessen Gesicht blieb freundlich und entspannt.

»Nein, ich war zu früh dran, und entschloß mich, deshalb in jene Richtung zu fahren.«

Was würde es nützen, dem Inspektor zu erzählen, daß er in Wirklichkeit die Minuten gezählt hatte, um wieder mit Sel zusammen sein zu können.

»Sie waren zu früh dran, aber letzten Endes kamen Sie doch zu spät.«

Craddock machte den Widerspruch mit einem leichten Lächeln deutlich.

»Natürlich. Ich dachte zuerst, es sei kinderleicht, den Papierdrachen vom Baum herunterzubekommen. Aber dann kostete es mich mehr als eine halbe Stunde.«

»Und da haben Sie gar nicht gemerkt, wie die Zeit verging?« fragte der Inspektor freundlich. »Sind Sie auch sicher, daß es so lange dauerte?«

»Ja, völlig sicher. Es war Viertel vor zwölf, als ich bremste, um mir den Jungen vorzuknöpfen, und fast ein Viertel nach zwölf, als ich ihn verließ.«

»Sie können ja die Zeit bis auf die Minute genau angeben. Haben Sie etwa beide Male nach der Uhr gesehen?«

Mike warf seine Zigarette in hohem Bogen in den Fluß. Es war die zehnte, die er innerhalb einer Stunde geraucht hatte, und er spürte schon einen faden Geschmack im Mund. Er hatte versucht, den Inspektor nicht allzu lange aufzuhalten, indem er seine Angaben möglichst präzise machte, und nun wirkte alles, was er sagte, doch nur lächerlich. Mußte er jetzt etwa noch erklären, daß der gestrandete Papierdrachen eine direkte Herausforderung für ihn geworden war? Und daß ihn der kleine Junge mit den dicken Brillengläsern und der Zahnklammer gerührt hatte?

»Ja, ich weiß auf die Minute Bescheid«, sagte er kurz. »Wenn sich dadurch irgendwelche Fragen ergeben, können Sie ja die Aussage des kleinen Bengels prüfen. Er fragte mich nach der Zeit, bevor ich wegging.«

»Und wie spät ist es jetzt?« fragte Craddock ruhig.

Mike sah auf seine Uhr, und plötzlich verstand er, was die Frage bezweckte. Er wies auf das Zifferblatt. Craddock nickte.

»Ich nehme an, Sie haben die Zeit des Mordes festgelegt?«

Craddock zögerte, entschied sich dann aber doch, die Frage zu beantworten.

»Nach der Feststellung des Arztes starb sie ein bis zwei Stunden, bevor wir hier eintrafen. Das stimmt überein mit der Zeit, die eine Uhr im Raum anzeigte. Sie wurde im Handgemenge zerbrochen und blieb stehen. Zwei Minuten nach zwölf.«

Craddock erhob sich. Der Doktor, die Bereitschaftstasche in der Hand, war in der Tür erschienen.

»Sie werden mich wohl nicht mehr brauchen«, meinte der kleine Mann verbindlich. »Sie bekommen meinen offiziellen Bericht heute nachmittag zugeschickt.«

»Danke vielmals, Doktor. Tut mir leid, daß wir Ihre Mittagspause gestört haben.«

»Das haben Sie gar nicht«, war die ruhige Antwort. »Sie war schon zu Ende, bevor Sie kamen.« Er beobachtete Mike intensiv, während er sprach. »Sie sehen aus, als ob Sie einen ziemlichen Schock erlitten hätten. Soll ich Ihnen etwas geben, was Ihnen wieder auf die Beine hilft?«

»Danke, es geht mir schon wieder ganz gut«, erwiderte Mike. »Ich brauche wahrscheinlich etwas in den leeren Magen.«

»Das wissen Sie wahrscheinlich am besten. Was ist mit Ihrer Hand?«

Mike sah auf seinen Handrücken. Das Blut aus dem tiefen Kratzer, den die Katze Ginger ihm beigebracht hatte, war jetzt bereits verkrustet.

»Das ist nur ein Kratzer, ich werde mir gleich ein Pflaster daraufkleben.«

Der Doktor wandte sich an Craddock. »Sehen Sie zu, daß er bald etwas zu essen bekommt, sonst sackt er Ihnen noch ab.«

»Keine Sorge.« Craddock lachte und schlug Mike auf die Schulter. »Ich kümmere mich schon um ihn.«

Als der Doktor sich vorsichtig die Sprossen der Laufbrücke hinuntertastete, beugte Craddock seinen breiten Rücken wieder über die Luke, auf der Mike saß.

»Während Sie bei dem Jungen waren, Mr. Hilton, war da sonst noch jemand auf der Wiese? Vielleicht haben Sie mit irgend jemandem gesprochen?«

»Nein, ich habe keine Menschenseele gesehen.«

»Könnte der Junge aus dem Dorf gewesen sein, weil er ohne Begleitung war?«

»Ich weiß nicht«, antwortete Mike leicht gereizt. »Ich könnte es mir vorstellen.«

»Hat er Ihnen seinen Namen genannt?«

»Nein, ich habe ihn nicht danach gefragt.«

Nachdenklich griff Craddock in seine Westentasche und zog ein Notizbuch hervor.

»Würden Sie mir bitte eine Beschreibung des Jungen geben?«

»Hören Sie, Inspektor.« Mike hatte sich mit einem Ruck erhoben. »Wahrscheinlich ist doch alles, was den Jungen und seinen Papierdrachen betrifft, nicht so wichtig.«

Craddock sah zu Mike auf. Seine Stirn war gerunzelt und sein Gesichtsausdruck sehr ernst.

»Es könnte sogar ganz besonders wichtig sein, Mr. Hilton!«

Als Mike endlich im Bett lag, erinnerte er sich an die höfliche aber sehr bestimmte Bitte des Inspektors, sich zur Verfügung der Polizei zu halten und Belford nicht zu verlassen.

Mike lag auf dem Rücken und starrte zur Zimmerdecke hinauf, wohl wissend, was das im Endeffekt bedeutete. Die Vorgänge des Tages jagten sich in seiner Erinnerung wie die Bilder eines Gruselfilms, bei dem er beides zugleich war: Darsteller und Zuschauer. An der Grenze zwischen Wachen und Träumen schien es, als gäbe es zwei verschiedene Mikes, einen, den ängstlich Suchenden, und den anderen, der mit den Augen eines unparteiischen Beobachters die Dinge gleichmütig und aus weiter Ferne betrachtete.

Dann schlief er ein. Doch es war kein erholsamer Schlaf. Träume, einer quälender als der andere, hetzten ihn.

»Ruth, Ruth!« Mike erwachte, ihren Namen rufend. Langsam zog er sich hoch und versuchte, seine Augen an die Dunkelheit zu gewöhnen. Doch er konnte Ruth nicht erkennen. Ein Mondstrahl tastete sich in den Raum und beleuchtete die Ecke seines Ankleidetisches. Da fand Mike in die Wirklichkeit zurück und wußte, daß er in seinem Ankleideraum war – allein.

Er knipste das Licht an, schwang sich aus dem Bett und griff nach seinem Morgenrock. Er hatte sich einfach in den Schlaf fallen lassen. Das war ein Fehler, den er nicht noch einmal machen wollte. Er schlüpfte in seine Pantoffeln und ging die Treppe hinunter, um nachzusehen, wo Mrs. Hall den Kaffee versteckt hielt.

Craddocks Büro in der modern angelegten Polizeistation von Belford hatte einen Ausblick auf den Wagenpark, der ans Odeon-Filmtheater angrenzte. Die Möblierung des Raumes war rein zweckmäßig. Sie bestand aus den üblichen kahlen Tischen, Stahlaktenschränken, Telefonen, Diktiergeräten und Nachschlagewerken.

Chefinspektor O'Day war etwa um halb zehn von Scotland Yard eingetroffen. Er stand am Fenster, die Hände auf dem breiten Rücken verschränkt, und starrte mit leerem Blick auf den Wagenpark hinunter, während Craddock die Frau verhörte, die ihm am Schreibtisch gegenübersaß. Sie trug die Tracht einer Gemeindeschwester und war so zappelig und reizbar wie ein aufgescheuchtes Huhn.

»Ich verstehe immer noch nicht, warum Sie nicht auf das Hausboot gegangen sind –«

»Ich habe doch erklärt, warum. Ich war auf dem Weg zu einer Schwangeren, und wenn es etwas auf der Welt gibt . . .«

»Warum sind Sie den Treidelpfad entlanggeradelt? Stellt Ihnen denn die Stadtverwaltung kein Auto zur Verfügung?«

»Doch, Inspektor, das Auto wird gestellt. Aber auch Autos kann mal etwas fehlen, genau so wie den Menschen. Sie haben auch ihre Krankheiten.«

»Ach so, Ihr Wagen war also in der Garage, wenn ich recht verstehe. Nun, als Sie die Frau aufschreien hörten ...«

»Ich sprach nicht von aufschreien. Sie legen mir Worte in den Mund, die ich nie gebraucht habe. Ich sagte, ich hörte erhobene Stimmen. Das kann eine ganze Menge bedeuten ...«

»In diesem Fall bedeutet es, daß eine Frau ermordet wurde!«

»Und können Sie mir vielleicht sagen, wie ich das hätte ahnen sollen? Meine Aufgabe ist rein medizinischer Art, Hellsehen ist darin nicht inbegriffen. Ich kann Ihnen versichern, wenn ich mich durch alles von meinen Pflichten ablenken lassen würde ...«

»Wie auch immer – jedenfalls sind Sie sicher, absolut sicher, was die Zeit anbelangt.«

»Völlig sicher. Ich hatte gerade die Kirchenuhr von Chapel Denning zwölf Uhr schlagen hören. Das war auch der Grund, warum ich in Eile war. Meine Verabredung mit Doktor Denson –«

»Gut. Wir brauchen Sie nicht länger aufzuhalten. Vielen Dank, Schwester.« Craddock hatte sich erhoben. »Sie waren uns eine große Hilfe.«

»Ich freue mich, daß wenigstens einer so denkt«, sagte Alice Thorpe, ergriff ihre Tasche und wandte sich zum Gehen. Die Tür schloß sich hinter ihr mit einem wirkungsvollen kleinen Knall.

»Ganz schöner Feuerkopf«, bemerkte O'Day, als er vom Fenster wegtrat. »Aber ihre Aussage war sehr positiv für uns. Über die Zeit gibt es nun keinen Zweifel mehr. Es muß verdammt nah an zwölf Uhr gewesen sein.«

»Ja«, bestätigte Craddock und stopfte seine Pfeife. »Was wiederum bedeutet, daß Hilton ausgeklammert werden kann, sobald wir diesen Bengel gefunden haben.«

O'Day setzte sich auf die Schreibtischkante und faßte Craddock scharf ins Auge.

»Sie glauben doch nicht, daß Hilton unser Mann ist, John?«

»Ich kenne Mr. Hilton seit Jahren. Er ist ein durchaus ehrenwerter Bürger. Spendet großzügig für karitative Zwecke, hatte niemals Verbindung mit Leuten, die Verbrecherkreisen nahestehen.«

»Er stand in Verbindung mit Selby Brooks«, bemerkte O'Day trocken. »Oder glauben Sie etwa seiner Aussage, daß dies nur eine nette, platonische Freundschaft war?«

Craddock zog kräftig an seiner Pfeife, um festzustellen, ob sie auch richtig brannte, und warf das Streichholz in den Papierkorb.

»Sie sind davon überzeugt, daß zwischen den beiden letzten Morden ein Zusammenhang besteht?«

»Della Morris ging ins ›Hotbed‹, Selby Brooks auch. Das genügt für den Anfang. Kennen Sie Hiltons Frau?«

»Ich bin ihr ein paarmal begegnet.«

»Ich habe gehört, sie hat ihn verlassen.«

»Also, wenn Sie sagen, verlassen . . .«

»Sie hat ihren früheren Job bei der Air France wieder aufgenommen. Würden Sie das nicht als ›verlassen‹ bezeichnen?«

Craddock zuckte die Achseln.

»Was für Ärger hatten die beiden denn, John? Fing er an fremdzugehen?«

»Nein, nein, es war bestimmt nichts dergleichen.«

O'Day fing an, die Schreibtischecke unbequem zu finden. Er ließ sich in Craddocks Sessel fallen und nahm das Vernehmungsprotokoll von Mike Hilton auf, das die Belforder Polizei fertiggestellt hatte.

»Schön, und was war es dann?«

»Ich weiß es nicht. Vielleicht hatten sie es in letzter Zeit etwas schwer.«

»In welcher Hinsicht? Nach dem zu urteilen, was hier drin steht, ist Mr. Hilton nicht gerade notleidend.«

Craddock zögerte und bohrte in seinem Pfeifenkopf, als wäre dort ein Hinweis zu finden.

»Das meine ich gar nicht. Sie hatten eine kleine Tochter, die vor einem Jahr an Leukämie starb. Hilton traf es furchtbar hart.«

O'Day spitzte die Lippen und sah Craddock an. »Das wäre eine Erklärung für . . .«

Er wurde durch ein Klopfen an der Tür unterbrochen. Ein Polizeiwachtmeister steckte den Kopf ins Zimmer.

»Was ist, Roberts?«

»Mr. Hilton wartet draußen, Sir.«

»Schon recht«, sagte Craddock, nachdem O'Day seinen Blick mit einem Kopfnicken quittiert hatte. »Führen Sie ihn herein.«

Craddock ging hinüber ans Fenster und überließ seinen Schreibtisch O'Day, als wolle er sich aus der Sache heraushalten.

Als Mike hereinkam, war er überrascht, O'Day so selbstverständlich an Craddocks Schreibtisch sitzen zu sehen. Mikes Augen waren rotgeädert und von tiefen Schatten umgeben, die Finger seiner rechten Hand waren nikotinfleckig vom pausenlosen Zigarettenrauchen, und das Pflaster auf seinem zerkratzten Handrücken sah schmutzig und ausgefranst aus.

Er sah zu Craddock hinüber.

»Setzen Sie sich bitte, Mr. Hilton«, sagte Craddock. »Dies ist Chefinspektor O'Day von Scotland Yard.«

»Scotland Yard?« wiederholte Mike und betrachtete O'Day mit einer Mischung aus Verblüffung und Interesse. O'Day hatte noch nicht aufgesehen, seit Mike eingetreten war. Der

Chefinspektor schien noch völlig beansprucht durch die Akte, die vor ihm auf dem Schreibtisch lag.

»Guten Tag.«

O'Day beachtete den Gruß zunächst nicht.

Nervös nahm Mike auf dem Stuhl dem Chefinspektor gegenüber Platz. Plötzlich schlug O'Day den Ordner zu und sah Mike direkt in die Augen.

»Hallo, Mr. Hilton. Wie geht es Ihrer Hand?«

»Meiner Hand? Ach, dies hier. Es geht schon wieder, danke.« »Von einer Katze gekratzt, stimmt's?«

»Äh – ja.« Mike überlegte, wie ernst er diese Frage zu nehmen hatte. Gehörte sie zum Verhör? Mußte er Einzelheiten über die rötliche Katze erzählen? Aber O'Day redete schon weiter.

»Na ja, da nehmen Sie sich mal in acht. Ein Kratzer von Katzenkrallen kann ganz gemeine Wirkungen haben. Ich habe gerade Ihr Vernehmungsprotokoll gelesen. Interessant zu lesen, wenn auch ein bißchen wirr.«

»Wirr?« Mike sah zu Craddock hinüber, aber der stand mit dem Rücken zum Raum, ganz vertieft in die Betrachtung eines halben Dutzends Wagen auf dem Parkplatz.

»Ja, Sie berichteten Inspektor Craddock, daß das Hausboot einer Dame namens Miriam Jones gehöre.«

»Das stimmt.«

»Von wem haben Sie diese vorzügliche Information?«

»Warum? Von Sel – äh – Miss Brooks.«

»Und das haben Sie ihr geglaubt?«

»Natürlich glaubte ich ihr«, erwiderte Mike aufgebracht. O'Day griff nach dem Ordner. »Das Hausboot wurde verkauft von den Gebrüdern Jackson & Kingston am 3. Juni vergangenen Jahres. Der Käufer war eine Miss Selby Brooks.«

Mike brauchte einige Zeit, bis er seine Stimme wiederfand.

»Das glaube ich nicht.«

Craddock trat vom Fenster zurück.

»Es ist wahr, Mr. Hilton. Wir haben außerdem noch im St.-Thomas-Krankenhaus nachgefragt. Dort kennt man keine Patientin mit dem Namen Miriam Jones.«

»Das kann doch nicht wahr sein.« Mike sprang auf. Er hatte sich an Craddock gewandt und den scharfzüngigen, harten O'Day ignoriert. »Ich kann das einfach nicht glauben. Wo sollte Sel das Geld herhaben?«

»Übereinstimmend mit dem Protokoll«, fuhr O'Day ruhig fort, »waren Sie vor zehn Tagen zum erstenmal im ›Hotbed‹.«

»Im ›Hotbed‹?« echote Mike, verblüfft über O'Days etwas schnarrenden Dialekt.

»Ja, Sir. Das ist das Lokal ›The Four Poster‹; die Einheimischen nennen es ›The Hotbed‹.« O'Days zerklüftetes Gesicht glättete sich kurz in einem flüchtigen Lächeln. »Und nicht ohne Grund, das kann ich Ihnen versichern.«

Mike forschte in O'Days Gesicht, sein Mundwinkel zuckte leicht. Er sah hinüber zu Craddock und glaubte, Mitleid in den Augen des Inspektors zu entdecken.

»Was versuchen Sie mir da eigentlich zu erzählen?«

»Etwas, was Sie selbst schon wissen müßten, Mr. Hilton. Selby Brooks war ein verdorbenes Luder. Wie verdorben . . .«

»Das glaube ich nicht«, unterbrach ihn Mike zornig. »Ich glaube kein Wort von dem Ganzen. Sie bauschen das nur so auf, um zu versuchen, mich mit Tricks . . .«

»Versuchen Sie mir bitte keine Tricks und Schwindeleien vorzumachen.« O'Days Stimme war granithart. Er hatte seinen Unterkiefer vorgeschoben, und seine Augen, erbarmungslos auf Mike geheftet, blickten eiskalt.

»Sie wissen genauso gut wie ich, daß Selby Brooks eine professionelle Erpresserin war und daß sie Sie bereits genau in eine Situation hineinmanövriert hatte, in der Sie aus Ihnen hätte herausholen können, was sie wollte.«

»Das ist eine ganz verdammte Lüge«, schrie Mike, ballte die Fäuste und starrte wild in O'Days ausdrucksloses Gesicht. »Eine verdammte Lüge!«

»Setzen Sie sich, Mr. Hilton.« O'Days Stimme war auf einmal samtweich geworden. »Ich finde, Sie und ich sollten lieber ein vernünftiges Gespräch miteinander führen.« Etwas beschämt über seinen undisziplinierten Ausbruch setzte Mike sich wieder in seinen Stuhl zurück.

Das Verhalten des Chefinspektors blieb kühl und formell.

»Inspektor Craddock hat Ihnen schon erklärt, daß Sie, solange wir mit der Aufklärung dieses Mordfalles beschäftigt sind, gebeten werden, uns Hilfe zu leisten. Wir erwarten von Ihnen, daß Sie bestimmte Fragen nicht nur beantworten, sondern auch zulassen, daß diese Antworten schriftlich festgehalten und eventuell für die Beweisführung herangezogen werden.«

Mike nickte. Die elende Wut, mit der er O'Day zuvor betrachtet hatte, wich vorsichtiger Abwehrbereitschaft. O'Day mußte wohl auf einen Klingelknopf gedrückt haben, denn eine Stenotypistin war unauffällig eingetreten und hatte ebenso unauffällig hinter einem kleinen Tisch Platz genommen.

»Was hat Ihnen Miss Brooks von sich erzählt, Sir?«

»Sie sagte, daß sie in dem ›Four Poster‹ mit ihrem Onkel zusammen wohnt und daß er . . .«

»Ihrem Onkel?«

»Ja, dem Inhaber. Sein Name ist Bob West.«

O'Day lächelte. »Fahren Sie fort.«

»Sie erzählte, daß ihre Eltern in den letzten Kriegstagen durch einen Bombenangriff ums Leben gekommen sind.«

»Das ist gelogen«, warf O'Day kurz ein.

Craddock ließ von der Betrachtung des Wagenparks ab und drehte sich um. »Ihr Vater lebt. Er hat einen Tuchhandel in Bristol. Er ist ein netter, ruhiger Mann – solange man nicht auf seine Tochter zu sprechen kommt.«

Mike machte den Mund auf, aber er schluckte hinunter, was er hätte sagen wollen.

»Was erzählte sie Ihnen sonst noch?«

»Nichts.«

O'Day schnaufte. Er nahm die Akte und blätterte einige Seiten zurück. »Das erste Mal, daß Sie die Brooks trafen, war am Dienstag, den 11., stimmt das?«

»Ja.«

»War es nicht ein bißchen ungewöhnlich, einen dringenden Telefonanruf vom Schlafzimmer einer Ihnen völlig fremden jungen Frau aus zu führen?«

»Ich habe das bereits in meiner Vernehmung klargelegt. Mein Wagen hatte eine Panne. Ich mußte den Automobilklub anrufen. Sie bot mir ihr Telefon zur Benutzung an.«

»Sie haben noch nicht erklärt, was Sie dazu veranlaßte, zu diesem Zweck das ›Four Poster‹ aufzusuchen. Hundert Meter weiter in der gleichen Straße gibt es nämlich eine Telefonzelle.«

»Ich – äh – es war eine Frage der Parkgelegenheit.«

»Sind Sie sicher, daß Sie sie bei dieser Gelegenheit zum allerersten Mal gesehen haben?«

»Ja.« Im Grunde genommen war das keine korrekte Antwort. Aber Mike wollte O'Day nicht erzählen, daß er Sel vorher schon einmal beobachtet hatte, als sie die Straße vor ihm überquerte.

»Gut, lassen wir's fürs erste dabei. Das nächste Mal trafen Sie sie rein zufällig in der King's Road? War das nicht ein etwas merkwürdiger Zufall?«

Mike wandte sich fragend zu Craddock, aber der Inspektor sah wieder interessiert aus dem Fenster. Mike war sich der Gegenwart der Stenotypistin hinter seinem Rücken genau bewußt.

»Ich fahre jeden Tag die King's Road entlang. Es war an einem Freitag, als ich ihr dort begegnete.«

»Ich bin überrascht, daß Sie nicht die Cromwell Road benutzen. Ich tue das immer, weil es der kürzere Weg ist.«

»Na ja, vielleicht hatte ich gehofft, Miss Brooks wiederzusehen.«

»Nur vielleicht? Oder wissen Sie es bestimmt?«

Mike dachte nicht daran zu antworten. O'Day ließ die Frage für den Augenblick fallen.

»Nach dieser Begegnung nahmen Sie dann am selben Abend an einer Party in ihrem Zimmer teil.«

»Ja«, erwiderte Mike bissig, »denn ein anderer seltsamer Zufall wollte es, daß sie gerade Geburtstag hatte.«

»Das glückliche Mädchen«, bemerkte O'Day trocken, »genau wie die Königin.«

»Ich verstehe Sie nicht.«

»Sie muß ihren Geburtstag wohl zweimal im Jahr gefeiert haben. Die Brooks ist am 3. Januar geboren.«

»Ich wäre Ihnen dankbar, wenn Sie nicht dauernd von ›der Brooks‹ sprechen wollten. Es klingt, als hätte sie irgendein Verbrechen begangen.«

»Du liebe Güte. Wenn es nur das wäre – also Miss Brooks. Machen wir weiter. Mir wurde berichtet, daß Sie ein voller Erfolg auf dieser Party waren.«

»Ich sehe nicht ein, was dies mit der Sache zu tun hat.«

»Vielleicht hat es etwas damit zu tun, vielleicht auch nicht. Die Entscheidung darüber müssen Sie schon mir überlassen.«

»Also gut. Verschiedene Leute sollten zur allgemeinen Unterhaltung etwas vorführen – singen, zaubern oder sonst was.«

»Und was trugen Sie bei?«

»Den einzigen Trick, den ich beherrsche. Er besteht darin, zusammengefaltetes Papier so anzureißen, daß schließlich eine Reihe tanzender kleiner Figuren daraus wird, wenn man es auseinanderfaltet.«

»Ja, das ist wirklich eine sehr hübsche kleine Vorführung«,

warf Craddock ein. »Es hat uns jedesmal bei Wohltätigkeitsveranstaltungen eine ganze Menge Geld eingebracht.«

»So. Können wir nun einmal in Erfahrung bringen, was Sie gestern morgen taten? Sie haben angegeben, daß Sie Ihr Haus ›Tall Trees‹ kurz vor elf verlassen haben.«

»Ja, zehn oder fünf Minuten vor elf, glaube ich.«

»Schön – Ihre Haushälterin hat das bestätigt. Es war Ihre Absicht, bis Montag wegzubleiben. Hatte die – hatte Miss Brooks Sie zum Wochenende auf das Hausboot eingeladen?«

Mike zögerte etwa zwei Sekunden. »Es war nichts ausdrücklich abgemacht. Ich hatte vor, sie um zwölf Uhr abzuholen und danach – das war offengeblieben.«

»Ihre Frau ist seit – lassen Sie mich mal sehen – seit Freitag, den 8., fort?«

Die Schlußfolgerung, die O'Day aus Ruths Abreise zog, war nur allzu deutlich. Wieder blieb Mike stumm, aber O'Day hatte schon erreicht, was er wollte.

»Sie brauchten also etwa eine Stunde für die fünfzehn Meilen von Ihrem Haus zum Boot.«

»Da waren ein paar Besorgungen, die ich noch in Belford erledigen wollte. Ich mußte beispielsweise ein Päckchen zur Post bringen.«

»Sehr wohl«, bestätigte O'Day. »Sie betraten das Postamt um sieben Minuten nach elf und füllten eine Zollerklärung aus. Was taten Sie sonst noch in Belford?«

»Muß ich denn all diese Fragen beantworten, Inspektor?« wandte sich Mike an Craddocks Rücken.

Craddock drehte sich schwerfällig um und kam zum Schreibtisch herüber. Seine Stirn war gerunzelt, und er sah ein wenig unglücklich aus.

»Sie müssen natürlich nicht, Mr. Hilton. Sie haben durchaus das Recht, die Aussage zu verweigern. Aber sehen Sie, der Kommissar ist doch nur bemüht, mit Ihnen gemeinsam Ihre Aussage zu überprüfen, damit wir Ihr Alibi zur Tatzeit feststellen können. Es ist in Ihrem eigenen Interesse. Solange Sie die Wahrheit sagen, haben Sie ja auch gar nichts zu befürchten.«

»Natürlich sage ich die Wahrheit.«

»Na also, Sir –«

»Darf ich rauchen?«

»Selbstverständlich!«

O'Day las so lange in der Akte, bis Mike sich eine Zigarette angezündet hatte, dann sah er auf, als ob niemals eine Unterbrechung stattgefunden hätte.

»Mr. Hilton, Sie wollten mir erzählen, was Sie taten, nachdem Sie das Postgebäude verlassen hatten.«

»Gut, ich fuhr also in Richtung Farndale. Sie müssen verstehen, daß ich mich darauf freute, Miss Brooks wiederzusehen, und ich wollte nicht gerne zu spät kommen. Sie hatte mich gebeten, nicht vor zwölf da zu sein.«

O'Day war plötzlich hellwach. »Das sagte sie? Wirklich? Und weshalb, glauben Sie, war sie so darauf bedacht, daß Sie nicht vor zwölf eintreffen sollten?«

»Sie sagte, sie wolle noch zum Einkaufen ins Dorf gehen. Ich glaube außerdem, daß sie nicht allzu früh aufstehen wollte.«

»Das ist einleuchtend. Aber schließlich und endlich haben Sie das Boot nicht vor halb ein Uhr erreicht.«

»Das steht ausführlich in meinem Vernehmungsprotokoll. Die Gründe habe ich auch schon Inspektor Craddock auseinandergesetzt.«

»Sie machten einen Umweg über Chapel Denning, wo Sie einem kleinen Jungen begegneten.«

»Stimmt. Und ich kann hierfür eine zerbrochene Windschutzscheibe vorweisen.«

»Ja, Sie haben eine kaputte Windschutzscheibe. Und Sie hielten an, um ihm wieder zu seinem Papierdrachen zu verhelfen?«

»Das stimmt.«

»Haben Sie versucht, diesen Jungen wiederzufinden?«

»Ich bin in jedem Haus von Chapel Denning gewesen. Ich habe die Kinderspielplätze meilenweit in der Umgebung abgesucht, ich war in sämtlichen Grundschulen im Umkreis von zehn Meilen und habe zahllose Leute in den Gaststätten nach ihm gefragt. Ich bin heute morgen um neun Uhr sogar in die Kirche zur Gemeindeversammlung gegangen.«

»Und nirgends eine Spur von ihm?«

»Nirgends.«

»Was glauben Sie, warum dieser Bursche nicht zum Vorschein kommt?«

»Ich weiß es nicht.«

»Warum hört man weder von den Eltern des Jungen noch von dem Jungen selbst etwas?«

»Ich habe keine Ahnung. Vielleicht leben sie weiter weg . . .«

»Wo sie auch immer leben mögen, sie werden zumindest Zeitung lesen oder Radio hören oder fernsehen. Wir suchen den Jungen wie eine Stecknadel, Mr. Hilton. Wir haben wirklich versucht, ihn für Sie zu finden.«

»Ja«, Mike schüttelte verwirrt den Kopf, »ich erkenne an, was Sie getan haben. Ich verstehe auch nicht, warum der Junge nirgends auftaucht.«

»Das verstehe ich ebensowenig, Sir.« O'Day öffnete eine Schreibtischschublade und steckte seine Hand hinein. »Nun erzählen Sie mir doch bitte noch etwas über Ihren ersten Besuch auf dem Hausboot. Sie waren zweimal dort, nicht wahr?«

Nur mit Mühe wandte Mike seine Gedanken wieder jenem Dienstagnachmittag zu. Er nickte bestätigend.

»Wie lange blieben Sie damals?«

Mikes Mut sank. Kam nun doch alles heraus? Bestand dieser hartnäckige Mann darauf, Stunde um Stunde das Glück aufzurechnen, das er in Sels Armen empfunden hatte?

»Ich glaube, ein oder zwei Stunden«, erwiderte er beiläufig. »Ich weiß nur, daß die Zeit unglaublich schnell verging.«

»Kein Zweifel. Haben Sie Miss Brooks unterhalten?«

»Sie unterhalten?« wiederholte Mike verständnislos. Er fühlte, wie ihm das Blut ins Gesicht schoß.

»Ja, Sir, Spaß und Spiel, Partytricks!«

»Soll das komisch sein?« fragte Mike. Seine Nervosität war jäh in Ärger umgeschlagen. »Wovon, zum Teufel, sprechen Sie eigentlich?«

Statt einer Antwort zog O'Day seine Hand aus der Schreibtischschublade. Darin hielt er eine zusammengeknickte Zeitung. Als er sie entfaltete, sah Mike, daß sie unregelmäßig angerissen war. Schon bevor der Oberinspektor sie in die Höhe hielt, wußte er, was er sehen würde: den leeren Ausschnitt der tanzenden Mädchen. Die Zeitung trug das Datum von der vergangenen Woche, vom Freitag, an dem Sels Party stattgefunden hatte.

»Ich spreche hiervon, Mr. Hilton.«

Mike starrte ungläubig auf das Stück Zeitungspapier.

»Wo – wo haben Sie denn das gefunden?«

O'Day warf Craddock einen Blick zu, gleichsam als Aufforderung, sich wenigstens jetzt an der Vernehmung zu beteiligen. Craddock war herübergekommen und stand neben Mike. »Wir fanden es in dem Hausboot«, sagte er.

7

Nachdem Mike gegangen war, herrschte Stille im Büro des Inspektors. Craddock hatte wieder seinen Lieblingsplatz am Fenster eingenommen, die Hände auf dem Rücken gefaltet, und betrachtete den Wagenpark. O'Day kritzelte Anmerkungen an den Rand eines Vernehmungsformulars. Das einzige Geräusch im Raum kam vom Kratzen seiner Füllfeder. Die

Stenotypistin war gegangen, um eine Reinschrift des Protokolls anzufertigen.

Nach etwa fünf Minuten warf der Chefinspektor seinen Füller hin und schob den Schreibtischstuhl zurück.

»Na«, sagte Craddock, »was für einen Eindruck hatten Sie von ihm?«

»Genau den, den ich erwartete. Nervös, gehemmt, sorgfältig seine Antworten überdenkend, um sich ja nicht zu kompromittieren. Ich bin gar nicht zufrieden. Es gibt zu vieles in seinen Angaben, was nicht miteinander übereinstimmt.«

»Die Geschichte mit der totgeschlagenen Zeit und der halben Stunde Verspätung?«

»Falls er wirklich eine halbe Stunde zu spät kam«, stellte O'Day fest, »so haben wir keine andere Bestätigung dafür als seine eigene Aussage.«

»Ja, ja, ich weiß.« Craddock nahm seine Pfeife wieder auf, die er im Aschenbecher abgelegt hatte, und begann den restlichen Tabak mit einem Pfeifenreiniger herauszukratzen. »Aber falls Hilton die Brooks wirklich umgebracht hat, warum hat er mich dann angerufen, um mir das auch noch zu erzählen? Er war doch schon ein ganzes Stück vom Tatort entfernt, und niemand wußte etwas von seinem Rendezvous auf dem Hausboot.«

»Wenn er sie ermordet hat«, sagte O'Day langsam, »müßte sein Wagen etwa eine Stunde am Ende des Uferpfades gestanden haben. Es mußte ihm klar sein, daß jemand in dieser Zeit den Wagen dort hätte stehen sehen können. Wie Sie wissen, haben ein paar Landarbeiter berichtet, daß ungefähr um zwölf dort ein Wagen parkte.«

»Ich glaube, wenn es ein Mercedes gewesen wäre, hätten sie das erwähnt. Mercedes-Wagen wachsen in dieser Gegend nicht gerade auf den Bäumen. Man kann also nicht sagen, daß jeder an ihren Anblick gewöhnt wäre!«

»Was weiß ein Landarbeiter von Luxuswagen, John? Aber das ist ja nicht das einzige.« Der Chefinspektor nahm die Akte wieder auf und blätterte darin. »Punkt 1: Er behauptet, er hätte die Brooks vor seinem Telefonat mit dem Automobilklub nie gesehen. Wenn das so wäre, warum, in drei Kuckucksnamen, hat er sich dann ausgerechnet das ›Four Poster‹ zum Telefonieren ausgesucht? Keine hundert Meter weiter steht eine Telefonzelle.«

Craddock grunzte.

»Punkt 2: Er sagte aus, er sei am – äh – Dienstag, den 18., als er zum erstenmal auf dem Hausboot war, nur kurze Zeit geblieben. Aber wir fanden seine Fingerabdrücke in der Küche, im Bad, im Wohnraum, vom Schlafzimmer ganz zu schweigen. Punkt 3: Der Kratzer an seinem Handrücken. Er sagt, eine Katze hätte ihn angegriffen. Haben Sie jemals davon gehört, daß eine Katze einen Menschen angreift, ohne dazu herausgefordert zu werden? Außerdem hat das Laboratorium winzige Hautpartikelchen und Blut unter den Fingernägeln der Leiche gefunden. Die Untersuchung des Blutes ergab, daß es Hiltons Blutgruppe angehört.«

O'Day sah Craddock bedeutungsvoll an, aber der war nach wie vor mit dem Säubern seiner Pfeife beschäftigt.

»Punkt 4: dieser Bengel. Das war Hiltons größter Fehler. Er lügt, daß sich die Balken biegen, bloß um ein Alibi für die Mordzeit zu erfinden. Wahrscheinlich dachte er nicht, daß wir die Richtigkeit seiner Angaben überprüfen würden.«

»Sie sind nicht gewillt, die Existenz dieses Jungen überhaupt in Erwägung zu ziehen?«

O'Day lachte nur. »Seien Sie nicht kindisch, John. Ein erwachsener Mann, der, wie wir wissen, ein Stelldichein mit einer verführerischen Frau hat, läßt sich länger als eine halbe Stunde aufhalten, um auf einen Baum zu klettern und einem kleinen Jungen seinen Drachen herunterzuholen?«

»Er hatte Schmutz- und Moosflecken an seinen Hosen.«

»Das kann er später selbst draufgeschmiert haben, als er merkte, daß er ein Alibi brauchen würde.«

»Schön – dann hatte er also das Verbrechen entweder geplant, oder er brachte das Mädchen in einer hitzigen Aufwallung um.« Craddock war ein Geistesblitz gekommen. »Beides zusammen geht nicht.«

»Ich werde mich noch für eine der Möglichkeiten entscheiden«, erwiderte O'Day grimmig.

Craddock hatte seinen Tabaksbeutel gezogen und stopfte seine Pfeife.

»Es sieht so aus, als fänden Sie Zusammenhänge zwischen diesem Mord und den Morden, deren Spuren Sie in London verfolgen«, sagte er, nachdem er seine Pfeife angezündet hatte. »Wollen Sie mir etwa einreden, daß Hilton und dieser ›Mr. King‹, von dem Sie mir erzählt haben, miteinander identisch sind?«

O'Day verzog sein Gesicht und dachte einen Augenblick nach. Er stand auf, nahm ein Pillendöschen aus der Tasche und schluckte eine Pille, indem er den Kopf mit einem Ruck nach hinten warf.

»Ich habe keinen Grund zu dieser Annahme. Bestehen bleibt die Tatsache, daß wir praktisch nichts Genaues über Mr. King wissen. Nur eins ist klar: Als das öffentliche Herumflanieren der Prostituierten in den Straßen gesetzlich verboten wurde, war er anscheinend der erste, der sich ausrechnete, daß von jetzt an im Call-Girl-Geschäft mehr Geld stecken würde als je zuvor. Er gründete die erste Call-Girl-Organisation in London, und er machte was daraus! Aber niemand hat Mr. King je zu sehen bekommen. Und wenn Sie ihn sehen, haben Sie Ihren Mund zu halten – oder er wird Ihnen gewaltsam verschlossen.«

»Das hätte auch das Motiv für den Mord an Miss Brooks sein können.«

Craddock hielt die Streichholzschachtel über den Pfeifenkopf, um den Zug der Pfeife zu prüfen. »Vielleicht hat sie zu viel über Mr. King gewußt und versucht, ihn zu erpressen.

Das würde erklären, wie sie zu dem Geld für das Hausboot kam.«

»Ja«, sagte O'Day friedlich und unterdrückte hinter vorgehaltener Hand einen kleinen Rülpser. »Und wenn sie eine professionelle Erpresserin war, könnte sie versucht haben, unseren Freund Hilton zu melken. Das ist auch ein Motiv!«

»Sie haben sich noch nie so festgefahren – ich denke doch nicht, daß Sie im vorhinein ein Urteil fällen, das den Geschworenen überlassen bleiben muß.«

»Das ist mir genauso klar wie Ihnen, John. Wir haben noch einen langen Weg vor uns. In der Zwischenzeit haben wir nicht genügend Beweise, um Hilton in Untersuchungshaft zu nehmen. Wenn Miss Jacobs den Bericht fertiggestellt hat, können Sie Hilton für heute gehen lassen.«

*

Im Warteraum war Mike fast eingeschlafen. Als Craddock kam, um ihm zu sagen, daß er nach Hause gehen könne, hatte er geradezu Mühe, die Augen offenzuhalten.

»Bedeutet das, daß meine Situation nun geklärt ist, Inspektor? Ich meine – kann ich tun, was ich will?«

»Genaugenommen hätten wir gerne, daß Sie noch mit uns in Verbindung bleiben, Mr. Hilton. Die Nachforschungen sind noch im Anfangsstadium. Ich hoffe, Sie planen beispielsweise in nächster Zeit keine längeren Reisen.«

Mike sah Craddock einige Sekunden in die Augen.

»Ich verstehe«, sagte er ruhig, »bevor ich diesen Jungen nicht gefunden habe, werde ich verdächtig bleiben, stimmt's?«

»Gewiß, wenn wir den Jungen finden würden, wäre für uns alles viel leichter, Mr. Hilton.«

Mike fuhr nach ›Tall Trees‹ zurück, mit der behutsamen Sorgfalt eines Fahrers, der weiß, daß er eine Kleinigkeit zuviel getrunken hat. Er hatte alle Mühe, die Müdigkeit loszuwerden, und war noch weit davon entfernt, klar denken zu können. Doch trotz seines augenblicklichen Zustands war er imstande, eine Tatsache voll zu erfassen: Sel war ermordet worden, und er, Mike Hilton, stand unter dem Verdacht, es getan zu haben!

Als Mike sich auf die Couch in seinem Ankleidezimmer legte, tat er es in der Absicht, seine Augen etwas auszuruhen und gleichzeitig darüber nachzudenken, was er als nächstes zu tun hätte.

Das Läuten des Telefons riß ihn aus der Tiefe eines bleiernen Schlafes. Es dauerte lange, bis Mike die schweren Träume abgeschüttelt hatte. Die Strahlen der tief stehenden Sonne zeigten ihm an, daß es bereits ziemlich spät am Abend war. Er tappte durch das abgedunkelte unbenutzte Schlafzimmer und tastete nach dem weißen Telefon. Bevor er noch den Hörer am Ohr hatte, konnte er an dem charakteristischen Piepton erkennen, daß dieser Anruf aus einer öffentlichen Telefonzelle kam. Mike wartete, bis das Geräusch aufhörte und die Münze gefallen war.

»Hallo, hier ist Hilton, wer spricht da?«

Kurze Zeit war es still, und dann kam wieder das Geräusch des Drehens an der Wählscheibe. Der Anrufer, wer immer es gewesen sein mochte, hatte aufgehängt. Kein Zweifel, falsch verbunden.

Wieder in seinem Ankleidezimmer, steckte er den Kopf unter das kalte Wasser, putzte sich die Zähne, erfrischte seine Augen mit Augentropfen. Als er auf den Reisewecker schauen wollte, der immer auf seinem Ankleidetisch stand, bemerkte er verblüfft, daß der Wecker nicht da war. Irgend jemand hatte ihn aufs Nachttischchen gestellt. Die Zeiger standen auf zehn vor sechs. Mike hatte ohne Unterbrechung sieben Stunden geschlafen. Während er sich gründlich im Raum umsah, fiel ihm auf, daß sich einige kleine Dinge nicht am gewohnten Platz befanden. Seine Haarbürste lag weiter rechts als sonst, das Zigarettenetui und das Feuerzeug waren verrückt. Jemand hatte sein Zimmer durchsucht, und es war kein Dieb gewesen. Nichts war gestohlen worden, und kein Dieb würde die verschiedenen Gegenstände aufgehoben und mit solch peinlicher Sorgfalt wieder zurückgelegt haben.

War er zu benommen gewesen, um das bereits festzustellen, als er am Vormittag zurückkam, oder war der Eindringling auf Zehenspitzen hereingeschlichen und hatte das Zimmer durchsucht, während er schlief?

Zehn vor sechs – und er hatte Mrs. Hall gesagt, er würde zum Lunch wieder zurück sein! Wahrscheinlich hatte sie vor lauter Warten schon Zustände bekommen.

Er rannte nach unten ins Eßzimmer. Der Tisch war leer. Er stieß die Tür zur Durchreiche auf und sah in die Küche. Sie war so aufgeräumt wie eine Möbelausstellung und schien kälter zu sein als sonst.

»Mrs. Hall?«

Das Ticken der Küchenuhr war die einzige Antwort. Er ging den schmalen Flur entlang zu ihrem Zimmer und klopfte an die Tür.

»Mrs. Hall, sind Sie da?« Energisch drückte er die Klinke hinunter und stieß die Tür auf. Ein leicht säuerlicher Geruch schlug ihm entgegen. Die Kommodenschubladen und Schranktüren standen auf. Bettlaken und Decke lagen säuberlich gefaltet genau in der Mitte des Bettes.

Mike schloß die Tür, sein Heftpflaster reibend, das ihm auf der Haut juckte, und ging in die Halle zurück. Merkwürdigerweise nahm er ihr am meisten übel, daß er soviel Höflichkeit an sie verschwendet hatte. Liebend gern hätte er noch eine einzige Chance wahrgenommen, um sich dieser unangenehmen Person gegenüber rüde benehmen zu können.

»Zum Teufel mit ihrer pingeligen Ordnung.« Nichts Eßbares war in der Küche aufzutreiben. Er untersuchte die Küchenschränke und mußte dabei feststellen, daß sie entweder abgeschlossen waren oder nichts weiter als Geschirr enthielten. Alles, was er schließlich fand, war eine Dose Mais, aber als er sich dann mit dem Dosenöffner in die Finger schnitt, warf er das Ganze hin und stürmte zum Hause hinaus.

Er kam nicht weiter als bis zum Eingang seines Londoner Klubs, dann begann er zu zögern. Es war die Überschrift auf dem Aushang des Zeitungsverkäufers, die ihn stutzen ließ: ›Mann in Würgemord verwickelt‹. Jetzt bestand ja kein Zweifel mehr. Mrs. Hall war davongelaufen, weil sie ihren guten Namen durch den Aufenthalt in seinem Hause nicht beschmutzen wollte. Plötzlich wurde es Mike bewußt, daß man ihn – einerlei ob er mordverdächtig war oder nicht – noch aus einem ganz anderen Grund verurteilen und verdammen würde. Er hatte sich mit einer Frau verabredet, deren zweifelhafter Ruf offenbar geworden war. Mike fühlte, daß er neugierige oder auch gehässige Blicke jetzt nicht ertragen konnte.

Er startete den Wagen und fuhr in die King's Road. Das erste Mal in seinem Leben aß er in einem Imbißlokal zu Abend. Das ›Four Poster‹ lag etwa hundertfünfzig Meter weiter am anderen Straßenende. Mike ließ den Wagen stehen, wo er stand, und ging die kurze Strecke zu Fuß.

Sonntagabend um zwanzig nach sieben waren nur wenige Gäste im ›Four Poster‹. Etwa ein halbes Dutzend Leute saßen an den Tischen. An der Theke lehnte vornübergebeugt auf einem Barhocker ein Mann im Tweed-Jackett und grauer Flanellhose. Er war ungefähr dreißig Jahre alt, und im übrigen schien er sich für seinen Drink eine ganze Lebenszeit reserviert zu haben. Sein Gesicht schien verschlossen, aber der Ausdruck seiner Augen war wachsam. Seine äußere Erscheinung war tadellos, von den glänzend geputzten Schuhen an aufwärts. Als sich die Tür öffnete und Mike hereinkam, sah der schweigsame Gast nur kurz in den Spiegel oberhalb der Bar, um eine geistige Momentaufnahme des Neuankömmlings festzuhalten.

Mike beachtete ihn kaum. Er ging direkt auf die Bartheke zu, hinter der ein junges Mädchen mit fliehendem Kinn und hochragendem Busen Trinkgläser polierte. Mit aller Muße beendete sie ihre Arbeit an dem Glas, das sie gerade in der Hand hielt, dann erst schaute sie Mike interessiert an.

»Bitte?«

»Guten Abend.« Mike zwang sich zur Höflichkeit. »Ich hätte gern Mr. West kurz gesprochen.«

Ihre künstlichen Augenwimpern flatterten, als sie ihm vorsichtig einen überraschten Blick zuwarf. Eine Sekunde zögerte sie mit der Antwort.

»Er ist nicht da.«

»Schön – aber können Sie mir sagen, wo ich ihn finde? Es ist sehr wichtig.«

»Mr. West ist weggegangen, ich kann Ihnen nicht genau sagen, wohin.«

»Wie lange wird er weg sein?«

»Ich weiß es leider nicht.«

»Er muß Ihnen doch irgend etwas gesagt haben. Wer vertritt ihn, während er weg ist?«

»Die Besitzer werden morgen einen neuen Geschäftsführer schicken, wenn Sie in der Zwischenzeit eine Beschwerde vorbringen wollen . . .«

»Ich will mich nicht beschweren«, sagte Mike besänftigend, »ich hatte nur auf einige Informationen von ihm gehofft. Vielleicht können Sie mir helfen. Kannten Sie Miss Brooks?«

»Brooks?«

»Ja, sie bewohnte bis letzten Dienstag hier ein Zimmer.«

»Davon weiß ich nichts«, erwiderte das Barmädchen hastig, nahm ein neues Glas und polierte es wie wild. »Ich bin erst seit letztem Freitag hier angestellt.«

»Ich verstehe«, sagte Mike und nagte an seiner Oberlippe. »Na gut, geben Sie mir trotzdem einen Gin, nachdem ich nun schon einmal hier bin.«

»Einen Gin.« Sie schien wieder Boden unter den Füßen zu haben, als sie ein kleines Glas nahm und es unter die Flasche hielt.

Mike suchte in seiner Tasche nach Zigaretten und sah dabei in den Spiegel hinter dem Bartisch. Ein Paar, das in einer der Nischen gesessen hatte, war aufgestanden und ging auf den Ausgang zu. Es war etwas Hektisches in ihren Bewegungen. Die beiden paßten wenig zueinander. Die Frau, Ende Vierzig, war auffallend gekleidet, der Mann in ihrer Begleitung konnte nicht viel älter als zwanzig sein und trug einen farbenbekleckssten Arbeitskittel. Als sie an der Bar vorbeigingen, machte er den Fehler, einen verstohlenen Blick auf Mikes Rücken zu riskieren. Sein Schnurrbart gab ihn zu erkennen. Mike schwang sich herum. »Guten Abend, ich glaube, wir haben uns schon einmal gesehen.«

Die beiden standen reglos da und starrten ihn an, als sei er ein Geist.

»Ich bin Mike Hilton. Erinnern Sie sich? Wir trafen uns auf Sels Party.«

Beide mimten recht übertrieben dämmerndes Wiedererkennen, besonders Ruby, die von ihrer Bühnenzeit her den Hang zur Schauspielerei beibehalten hatte.

»Wieso? Mike? Ach ja – ich habe Sie gar nicht erkannt, wie kommen Sie denn hierher?«

»Ich wollte Bob West sprechen, um ihn etwas zu fragen, aber er scheint nicht im Haus zu sein. Vielleicht können Sie mir helfen?«

»Wir sind schon sehr spät dran, Teuerster«, versicherte Ruby nachdrücklich, »Chris und ich wollen gerade ins Kino. Nehmen Sie es deshalb nicht übel . . .«

Sie wollte an ihm vorbei. Mike ergriff sie am Arm, der sich hart und muskulös anfühlte, fast wie ein Männerarm.

»Es tut mir leid, Ruby, aber ich muß mit Ihnen sprechen.«

Sie wandte sich fragend an Chris, aber der hatte schnell die

Gelegenheit wahrgenommen, sich kurz hinter Mike zu ducken und an ihm vorbei zur Tür zu laufen.

Ruby sah ihm mit unterdrückter Wut nach und wandte sich dann herausfordernd wieder Mike zu.

»Kommen Sie, setzen Sie sich hin, Ruby. Ich lade Sie zu einem Drink ein.«

»Ich will keinen Drink«, fuhr Ruby ihn an, »ich habe Ihnen doch gesagt, daß ich keine Zeit habe!« Trotzdem ließ sie es zu, daß Mike sie an einen Tisch in der Mitte des Raumes führte. Von seinem Barhocker aus hatte der hagere Mann mit den wachsamen Augen die ganze Szene genau verfolgt. Mike warf ihm einen Blick über die Schulter zu und lehnte sich über den Tisch. »Sie müssen mir von Sel berichten«, sagte er mit gedämpfter Stimme. »Wissen Sie, ob . . .«

»Ich möchte nicht über Sel sprechen.« Rubys Lippen begannen zu zittern. »Es regt mich auf . . .«

»Ruby, Sie müssen mir von ihr erzählen. Da sind ein paar Dinge, die ich wissen muß.«

»Ich habe mich furchtbar über die Sache mit Sel aufgeregt, ganz furchtbar!«

Sie unterdrückte ein Schluchzen und suchte in ihrer Tasche nach einem Taschentuch. »Die Polizei hat mich schon eine Menge gefragt. Die hatten den Nerv, direkt in meine Wohnung zu kommen. Aber Sie wissen das ja alles, nicht wahr?«

»Nein.« Mike schüttelte den Kopf und begegnete dabei ihrem anklagenden Blick.

»Haben Sie die denn nicht dazu veranlaßt?«

»Nein, bestimmt nicht.«

»Sie haben denen doch erzählt, ich sei eine Freundin von Sel?«

»Das war gar nicht nötig, Ruby, denn die Polizei scheint selbst eine ganze Menge über dieses Lokal und alles Drumherum zu wissen.«

Ruby beobachtete Mike mit argwöhnischem Blick, schien

sich dann aber dazu durchzuringen, ihm zu glauben. Sie stützte ihre Ellenbogen auf die Tischplatte und beugte sich zu ihm hin. Ihr Atem roch nach Gin.

»Was wollen Sie denn wissen?«

»Stimmt es, daß Sel die Besitzerin des Hausboots war?«

»Hat sie Ihnen das erzählt?«

»War sie die Besitzerin?«

Ruby zögerte eine Weile, bevor sie nickte.

»Haben Sie irgendeine Vorstellung, woher sie das Geld hatte, um sich das Boot zu kaufen?«

»Was geht Sie das an?«

»Ziemlich viel. Die Polizei wollte mir einreden, daß sie vor einem kleinen Erpressungsversuch nicht zurückgeschreckt wäre, möglicherweise . . .«

»Hat sie Sie denn erpreßt?« fragte Ruby heftig.

»Sie hat mich angelogen. Das muß sie wohl getan haben, weil . . .«

»Hat sie Sie erpreßt?« wiederholte Ruby in gedämpftem, aber eindringlichem Ton.

»Nein, das hat sie nicht.«

»Hat sie sich Geld von Ihnen geliehen?«

»Nein.«

»Hat sie den Versuch gemacht, sich Geld von Ihnen zu borgen?«

»Nein, nein.« Mike hatte sich instinktiv zurückgelehnt, teils um Rubys schalem Atem zu entgehen, teils, weil sie aussah, als sei sie nahe daran, ihm die Augen auszukratzen.

»Warum – zum Teufel – machen Sie sich denn dann überhaupt Kopfzerbrechen?«

Bevor er sich von der Überraschung erholen konnte, war sie schon aufgestanden und durch die Tür davongerauscht. Nachdenklich drückte Mike seine Zigarette in dem Aschenbecher aus und schob seinen Stuhl zurück. Er trank sein Glas aus und ging zur Tür.

»Verzeihung, mein Herr«, rief das Barmädchen mit einem leicht triumphierenden Unterton in der Stimme. »Ich glaube, Sie haben den Drink noch nicht bezahlt.«

»Nein, das habe ich tatsächlich nicht«, sagte Mike erschrokken.

Sie spitzte die Lippen und sah ihn nicht an, als er verlegen auf die Bar zuging. »Wieviel schulde ich Ihnen?«

»Zweimal drei, bitte.«

Mike legte zwei Florins auf die Theke und ging. Das Mädchen bedankte sich nicht einmal.

Der Mann auf dem Barhocker trank ebenfalls sein Glas aus und legte das Geld daneben. Er wartete, bis Mike auf die King's Road hinausgegangen war, bevor er von seinem Barhokker glitt, um ihm zu folgen.

Es war ein trüber Sonntag gewesen. Um sich von seinen Sorgen abzulenken, folgte Mike dem Beispiel von Ruby und Chris und ging ins Kino. Es lief ein Film über den Zweiten Weltkrieg von einem begabten jungen Regisseur.

Während Mike den Film vor sich ablaufen sah, überlegte er, daß Wahrheit die entscheidende Ursache aller Konflikte ist.

Eine bestimmte Hoffnung trieb Mike zurück nach ›Tall Trees‹. Aber als er die Auffahrt hinaufkam, wirkte das dunkle, leere Haus, als weise es ihn ab. Er öffnete leise die Eingangstür und betrat auf Zehenspitzen die Halle, als wolle er die Stille nicht stören. Das düstere Innere des Hauses schien von Geistern bevölkert – von Jills, Ruths und seinem eigenen.

Er las noch im Bett, bis ihm das Buch aus den Händen glitt und zu Boden fiel. Als er am Morgen aufwachte, war seine Leselampe noch an. Unten in der Küche gelang es ihm schließlich doch, die notwendigen Zutaten zu einem bescheidenen Frühstück zu finden. Dennoch war es ihm eine Erleichterung, dem lauernden Haus entfliehen zu können.

Auf seinem Weg in die Stadt stoppte er bei den Chatsworth-

Garagen, um zu tanken. Gewöhnlich kam Chatsworth aus seinem Büro herausgeschlendert, um ihn zu begrüßen. Heute morgen schien er so mit seiner Post beschäftigt, daß er den Mercedes nicht bemerkte. Als Mike den Tankwart bezahlt hatte, fuhr er seinen Wagen ein paar Meter seitwärts und stieg aus. Er ging zu dem großen Bürofenster und klopfte daran. Chatsworth sah auf, Überraschung heuchelnd, und lächelte. Mike stieß die Tür auf.

»Morgen, Colin.«

»Morgen, Mike. Doch keinen neuen Schaden, hoffe ich?«

»Nein, diesmal keinen Ärger mit dem Wagen. Haben Sie ein paar Minuten Zeit?«

»Na ja, wir haben eigentlich ein bißchen viel Wirbel heute morgen«, sagte Chatsworth abweisend, »aber setzen Sie sich trotzdem. Was kann ich für Sie tun?«

Mike übersah die Kühle des anderen geflissentlich und setzte sich in einen der Sessel, die für Kunden aufgestellt waren. Dabei registrierte er, daß Chatsworth es mit der Lektüre der Morgenpost nicht so eilig gehabt hatte. Eine Zeitung lag offen auf dem Schreibtisch; gut sichtbar auf der Vorderseite war eine Aufnahme des Hausboots mit Fotos von Selby und Mike.

»Ich habe es wohl nicht nötig, Colin, Ihnen zu sagen, daß ich damit nicht das Geringste zu tun habe.«

»Ich weiß, alter Junge. Tut mir leid. Wenn ich Ihnen irgendwie helfen kann . . .«

»Colin, Sie erinnern sich an den Morgen, als ich meinen Mercedes zur Reparatur hier ließ und Sie mir einen alten Morris liehen?«

»Ja.« Chatsworth war auf seinem Sitz zurückgerutscht, stützte die Hände gegeneinander und betrachtete Mike neugierig über seine Fingerspitzen hinweg.

»Sie sprachen mit einem großen Mann im Glencheckanzug. Ich glaube mich zu erinnern, daß Sie versuchten, ihm einen Austin Healey zu verkaufen.«

»Oh, Sie meinen Barry«, antwortet Chatsworth schnell, »Barry Freeman, ganz langer Kerl mit Hornbrille.«

»Genau. Wissen Sie, wo er wohnt?«

»Keine Ahnung. Ich habe nur wenig mit ihm zu tun. Von Zeit zu Zeit machen wir zusammen die Stadt unsicher, aber in seiner Wohnung bin ich noch nie gewesen. Ich bin inzwischen zu der Überzeugung gekommen, daß er gar nicht nachweisen kann, wo er wirklich wohnt. Mindestens schläft er nicht oft dort. Er ist nämlich ein großer Schürzenjäger.«

»Oh«, sagte Mike mit gespitztem Mund, unfähig, seine Enttäuschung zu verbergen.

»Alles, was ich Ihnen sagen kann«, fuhr Chatsworth fort, »ist, daß er einen riesigen Platz besitzt, auf dem er ungefähr fünfhundert mehr oder weniger beschädigte Wagen untergebracht hat. Er weiß besser als jeder andere, was man aus Abfall herausholen kann. Er verkauft die besseren, schlachtet die anderen aus und zertrümmert die restlichen, um sie als Schrottmetall an den Mann zu bringen. Das macht er nicht schlecht, würde ich sagen.«

»Wo ist dieser Platz?«

»Irgendwo in der Nähe von Aylesbury. Aber man trifft ihn dort selten an. Meistens ist er unterwegs, um sich das Zeug anzusehen, das ihm angeboten wird. Warum – denken Sie an ein Tauschgeschäft?« meinte Chatsworth scherzend und wies mit einer Kopfbewegung auf den Mercedes, den man durch die riesigen Fenster stehen sehen konnte.

»Lieber Himmel – nein! Ich hoffte, er könnte mir vielleicht behilflich sein.«

»In welcher Hinsicht?«

»Er kannte Sel –«

»Sel –?«

»Selby Brooks. Das Mädchen, das auf der ersten Seite Ihrer Zeitung abgebildet ist. Sie haben gerade über sie gelesen – und über mich.«

»Oh.« Chatsworth fingerte nervös an der Zeitung und bemühte sich, seine Verlegenheit zu verbergen. »Also – das überrascht mich durchaus nicht. Der alte Barry kennt die meisten Leute. Er kommt eben herum. Übrigens sehe ich ihn heute abend. Ich könnte ihm ausrichten, daß er Sie anrufen soll.«

»Kommt er hierher?«

»Nein, ich habe einen MG in Kommission genommen. Zufällig erfuhr ich, daß es ein Unfallwagen ist, so daß ich ihn keinem meiner Kunden verkaufen kann. Ich will mal sehen, was Barry bietet. Da schlagen wir zwei Fliegen mit einer Klappe.« Er lachte vergnügt in sich hinein. »Ich treffe ihn in der Stadt –«

Mike war aufgestanden. Ein Sonntagsfahrer versuchte seinen Wagen in Fahrtrichtung zu manövrieren und hätte dabei beinahe den Mercedes seitlich gerammt.

»Hätten Sie etwas dagegen, wenn ich vorbeikäme?«

Chatsworth lächelte nicht mehr. Er runzelte die Stirn und fuhr sich mit der Zunge über die Lippen.

»Na – ja, wenn Sie unbedingt wollen – sicher – kommen Sie nur vorbei.«

»Danke vielmals«, sagte Mike, bevor der andere seine Meinung ändern konnte. »Wo kann ich Sie treffen?«

»Kommen Sie um neun Uhr her. Wir können dann zusammen losfahren.«

Mike hatte sich dazu entschlossen, an diesem Tag kaltblütig ins Büro zu gehen. Er hatte das Gefühl, sein Wegbleiben könnte eher als Schuldbekenntnis aufgefaßt werden. Zu seiner großen Überraschung sah das weibliche Personal ihn an, als sei er eine Art Film- oder Fernsehheld und nicht ein Mordverdächtiger. Mädchen, die ihn früher kaum zur Kenntnis genommen hatten, ließen ihre Augen länger als üblich auf ihm ruhen. Selbst einige der männlichen Angestellten nickten ihm zu oder machten eine freundliche Bemerkung.

Als erstes suchte er den alten Robbo, den Patriarchen der

Firma, zu einer Unterredung auf. Man wußte nie genau, was Robbo wirklich dachte. Er ließ Mike in seinem tiefen Armsessel Platz nehmen und wanderte vor ihm auf und ab, während Mike ihm seine Geschichte erzählte. Er unterbrach ihn nicht und gab auch keinen Kommentar, bis zu dem Augenblick, als Mike zu dem sorgfältig vorbereiteten Satz kam: »Ich biete Ihnen im Interesse der Firma meinen Austritt an.«

»Stop –«, sagte L. R. Robinson abrupt und gab seine Wanderung auf. »Kein Wort mehr vom Austritt aus der Firma!« Er sah Mike an und hob die Hand. »Sie haben genau das getan, was ich erwartete. Sie sind zu mir gekommen, um mir den ganzen Hergang der Sache zu erklären. Mike, ich kannte Sie schon als kleinen Jungen, und ich weiß, daß Sie mir nicht die Unwahrheit erzählen würden. Wenn Sie mir sagen, daß Sie an diesem Verbrechen keine Schuld tragen, dann glaube ich Ihnen ohne Einschränkung. Daß Sie unbedacht gewesen sind, will ich nicht in Abrede stellen. Aber ich ziehe in Betracht, daß Sie durch Ruths Weggang verletzt waren, und unter solchen Umständen kann es Männern nachgesehen werden, wenn sie – nun ja – irgendwo anders Trost suchen.«

»Ich wünschte, die Polizei sähe es auch so, Sir.«

»Die Polizei kennt Sie nicht. Ich kenne Sie. Wenn ich Ihnen also in irgendeiner Weise behilflich sein kann . . .«

»Ich brauche einen kurzen Urlaub. Ich habe das unbestimmte Gefühl, daß es meiner ganzen Anstrengung bedarf, um aus diesem Schlamassel herauszukommen.«

Der ›Nudeville Club‹ war luxuriöser als die meisten Striptease-Lokale, die sich in Soho angesiedelt hatten. Der Eingang des Klubs war anspruchsvoll und hell erleuchtet wie etwa der eines kleinen exklusiven Filmtheaters. Während Colin Mike als Mitglied eintrug und den Eintritt bezahlte, fand sich Mike unwiderstehlich von den Fotos der Tänzerinnen angezogen.

»Kommen Sie lieber rein«, rief Chatsworth. »Drinnen sehen Sie Besseres.«

Mike folgte seinem Gastgeber einige Stufen hinunter in eine Bar mit dicken Teppichen und viel Plüsch. Das Licht war gedämpft, leise Musik drang aus dem Hintergrund. Die Elfenbeintische und die schwarzen Ledersessel waren ausschließlich von gut angezogenen Männern mittleren Alters besetzt, viele von ihnen schienen Geschäftsleute aus der Provinz zu sein, die auf Geschäftskosten ›ausgingen‹.

Chatsworth sah sich im Raum um und führte Mike zur Bar, hinter der ein großes, blondes Mädchen waltete.

»'n Abend, Peg«, begrüßte sie Chatsworth vertraulich. »Noch kein Lebenszeichen von Mr. Freeman?«

»Gerade im Moment war er da. Vielleicht ist er nach hinten gegangen, um sich die Show anzusehen.«

Sie zeigte auf einen Türvorhang, durch den Mike einen kurzen Blick auf eine samtbezogene Arkade erhaschte und auf Lichter, die blauen Zigarettendunst zerschnitten. Von einer Ecke der Bühne leuchtete rosiges Fleisch herüber.

»Na schön, geben Sie uns zwei große Whisky.« Peg machte sich daran, die Gläser zu füllen, und Mike warf einen kurzen Blick auf die beleuchteten Holzleisten der Bar. Jede zeigte ein nacktes Mädchen in einer anderen Pose. Nach einer Weile wandte Mike sich seinem Begleiter zu.

»Kommen Sie oft hierher?«

»Ziemlich oft«, antwortete Chatsworth abwesend. »Wo ist Doris heute abend, Peg?«

»Die hat sich erkältet. Ich habe ihr oft genug gesagt, sie soll sich ihren Pullover überziehen, wenn sie von der Bühne kommt. Aber sie wollte ja nicht hören, und man kann diesen Job nicht ausüben, wenn man immerzu niesen muß.«

»Nur zu wahr«, bestätigte Chatsworth, »und eine Sommergrippe kriegt man verdammt schwer wieder los.«

Er blinzelte Mike zu, und Mike lächelte nervös zurück. Aus

dem verdunkelten Raum jenseits des Vorhangs drang dünner Applaus. Im nächsten Augenblick teilte sich der Vorhang, und eine Gruppe Herren kam heraus, unter ihnen ein hochgewachsener Mann im leichten Seidenanzug mit gestreifter Fliege.

»Na, da ist er ja!«

Chatsworth streckte Freeman die Hand zur Begrüßung entgegen. Freeman war zu ihnen getreten. Seine Augen gingen unstet von Chatsworth zu Mike und zurück.

»'n Abend, Barry. Ich glaube, du kennst Mike Hilton.«

Als sich Freeman ihnen ganz zuwandte, konnte Mike seinen Gesichtsausdruck nicht ganz deuten, weil die funkelnden Gläser der schweren Hornbrille seine Augen verbargen.

»Wir trafen uns neulich abends mal auf der Straße vor dem ›Four Poster‹. An dem Abend von Selby Brooks Party.«

»Oh ja, ich fürchte, ich war damals schon ein bißchen angeschlagen. Hoffentlich habe ich nichts Anstößiges gesagt. Nett, Sie wieder zu treffen.«

Er schüttelte Mike die Hand. Seine Handinnenfläche war hart, trocken und überraschend kalt.

»Sie waren wohl gut mit Selby befreundet, nehme ich an. Es tat mir sehr leid, als ich von dieser furchtbaren Geschichte hörte. Für Sie muß es ein schlimmer Schock gewesen sein, sie so aufzufinden.«

Sein Gesicht drückte eine Mischung von Anteilnahme und Neugier aus. Er beobachtete Mike eine Weile und wandte sich dann an Chatsworth: »Haben Sie den MG dabei?«

»Ja, er parkt draußen um die Ecke. Aber Mike möchte Sie zuvor etwas fragen. Bitte noch nen Whisky, Peg.«

Chatsworth nickte Freeman zu, um anzudeuten, daß der Whisky für ihn bestimmt sei. »Ich bin gleich wieder da«, sagte er zu den beiden Männern. »Ich möchte mir bloß mal die neue französische Biene ansehen. Ich hab' gehört, sie sei ne Sünde wert.«

Freeman sah Chatsworth nach, bis er hinter dem Vorhang verschwand, und hob sein Whiskyglas.

»So, und was wollen Sie nun von mir wissen, alter Junge?«

»Ich – äh – dachte, Sie könnten mir vielleicht helfen.« Mike überlegte, wie er wohl am besten das Gespräch mit Freeman beginnen könnte.

»Na, klar, jedem guten Bekannten von Colin ...«

»Sie kannten Selby auch, nicht wahr?«

Freeman wandte sich für einen Augenblick Peggy zu, um einen weiteren Whisky in Empfang zu nehmen, den sie vor ihn hinstellte. »Danke, Peg.« Er trank einen Schluck des eiskalten Getränks und sah dabei Mike über den Glasrand hinweg fragend an.

»Ja, ich kannte sie, allerdings nur flüchtig.«

»Hätten Sie etwas dagegen, mir zu sagen, wie gut?«

Freeman sah über die Schulter nach dem Mann, der neben ihnen an die Bar getreten war. Er rückte ein wenig näher an Mike heran und sagte leise: »Nur eine Nacht, mein Bester. Aber was für 'ne Nacht! Dann hat mir aber ein guter Freund was ins Ohr geflüstert, und ich habe mich schleunigst aus dem Staub gemacht.«

»Wann war das?«

Mike bestand auf seinen Fragen, trotz der Tatsache, daß jede Antwort ein weiterer Nagel zu seinem Sarg war. Wenn er daran dachte, daß er ausgerechnet auf die Masche von Sel hereingefallen war! ›Weißt du, wie unwiderstehlich du auf Frauen wirkst?‹ Sie mußte sich ja die ganze Zeit über ins Fäustchen gelacht haben.

»Oh, vielleicht vor sechs oder sieben Monaten«, meinte Freeman, »vielleicht auch früher.«

»Und was hat Ihr guter Freund Ihnen damals zugeflüstert?«

»Er erzählte mir, daß sie ihr Geld verdiene, indem sie ein bißchen wohlüberlegte Erpressung betriebe. Sie verstehen –

Fotos von ehrbaren Männern in kitzligen Situationen und so. Das genügte mir. Ich habe nichts dagegen, für mein Vergnügen zu zahlen. Aber alles hat seine Grenzen!«

Mike fühlte, wie ihm das Blut ins Gesicht stieg.

»Aber trotzdem kamen Sie neulich zu ihrer Party!«

Freeman lächelte töricht und hielt sein Glas hoch, um damit zu illustrieren, was er meinte. »Immer der gleiche Blödsinn. Ich war an dem Abend voll wie eine Strandhaubitze, dann gabelte ich Ingrid auf, Sie erinnern sich an die Schwedin, die in meiner Begleitung war. Die erzählte mir, es gäbe irgendwo eine Party, zu der sie eingeladen sei, und bestand darauf, daß ich sie begleitete. Sobald ich aber sah, daß die Party im ›Hotbed‹ stattfand, war ich auch schon draußen, so schnell mich meine kleinen Gummibeinchen trugen.«

Freeman wiegte seinen Kopf und grinste breit.

»Was ist mit Bob West, Sel erzählte mir ...«

»Bob West – wer ist denn das?«

»Der Besitzer vom ›Four Poster‹. Der frühere Besitzer, muß ich wohl sagen, denn er scheint mittlerweile abgesprungen zu sein.«

»War das der Mensch, der hinter der Theke bediente? Den habe ich nur ein- oder zweimal gesehen, über den weiß ich nichts, mein Bester.«

»Sel erzählte mir, er sei ihr Onkel ...«

»Sagte sie das?« Freeman trank seinen Whisky aus und sah sich nach Peggy um. »Dasselbe noch mal, Peg, und stell auch gleich einen für Mr. Chatsworth dazu. Der wird eine Abkühlung brauchen, nachdem er ein Auge auf die Neue geworfen hat.«

Er holte ein flaches goldenes Zigarettenetui aus der Tasche, bot Mike eine Zigarette an und gab ihm Feuer.

»Wenn Sie mich fragen, alter Knabe«, meinte er vertraulich, »diese ganzen Mädchen haben bestimmt ihre Anweisungen, was sie sagen dürfen und was nicht. Und wenn sie einen verkehrten Schritt machen –« Er hielt zwei Finger vor seine Kehle und entblößte seine Zähne. »Ich bin viel herumgekommen, aber mich in einen solchen Wirbel einzulassen, dazu fehlt mir der Nerv.«

»Nehmen Sie an, Sel gehörte – ich meine, glauben Sie, daß sie unter Anweisung stand?«

»Klar – Was denken Sie denn? Sel, Ingrid, Vera, Iris und die ganzen anderen Puppen auch. Irgend jemand hat sie an der Leine, und der wird vermutlich keinen Unfug dulden. Sehen Sie doch, was dem anderen jungen Ding passierte. Wie war doch noch der Name – Della Sowieso.«

»Ich weiß nicht, wen Sie meinen.« Mike griff nach einem der Whiskygläser, die Peg auf die Theke gestellt hatte. Er war froh, daß er seinen Wagen bei den Chatsworth-Garagen hatte stehen lassen. Falls das den ganzen Abend so weiterging, würde er keinen guten Fahrer mehr abgeben.

»Es stand doch in allen Zeitungen! Sie war eine von den regulären Mädchen im ›Hotbed‹. Dann schlug sie über die Stränge, gab den Job auf und verdiente sich ihr Brot mit Striptease. Das war an sich in Ordnung – aber statt den Mund zu halten . . .« Freeman spitzte die Lippen und schüttelte den Kopf. »Sie wurde ermordet, genau an der Wohnungstür eines Kriminalbeamten.«

»Oh, ich erinnere mich jetzt, sie wurde erstochen. Irgendwo in der Nähe von Notting Hill Gate.«

»Sie sagen es. Notting Hill Gate. Verdammt komische Geschichte. Das ganze ist verdammt merkwürdig . . .«

Er sah sich nach der Bar um. Peggy hatte aufgehört, Gläser zurechtzustellen. Sie stand wie angewurzelt da und hörte zu. Allmählich hatte Mike von Freemans Vertraulichkeiten genug. Der Mann versuchte zwar, hilfsbereit zu sein, aber irgend etwas an dem Lächeln, das fortwährend sein Gesicht überzog, wenn er von diesen Mädchen sprach, war ihm ekelhaft.

»Aber Sel – die hatte wahrscheinlich doch damit nichts zu tun?«

»Oh, ich würde da nicht so sicher sein, mein Bester. Die Welt ist klein. Die ganzen Mädchen kennen sich gegenseitig.«

Wieder fixierte er Mike, aber seine Brillengläser reflektierten das Licht, und Mike konnte nicht sagen, ob sein Gesichtsausdruck lauernd oder freundlich war. Er nahm Mikes Arm und zog ihn von der Bar weg.

»Sie nehmen's mir gewiß nicht übel, wenn ich Ihnen einen kleinen Tip gebe, Bester. Nehmen Sie meinen Rat an und stochern Sie in diesen Dingen nicht allzusehr herum. Sonst sind Sie nämlich selbst in Gefahr, eines guten Tages mit einem Messer im Rücken zu enden.«

Er schüttelte Mikes Arm ein wenig und ließ ihn dann los. Wieder war Beifallklatschen aus dem hinteren Raum zu hören, und gleich darauf kämpfte sich Chatsworth durch den Vorhang. Er wirkte leicht angeschlagen.

»Na, Colin, war die nicht Klasse?«

»Puh«, Chatsworth schüttelte sich wie ein nasser Hund. »Ich brauche 'nen Whisky.«

»Da steht schon einer für Sie. Aber gießen Sie ihn schnell runter. Ich möchte einen Blick auf den Schlitten werfen, den Sie mir mitgebracht haben.«

8

Schließlich hatte Mike ein Taxi genommen, um seinen Mercedes bei den Chatsworth-Garagen abzuholen. Freeman hatte für den MG einen Preis geboten, und Chatsworth hatte den Wagen gegen Kasse an Ort und Stelle verkauft. Mike hatte die Einladung, das Geschäft mit ihnen zu begießen, abgelehnt. Chatsworth gehörte zu den Leuten, die von der Gesellschaft, in der sie sich gerade befinden, leicht zu beeinflussen sind.

Freeman schien ihn ausgerechnet zu Albernheiten anzuregen. Mike hatte sich daher entschuldigt und sich vor dem Eingang zu einem Spielklub von den beiden getrennt. Als er die Auffahrt nach ›Tall Trees‹ hinauffuhr, sah er Licht in der Diele. Anscheinend hatte er übersehen, daß das Licht noch brannte, als er am frühen Abend weggefahren war. Er stellte den Wagen in die Garage und ging den ›Kreuzgang‹ entlang, während er in seiner Hosentasche nach dem Hausschlüssel suchte.

In der Diele blieb er erst einmal stehen. Es ist seltsam, wie die Anwesenheit eines Menschen sich verrät. Mike wußte auf einmal instinktiv, daß jemand ins Haus gekommen war. Er erinnerte sich an die Spuren, die ein heimlicher Eindringling in seinem Ankleideraum hinterlassen hatte, an den mysteriösen Anrufer, der aufgelegt hatte, sobald sich Mike meldete.

Auf lautlosen Gummisohlen schlich er durch den unteren Hausflur und prüfte Fenster und Terrassentür. Alles war verschlossen und gesichert. In der Speisekammer brannte auch noch Licht. Aber das konnte er angelassen haben, als er sich am Morgen sein Frühstück zusammensuchte. Er besah sich eine Minute lang die Tasse, die auf dem Spültisch stand. Dabei versuchte er, sich zu erinnern, ob er sie morgens abgespült hatte. Falls das so war, hatte der Eindringling sich sogar die Zeit genommen, sich einen Kaffee aufzugießen.

Als er die Treppe hinaufging, benutzte er die äußersten Stufenkanten, um jedes Geräusch zu vermeiden. Dann stand er lauschend auf der obersten Stufe. Irgendwo im Flur der ersten Etage hatte eine Diele unter dem Gewicht eines Fußes leise geknarrt. Er strengte seine Augen an, um die Dunkelheit zu durchdringen, und schlich zu der Tür seines Ankleidezimmers. Sie war angelehnt. Er stieß sie mit dem Fuß auf und hielt sich vorsichtig im Hintergrund. Im hereinfallenden Mondlicht hob sich das Fenstervierecke scharf gegen den dunklen Garten ab. Als er das Zimmer vorsichtig betrat, sah er den Lichtstreifen unter der Verbindungstür zum Schlafzimmer –

Ruths Zimmer. Mit vier Schritten erreichte er die Tür, holte tief Luft und riß sie auf. Die Frau stand tief über Ruths antiker Kommode gebeugt und hantierte an einer der Schubladen. Mit einem kleinen erschrockenen Schrei richtete sie sich auf und wirbelte herum. Mike ließ die angriffslustig erhobenen Fäuste sinken.

Sie standen zehn Sekunden reglos da und sahen sich wortlos an. Dann öffnete Mike den Mund, um etwas zu sagen, aber er brachte kein Wort heraus.

Schließlich war sie es, die die Spannung löste.

»Was ist mit Mrs. Hall passiert?«

»Sie ging einfach, ohne eine Nachricht zu hinterlassen. Sie hatte wohl Angst – um ihren guten Namen, vermute ich.«

»Typisch. Und wer hat sich um dich gekümmert, dir das Frühstück gemacht und so?«

»Ich selbst. Die meiste Zeit habe ich allerdings damit verbracht herauszufinden, wo die ganzen Sachen stecken. Aber ich dachte, du bist in Paris?«

»Das war ich – bis heute abend nach dem Essen. Ich war froh, daß ich noch den letzten Platz in einer Air-France-Maschine hier herüber bekam. Das ist der Vorteil, wenn man für diese Gesellschaft arbeitet.«

Sie waren beide verlegen und versuchten das durch eine belanglose Unterhaltung zu überspielen, indem sie so taten, als hätten sie sich vor höchstens fünf Minuten zum letztenmal gesehen.

»Du mußt müde sein, soll ich dir einen Drink bringen?«

Sie schüttelte den Kopf. Ein neues Kostüm, das er zuvor noch nicht an ihr gesehen hatte, ließ sie schlanker und ein wenig größer erscheinen. Sie mußte es in Paris gekauft haben. Auch ihre Haare waren anders und vorteilhafter frisiert. Auf dem Bett lag ein offener Koffer, halb ausgepackt.

»Danke, nein, ich brauche nichts zu trinken.«

»Warum bist du zurückgekommen, Ruth?«

»Kannst du dir das nicht denken? Heute nachmittag kaufte ich eine Ausgabe des ›Expreß‹. Als ich die Geschichte las, wußte ich auf einmal, daß alles meine Schuld war. Hast du etwa erwartet, ich ließe dich die Sache allein ausfechten?«

Mike lehnte im Türrahmen. Ruth hatte sich nicht vom Fleck gerührt und stand noch neben der Kommode, aber er fühlte, daß sie sich zurückhielt. Es war nun an ihm, den Ball zu werfen. Sein Instinkt sagte ihm, daß alle Chancen für immer vertan sein würden, wenn er jetzt etwas falsch machte.

»Ruth.« Er ging zu ihr hinüber und nahm sie in die Arme. Sie lehnte sich hingebungsvoll an ihn, eine Frau, bei der sich ein Mann geborgen fühlen konnte. Ihre Finger streichelten unendlich zart seinen Nacken. Die Erinnerung an Sels weibliche Schmiegsamkeit zuckte durch sein Hirn und verwirrte sein Bewußtsein für einen Augenblick.

»Komm, mein Liebling, komm«, flüsterte Ruth dicht an seinem Ohr. »Alles wird wieder gut.«

»Ja, alles wird wieder gut.«

»Warst du denn in sie verliebt?«

»Ich glaube, es war eher ein Strohfeuer als Verliebtheit. Genaugenommen hat sie mir den Kopf verdreht. In meinem Hormonhaushalt muß etwas außer Kontrolle geraten sein.«

Sie saßen im Wohnzimmer, tranken Kaffee und sahen in den mondscheinerhellten Garten hinaus. Die Stunden waren Mike seit seiner Rückkehr wie im Fluge vergangen. Er hatte den entscheidenden Schritt getan und ihr alles erzählt, bis hin zu dem Nachmittag, den er mit Sel auf dem Hausboot verbracht hatte. Ihre Reaktionen waren erstaunlich für ihn. Sie hatte ihm mit gespannter, fast wißbegieriger Aufmerksamkeit zugehört. In einer seltsamen Weise hatte er das Gefühl, als seien sie sich näher als jemals zuvor.

»Aber hast du der Polizei nichts erzählt von – von diesem Liebesabenteuer?«

»Nein.«

»Warum denn nicht? Es könnte doch gefährlich sein, etwas so Wichtiges zu verschweigen.«

»Sie brachten es fertig, alles, was ich ihnen erzählt habe, so umzumünzen, daß es sich dumm anhörte. Unter diesen Umständen hätte ein solches Geständnis auf den Ausgang der Ermittlungen wohl auch keine Einwirkung gehabt. Außerdem war es mir einfach zuwider, über die Einzelheiten zu sprechen, insbesondere da ich meine Absicht, das Wochenende auf dem Hausboot zu verbringen, schon geändert hatte.«

»Hattest du das wirklich?«

»Ja, ich hatte meinen Koffer im Kofferraum zurückgelassen.«

»Aber soweit ich verstehe, glaubt die Polizei dir nicht.«

»Nein, und wenn ich mir's überlege, kann ich es ihr nicht einmal übelnehmen. Ich meine, es klingt ja auch ziemlich unwahrscheinlich. Ich habe eine Verabredung mit diesem Mädchen und mache mich eine halbe Stunde zu früh auf den Weg. Dann komme ich eine halbe Stunde zu spät, weil ich einem kleinen Jungen geholfen habe, seinen Drachen vom Baum zu holen.«

»Wie alt war er etwa?«

»Ich würde sagen, so ungefähr neun Jahre, ich kann das Alter von Kindern schlecht schätzen. Nachdem ich mich einmal darauf eingelassen hatte, ihm den Drachen herunterzuholen, konnte ich nicht gut aufgeben und meine Niederlage eingestehen, nicht wahr? Wenn du den Ausdruck seiner Augen gesehen hättest ...«

»Natürlich kann ich das verstehen, Mike. Da kam das Kind in dir durch, außerdem hast du noch nie gern Niederlagen eingestanden.«

Ruth stand auf und stellte Mikes Gedeck zusammen mit ihrem eigenen auf das Tablett. Es war eine Wohltat für ihn gewesen, wieder vernünftigen Kaffee zu trinken nach dem Muckefuck, den er sich in den letzten Tagen gebraut hatte.

»Ich wünschte, ich könnte die Polizei davon überzeugen«, seufzte Mike. »Allmählich beginne ich selbst daran zu zweifeln, ob der Junge überhaupt existiert und ich das Ganze nicht doch nur geträumt habe.«

»Unsinn«, verwies ihn Ruth. »Natürlich gibt es ihn. Wenn er allein in der Nähe des Dorfes war, muß er dort auch wohnen.«

»Das denkst du – aber ich habe die ganze Umgebung abgesucht – ohne Erfolg. Selbst die Polizei war nicht in der Lage, ihn zu finden. Wenn es ihn doch gibt, warum meldet er sich dann nicht?«

Ruth stellte das Tablett wieder ab und blickte auf ihn hinunter. Sie sah entschlossen, fast unnachgiebig aus.

»Dein Alibi hängt von diesem Jungen ab, Mike, nicht wahr?«

Mike nickte.

»Gut, wenn die Polizei ihn nicht finden kann – dann werden wir ihn finden.«

Das war Montag abend gewesen, vielmehr am frühen Dienstag morgen. Wenige Stunden später rief Mike den alten Robbo an, um ihn davon in Kenntnis zu setzen, daß Ruth wieder da war. Außerdem bat er um ein paar Tage Urlaub.

Ruth stürzte sich mit bemerkenswertem Organisationstalent in die Suche. Sie kaufte eine Distriktkarte und zeichnete eine Menge Kreise hinein, mit der Gemeinde Chapel Denning als Mittelpunkt. Aus dem Branchentelefonbuch schrieb sie alle Organisationen ab, die mit jungen Leuten zu tun haben: Schulen, Jugendklubs und Wohlfahrtseinrichtungen, selbst den Überwachungsbeamten, der für die Bewährungsfrist Jugendlicher zuständig ist. Dann fuhr Mike sie nach Chapel Denning und zeigte ihr den Baum, auf den er geklettert war.

»Bist du wirklich diesen Ast entlanggeklettert? Du mußt verrückt gewesen sein, Mike!«

Dennoch glaubte er etwas wie Bewunderung in dem Blick zu erkennen, mit dem sie ihn ansah.

»In welcher Richtung ist er davongelaufen?«

Mike zeigte auf die Häuschen etwa einen Kilometer entfernt.

»Geradewegs über diese Wiesen. Ich habe in jedem Haus dieses Dorfes nachgefragt – da kannst du sicher sein.«

»Und niemand kam vorbei, als du in dem Baum herumgeklettert bist? Vielleicht gibt es außer dem Jungen noch jemanden, der deine Aussage bestätigen kann.«

»Ich glaube nicht. Die meisten Leute fahren die Straße entlang, die direkt zum Dorf führt. Hier kommt kaum jemand vorbei.«

»Na schön, dann erweitern wir eben den Radius«, meinte Ruth entschlossen. »Heute grasen wir alles im Umkreis von einer Meile ab, morgen nehmen wir uns die zwei nächsten Meilen vor, usw.«

In den darauffolgenden Tagen wurde Mike des Anblicks der heranwachsenden Generation von Herzen überdrüssig. Er beobachtete Horden von Kindern, die während der großen Pause auf den Schulhöfen herumtobten. Er betrachtete forschend lange Reihen von Kindern, die für einen Jugendfilm vor dem Kino des Ortes anstanden; er studierte wohlerzogene kleine Gemeinschaften von Kindern aus zerrütteten Familien, besuchte Freizeitabende, die von Jugendklubs arrangiert wurden. Da gab es massenweise neunjährige Jungen mit metallgeränderten Brillen, Dutzende trugen Zahnklammern im Oberkiefer, es gab Hunderte mit zerzausten Lockenköpfen, aber keiner von ihnen allen hatte die nachdenklichen Kinderaugen des kleinen Jungen, den er auf den Wiesen von Chapel Denning getroffen hatte.

Am dritten Tag begann Ruth systematisch, Beerdigungsinstitute aufzusuchen. Sie konnte den Gedanken nicht loswerden, der Junge sei vielleicht durch einen Unfall umgekommen oder an einer plötzlichen Krankheit gestorben. Das Resultat war wie alle vorigen – gleich null.

Eines Abends, nachdem sie sämtliche Kinderstationen der örtlichen Krankenhäuser abgesucht hatten, kehrten sie für einen kurzen Drink in einer Raststätte an der Hauptverkehrsstraße ein. Mike überflog die Speisekarte und fand sie recht vielversprechend.

»Laß uns hier zu Abend essen«, schlug er vor. »Es sieht ganz so aus, als könne man hier gut essen.«

Ruth nickte.

Er dachte sich im stillen, daß sie allmählich anfing, abgespannt und entmutigt auszusehen. Sie hatte sich mit so viel Optimismus an diese Suche gemacht, aber nun zeigte selbst sie die ersten Anzeichen von Niedergeschlagenheit.

»Ich werde es dir nie genug danken können, Ruth«, sagte er, »auch wenn wir ihn nicht finden. Es ist so beruhigend, selbst etwas zu unternehmen und nicht darauf warten zu müssen, daß die Polizei die Schlinge immer fester um mich zieht. Wenn wenigstens O'Day nicht so herzlos wäre.«

O'Day hatte Mike am vergangenen Tag zu einem weiteren Verhör vorgeladen. Auf die eine oder andere Weise war er dahintergekommen, daß Mikes erster Besuch auf dem Hausboot nicht ganz so harmlos verlaufen war, wie Mike es dargestellt hatte. Zum Schluß mußte Mike zugeben, daß seine Beziehung zu Sel intim gewesen war.

»Warum haben Sie uns das bisher verschwiegen, Mr. Hilton?« hatte O'Day ihn mit scharfer Mißbilligung gefragt.

»Weil ich nicht einsah, daß dies in irgendeinem Zusammenhang mit dem Mord stehen könnte.«

»Ich glaube, daß wir es sind, die das am besten beurteilen können. Jedenfalls steht fest, daß eine direkte Frage an Sie gerichtet wurde, und Sie haben sich für eine unwahre Antwort entschieden. Das war unklug, Mr. Hilton. Es macht Ihre gesamte Aussage fragwürdig!«

»Es muß doch wohl bestimmte Bezirke zwischenmenschlicher Beziehungen geben, die selbst die Polizei respektiert«, hatte Mike scharf erwidert, »Sie sind wohl nicht bereit, dem einzelnen eine Privatsphäre zuzugestehen?«

»Nicht, wenn es um Mord geht. Dann wird jeder verdächtigt, der sexuelle Beziehungen zu dem Mordopfer hatte.«

Mike hatte Ruth seine Unterredung mit dem Oberinspektor nicht wortgetreu wiedergegeben. Dennoch war ihre Einstellung zur Polizei äußerst ablehnend.

»Wenn sie doch weniger Zeit dafür aufwenden würden, Beweise gegen dich zu suchen, und statt dessen mehr Hilfe leisteten, den Jungen zu finden.«

Mikes Spürnase für ein gutes Eßlokal hatte ihn nicht getrogen. Es gab eine hervorragende Mahlzeit im Speiseraum der Raststätte. Sie genossen sie, Seite an Seite auf einer Bank an der Längsseite der Wand sitzend. Von ihrem Platz aus konnten sie die anderen Gäste beobachten und ihre Eindrükke darüber austauschen. Als der Kaffee gebracht wurde, fühlte Mike ihre Hand auf seinem Knie und legte seine eigene auf die ihre. Während er Ruth betrachtete, sah er ihre Augen auf sich gerichtet mit einem Ausdruck, den er seit den Tagen ihrer Brautzeit nicht mehr an ihr bemerkt hatte. In dem gedämpften Licht des Raumes wirkten ihre Züge sanft. Ihre Hand war in seine geschlüpft und ihre Finger waren ineinander verschlungen. Er fühlte eine seltsame Erregung in sich aufsteigen. Irgend etwas war mit Ruth vorgegangen. Ihre ganze Art war verändert, selbst ihre Hand fühlte sich anders an. Ob das daran lag, daß sie in Paris einige Erfahrungen gemacht hatte? Oder war es eine seltsame Folgeerscheinung seiner Affäre mit Sel?

Die Wahrheit war viel einfacher. Ruth war eine Frau, die das Gefühl haben mußte, gebraucht zu werden. Als Mike in jeder Hinsicht erfolgreich war, hatte er ihrer weiblichen Fürsorge nicht bedurft. Jills Tod hatte einen Instinkt in ihr lahmgelegt, den wiederzuerwecken Mike nicht imstande gewesen war, bis zu dem Augenblick, in dem er sich selbst als schwach, irrend und hilfsbedürftig erwies.

Er fuhr sehr langsam nach Hause. Nicht weil er Verkehrskontrollen befürchtete, sondern nur, um dieses kostbare Gefühl der Nähe so lange wie möglich anhalten zu lassen. Es war kurz nach zehn, als Mike in die Auffahrt nach ›Tall Trees‹ einbog. Der weißgestrichene Zaun leuchtete im Scheinwerferlicht auf, als er die Kurve zur Garage nahm. Der Wind hatte die Tür zugeschlagen, wodurch der Stein zur Seite geschleudert worden war, den Mike davorgelegt hatte.

»Ist schon gut«, sagte Ruth und öffnete die Tür auf ihrer Seite, »ich mach's schon.«

Sie schlüpfte hinaus, und Mike schaltete das Standlicht ein, um sie nicht zu blenden, während sie die Tür aufzog. Dann legte er den ersten Gang ein. Der Mercedes war bereits halb in der Garage, als Mike scharf bremste. Ruth versuchte durch das Rückfenster zu schauen. Er saß stocksteif und starrte auf die Wand vor sich.

»Was ist los, Liebling?«

Er hörte sie gar nicht. Er hatte die Tür geöffnet und stieg aus, immer noch auf die Garagenwand starrend.

»Ruth, sieh dir das mal an!«

Sie drückte sich an der Seitenwand entlang und schaute über seine Schulter.

»Was ist denn, Mike?«

Die Antwort war nur ein Nicken in Richtung der Wand, wo ein Autoreifen so angebracht war, daß er für den Fall, der Wagen fuhr zu weit hinein, einen Puffer bildete. Auf dem herausragenden Ende des Reifens steckte ein Kinderdrachen. Mike ging einen Schritt vor. Im Licht der Scheinwerfer bewegte sich sein Schatten riesenhaft an der Wand. Er nahm den Drachen ab und drehte ihn in den Händen.

»Da beweist jemand makabren Humor.« Mike besah sich

den Papierdrachen mit dem Ausdruck äußerster Bestürzung. »Aber ich erkenne den Drachen. Es ist der gleiche Drachen, Ruth!«

Der Mord im Hausboot, der tagelang Schlagzeilen gemacht hatte, stand nun nicht mehr im Mittelpunkt der Zeitungsberichte. Am nächsten Morgen stellte Mike bei der Zeitungslektüre fest, daß die Papiere gefallen waren und der Aktienmarkt sich in einem gewissen Stadium der Unsicherheit zu befinden schien. Mike entschloß sich daher, mindestens einen Tag im Büro zu verbringen.

»Wenn ich selbst in Schwierigkeiten bin, so kann ich doch meine Klienten nicht hängen lassen.«

»Ich dachte, daß Hartley sich um sie kümmert.«

»Ja, das tut er auch. Aber es ist doch nicht dasselbe. Wie dem auch sei, ich gehe erst einmal hin. Wir haben sowieso nichts aufzuweisen von der Arbeit der letzten paar Tage.«

»Außer einem Drachen«, stellte Ruth fest.

Mike trank seinen Kaffee aus und griff nach der Zigarettenpackung. »Der Drachen an sich sagt uns leider nicht viel. Ich will ihn auf dem Weg zur Stadt bei Craddock vorbeibringen. Ich hoffe nur, ich stoße nicht auf O'Day; der ist imstande und verdächtigt mich, den Drachen gekauft und dann selbst angebracht zu haben.«

»Ich finde, der Drachen sagt eine ganze Menge«, erwiderte Ruth. Sie hatte ihren Frühstücksteller weggeschoben und sich eine neue Tasse Kaffee eingeschenkt. Dann stützte sie ihre beiden Ellbogen auf den Tisch und drehte die Tasse bedächtig in den Händen.

»Was, zum Beispiel?«

»Meiner Meinung ist es ein Beweis dafür, daß die Unauffindbarkeit des Jungen mit dem Mord in direktem Zusammenhang steht. Es bedeutet, daß der Junge jemandem erzählt haben muß, daß er dich getroffen hat und daß der Betreffende weiß, wer du bist. Es bedeutet ferner, daß wir von jemandem beobachtet werden, der daran interessiert ist, uns in Spannung zu halten, damit wir nicht das Interesse an der Suche verlieren. Und wie ich vermute, ist das die gleiche Person, die versucht, dir die Schuld an dem Mord zuzuschieben.«

Mike sah sie nachdenklich an.

»Und diese Person kam gestern abend hier zum Haus, während wir weg waren.«

Ruth nickte. »Sie kann uns sogar beobachtet haben, als wir zurückkamen. Ich habe in letzter Zeit öfter das Gefühl gehabt, daß uns jemand folgt. Ich habe immer wieder denselben Wagen hinter uns aufkreuzen sehen, nachdem wir jeweils von einer Suche kamen. Drei- oder viermal war ich fast sicher, dort, wo wir waren, immer wieder den gleichen Mann herumhängen zu sehen.«

»Aber was, um Himmels willen, könnte der Grund dafür sein. Ich glaube, du bildest dir das nur ein.«

Mike sprach mit Nachdruck, dennoch überfiel ihn zugleich die Erinnerung an die Warnung, die Barry Freeman ihm im ›Nudeville-Club‹ zugeflüstert hatte.

Beide sprangen auf, als das Telefon hinter ihnen schrill läutete.

»Ich nehme schon ab«, sagte Mike und schob seinen Stuhl zurück, »trink du nur deinen Kaffee zu Ende.« Genau neben der Tür gab es einen Zweitanschluß für das Eßzimmer, in dem sie gerade frühstückten. Mike nahm den Hörer auf und sagte ›Hallo‹. Seit dem Mord hatte er es sich angewöhnt, seine Identität nicht sofort zu erkennen zu geben.

Wieder hörte er die Pieptöne, die anzeigten, daß der Ruf aus einem Münzfernsprecher kam. Doch diesmal wurde nicht wie beim letzten Mal wieder aufgelegt, sondern eine Männerstimme meldete sich.

»Ich möchte bitte Mr. Hilton sprechen.« Die Stimme klang dumpf; es hörte sich fast so an, als habe der Anrufer ein Wolltuch vor dem Mund. Mike mußte den Hörer dicht ans Ohr pressen, um den Mann zu verstehen.

»Wer möchte ihn sprechen?«

»Das spielt keine Rolle. Suchen Sie ihn für mich und sagen Sie ihm, es sei wichtig!«

Mike zögerte eine Sekunde. »Hier spricht Hilton – nun, und wer sind Sie?«

»Hören Sie gut zu«, fuhr die Stimme fort. »Sie haben den Drachen gefunden?«

Mike klopfte an die Glastrennwand zwischen Telefon- und Eßraum, um Ruth aufmerksam zu machen. Dabei signalisierte er ihr mit Händen und Füßen, sie solle in die Halle gehen, um von dort aus das Gespräch mitzuhören. Sie verstand sofort und lief an ihm vorbei hinunter.

»Ich habe Sie gefragt, ob Sie den Drachen gefunden haben«, wiederholte der Anrufer gereizt.

»Ja, ich habe ihn gefunden –«

»Nun würden Sie gern auch noch den Jungen finden, was?«

»Wie bitte, ich habe nicht ganz verstanden, was Sie sagten.«

»Nun würden Sie gern auch noch den Jungen dazu finden, nicht wahr?«

»Ja.«

Die Spannung, unter der Mike seit Tagen stand, kam in dem Ton seiner Stimme zum Ausdruck. »Natürlich möchte ich ihn finden.«

»Dann treffen Sie mich heute morgen.«

»Aber wer ist denn da? Wer spricht?«

»Ich will Sie um elf Uhr sehen, und erwähnen Sie das niemandem gegenüber, denn sonst . . .«

»Ich werde niemandem etwas sagen«, erwiderte Mike ruhig. »Aber wo sind Sie denn? Von wo aus sprechen Sie?«

»Kennen Sie Dubinskys Buchhandlung?«

»Dubinskys Buchhandlung? Nein.«

»Die ist in Chelsea. In der King's Road, ungefähr hundert

Meter vom ›Four Poster‹ entfernt. Ich will Sie Punkt halb eins dort sehen.«

»Ja«, sagte Mike langsam, »das ist schon recht. Aber wäre es nicht besser, Sie würden mir Ihren Namen sagen, wie kann ich sonst wissen . . .«

Im gleichen Augenblick drang ihm der Summton ins Ohr, der anzeigte, daß der Anrufer aufgelegt hatte. »Hast du das gehört, Ruth«, fragte er laut, um das Summen zu übertönen.

»Ja, und ich weiß nicht, wer unsicherer war, der Anrufer oder du.«

»Meinst du, er hatte Angst?«

»Ja, er war vor Angst ganz außer sich.«

»Ich habe ganz vergessen, wie lieb deine Stimme am Telefon klingt«, sagte Mike.

»Wirklich, tut sie das? Du solltest mich eben öfter anrufen.«

Dubinskys Buchhandlung lag eingezwängt zwischen einem Gemüsehändler, der seine Erzeugnisse zusammenstellte wie ein Maler seine Farben, und zwischen einer Herren-Boutique, die die neuesten Herrenmoden anbot.

Gebrauchte Bücher der billigeren Sorte waren in Gestelle außerhalb der Ladentür gestopft. Hinter den altmodischen Fenstern lagen ein paar ausgesuchte Bände mit aufgeschlagenen Seiten, damit man den antiken Druck sehen konnte.

Der Laden war vom Boden bis zur Decke mit Regalen angefüllt. Im Hintergrund führte eine Tür zu einem kleineren Raum, wo Dubinsky in verschlossenen Schränken jene Bücher aufbewahrte, die er nur Käufern zeigte, die sich für ero-tische Literatur interessierten. Ein breites, freistehendes Bücherregal mit ganzen Regimentern von Bänden stand im hinteren Teil des Ladens. Es verbarg den Eingang zum Ladenraum, indem es zwischen Tür und Laden einen dunklen Korridor bildete. Das Regal enthielt dicke theologische Werke, und Dubinsky hatte diesen dunklen Korridor zynisch den ›Kreuzgang‹ getauft.

Auf einer Leiter innerhalb des Kreuzgangs saß Benson, eifrig damit beschäftigt, Bücher aus dem Regal zu nehmen, sie abzustauben und wieder zurückzustellen. Wenn er über die weniger voluminösen Bände spähte, konnte er das Zifferblatt einer urväterlichen Standuhr sehen. Sie tickte die Minuten hinweg zum Nutzen der dicken alten Bände, die dadurch immer älter und um so wertvoller wurden.

Der große Zeiger war gerade auf zehn Minuten nach zwölf gerückt. Dubinsky saß hinter seinem grandios unordentlichen Schreibtisch direkt hinter der Tür an der Ladeninnenseite. Er hatte eine Schere in der Hand und schnitt ein Stück grobes Zeichenpapier in Streifen. Ein junges Mädchen, welches draußen die Büchergestelle förmlich abgegrast hatte, kam mit einem Band Galsworthy in den Laden und ging zu Dubinskys Tisch.

»Dies möchte ich haben.«

Er sah durch seine randlose Brille zu ihr auf, nahm das Buch und schaute nach dem Preis auf der inneren Umschlagseite.

»Drei sechzig, bitte.«

Sie gab ihm zwei halbe Kronen. Er öffnete die Schublade, nahm das Wechselgeld heraus und legte es auf das Buch.

»Danke, auf Wiedersehen.«

»Auf Wiedersehen«, erwiderte Dubinsky und betrachtete gedankenvoll die Rückansicht des Mädchens, als es hinausging. »Kommen Sie bald wieder.«

Als das Mädchen draußen war, stieg Chris von seiner Leiter und trat an Dubinskys Schreibtisch.

»Louis, du kannst jetzt gern gehen, wenn du willst. Das hier mache ich schon alleine.«

Der Buchhändler sah den jungen Mann fast liebevoll an. »Ich will lieber warten, bis du Mittag gemacht hast. Du weißt doch, wie es in Krankenhäusern zugeht. Es kann sein, daß ich länger als vier Stunden brauche.«

»Das macht gar nichts«, sagte Chris, »ich habe Butterbrote dabei.«

»Na schön – wenn das so ist.« Dubinsky zuckte die Achseln und erhob sich aus seinem Stuhl. Stehend war er auch nicht viel größer als sitzend. Seine Hose war fast bis zu den Achselhöhlen hinaufgezogen. Lederne Hosenträger hielten sie dort fest. Er griff nach seiner Jacke, die über dem Stuhl hing, und zog sie an.

»Wenn's nichts Ernstes ist, werde ich wohl nicht allzulange ausbleiben.«

»Es wird bestimmt nichts Ernstes sein, Louis, mach' dir da mal keine Sorgen.«

»Ich hoffe es – hier, du wirst ein paar Zigaretten nötig haben.« Dubinsky fischte ein zerknittertes Päckchen Zigaretten aus seiner Tasche. Chris machte zuerst ein bißchen Theater und lehnte die Zigaretten ab, aber Dubinsky zwang sie ihm auf. »Ich habe doch gesehen, daß du nur noch eine hast. Das bewahrt dich fürs erste davor, ohne Glimmstengel dazusitzen.«

Chris nickte dankend. Dubinsky gab ihm einen kleinen Klaps auf den Rücken, sah sich um, als ob er noch etwas vergessen hätte, und ging zur Ladentür hinaus. Die Ladenglocke ließ ein zittriges ›Ping‹ hören, als er die Tür öffnete.

Allein geblieben schaute Chris wieder auf die Uhr. Es waren dreizehn Minuten vergangen. Er nahm sich eine Zigarette aus der Packung und zündete sie mit einem Streichholz an. Seine Hände zitterten ein wenig. Bereits nach ein paar Zügen legte er die Zigarette wieder auf den Rand des Aschenbechers. Er hatte sich hinter Dubinskys Schreibtisch gesetzt und dessen Arbeit aufgenommen – Zeichenpapier säuberlich in Streifen zu schneiden.

Nach einer weiteren Minute wimmerte die Ladenglocke wieder. Chris hob den Kopf und sah Ruby Stevenson, das Gesicht vor Erregung gerötet, die Tür schließen. Dabei schaute sie ganz schnell den Bürgersteig draußen hinauf und hinunter, um sich zu vergewissern, daß ihr niemand in den Laden folgte. Während sie bereits an dem Schloß ihrer Handtasche herumfingerte, ging sie mit schnellen Schritten auf den Schreibtisch zu.

»Ich dachte, der geht nie. Wie spät ist es denn schon?« Sie drehte sich nach der Uhr um. »Wir haben nur noch zehn Minuten Zeit.«

Sie stellte ihre Handtasche auf eine Schreibtischecke, wühlte einen Briefumschlag aus der Tasche hervor und reichte ihn über den Tisch.

»Das ist er, Chris.«

Chris starrte auf den Brief hinunter, ohne ihn zu nehmen. Ruby kannte Chris gut genug, um seinen Ausdruck richtig zu deuten.

»Ich bitte dich, Chris, willst du so weitermachen wie bisher? Halbtagsarbeit für Pfennige?«

Chris schob die Unterlippe vor, nahm aber dann doch den Umschlag und hielt ihn eine Weile in der Hand. Er schlug ihn unschlüssig gegen seine Fingerspitzen. Ruby zog eine Zigarette aus dem Päckchen auf dem Schreibtisch, kramte ein Feuerzeug aus ihrer Handtasche und begann zu rauchen. Die Art, wie sie sich die Zigarette angezündet hatte, verriet einen gewissen Stil.

»Verstehst du –«, sie wies mit einer Kopfbewegung auf den Umschlag, »er muß nicht unbedingt hiermit festgenagelt werden. Laß ihn nur einen Blick darauf werfen.« Sie beobachtete seine Bewegungen, als er sich eine Zigarette nahm. Das Zittern seiner Hände war nicht mißzuverstehen.

»Und was passiert, wenn er nicht zahlt?«

»Er wird schon mitspielen. Das würdest du auch tun, wenn du in seiner Haut stecktest.«

»Wieviel, sagtest du, soll ich fordern?«

»Versuch es zunächst mit sechstausend. Das sind dreitausend für jeden von uns.«

Chris war blaß, er nickte zweifelnd und beulte seine Wange mit der Zunge aus.

Ein zärtlicher Ausdruck kam in Rubys Augen. Sie lehnte sich über den Schreibtisch, nahm seine Hand und preßte sie so fest in der ihren, als wolle sie ihm damit Kraft geben.

»Mach dir keine Sorgen, Chris. Denk doch nur daran, daß wir morgen um diese Zeit schon in Paris sein werden.«

»Was soll ich denn machen, nachdem ich mit ihm gesprochen habe?«

»Geh zu meinem Apartment und warte dort. Du weißt, wo der Schlüssel liegt, nicht wahr?«

Chris nickte geistesabwesend. Er sah zur Uhr hinüber. Ruby war ihm mit dem Blick gefolgt. »Zwanzig nach«, sagte sie. »Ich gehe jetzt wohl besser. Vergiß nicht, das Schild ›Geschlossen‹ an die Tür zu hängen, sobald er drin ist.«

Sie ging wieder auf die Straße hinaus, er blieb zurück und kaute an seinen Fingernägeln.

Als Mike vier Minuten später die Buchhandlung betrat, erwartete ihn dort eine merkwürdig düstere Erscheinung, die zwischen den Büchern herumkramte und ein wenig an einen Vampir erinnerte. Beim Klang der Türglocke drehte der Mann sich um und wandte Mike ein lauerndes Gesicht zu. Wäßrige blaue Augen flackerten hinter dicken Brillengläsern. Mike sah ihn gespannt an und überlegte dabei, ob dies wohl der anonyme Anrufer gewesen sein könnte. Die Uhrzeiger standen auf zwei Minuten nach halb eins. Nach einer weiteren Minute, in der ihn Mike unentwegt angestarrt hatte, schien der seltsame Buchliebhaber die Nerven zu verlieren. Er stellte das Buch, das er gerade in der Hand gehalten hatte, ins Regal zurück und hastete zur Tür. Kaum hatte die Ladenglocke ihr übliches ›Ping‹ ertönen lassen, tauchte auch schon Chris aus dem Hintergrund auf.

»Guten Morgen, Mr. Hilton!«

Mike riß es herum bei dieser betont dramatischen Begrüßung. Erstaunt sah er, wie Chris einen weiten Bogen um ihn schlug, auf die Tür zueilte, dort angekommen, einen Riegel vorschob und das Pappschild umdrehte, so daß das Wort ›Geöffnet‹ nach innen wies.

Während der ganzen Aktion redete Chris ununterbrochen wie ein Wasserfall, wahrscheinlich um seine Nervosität zu verbergen.

»Sie haben meine Stimme am Telefon nicht erkannt, nicht wahr? Ich sehe ja, daß Sie völlig von den Socken sind. Ja, ich war schon immer ein guter Schauspieler. Eine Zeitlang dachte ich schon mal daran, es mit der Schauspielerei zu versuchen – beruflich, meine ich. Man kann haufenweise Geld damit verdienen, mehr als mit der Malerei, besonders wenn –«

Mike schnitt ihm das Wort ab. »Sie werden mir's nicht verdenken, aber ich bin in ziemlicher Eile!« Chris hatte sich wieder hinter dem Schreibtisch verschanzt und trommelte mit den Fingern auf die Tischplatte.

»Kommen Sie deshalb zur Sache!«

»Ich habe einen Freund, der ins Ausland möchte und ... und ...«

»Ja – weiter!«

Chris hatte herumgestottert wie ein schlechter Schauspieler, der seinen Text vergessen hat.

»Dieser Freund weiß, wo sich der Junge aufhält, den Sie suchen ...«

»Kommen Sie schon zur Sache«, wiederholte Mike. »Also, wieviel?«

Chris schien völlig aus dem Gleichgewicht geraten über diesen raschen Übergang zu den eigentlichen Erpressungsbedingungen. Im übrigen war Mike auf etwas ähnliches schon gefaßt gewesen. Er hatte dreierlei Bankwechsel in der Tasche, die jeweils auf fünfhundert, tausend und zweitausend Pfund ausgestellt waren.

»Na schön.« Chris hielt sich so krampfhaft an der Schreibtischkante fest, daß seine Fingerknöchel weiß hervortraten, und feuchtete seine trockenen Lippen mit der Zunge an.

»Meines Freundes Vorschlag lautet – lautet – sechstausend Pfund!«

Die letzten Worte hatte er überstürzt herausgesprudelt. Mike studierte gründlich Chris' Gesicht und nickte langsam.

»Sechstausend Pfund.« Mikes Gesicht und Stimme blieben ausdruckslos.

»Ja.«

Mike neigte den Kopf ein wenig zur Seite, so als ob er über die Bedingungen noch nachdenken wolle.

»Und was für einen Beweis habe ich dafür, daß Ihr Freund die Wahrheit sagt?«

»Den Drachen«, sagte Chris aufs Geratewohl.

Mike schüttelte den Kopf. »Bevor ich hier mit sechstausend Pfund einsteige, möchte ich Beweise haben!«

»Na schön.« In Chris' Stimme schwang ein Unterton von Triumph. Die Unterredung fing an, den von ihm vorgesehenen Verlauf zu nehmen. »Wie steht's denn hiermit?«

Er zog den Umschlag aus der Tasche, zog das Foto heraus und hielt es Mike zur Ansicht hin. Es war ein postkartengroßes Brustbild des Jungen, den er am Dorfrand gesehen hatte. Mike besah es sich einige Sekunden. Es konnte gar kein Zweifel bestehen. Die Zahnspange, die Brille, die fragenden Augen – alles war da. Vielleicht lag diese Aufnahme einige Zeit zurück. Der Kleine sah jünger darauf aus, das war aber auch der einzige Unterschied zum Original. Chris lächelte, als er das Foto in den Briefumschlag zurücksteckte. Ruby schien recht zu haben. Mike hatte gar keine andere Wahl, als zu zahlen.

»Nun – was soll ich meinem Freund ausrichten?«

Mike antwortete nicht sofort, er horchte aufmerksam nach hinten und versuchte abzuschätzen, ob Chris vielleicht noch einen Komplicen verborgen hielt. Aber abgesehen von dem lahmen Schlag des Uhrpendels blieb alles mäuschenstill.

»Sie können ihm folgendes sagen«, antwortete Mike grob. »Wenn er seine Auslandsreise ausschließlich von mir abhängig macht, soll er sich lieber an den Wahlspruch ›Trautes Heim, Glück allein‹ halten.«

Chris' Lächeln verschwand jäh. Das kurze Gefühl der Genugtuung war zerstört. Statt dessen gewannen Ärger und Nervosität die Oberhand.

»Sie sollten sich das lieber genauer überlegen. Ohne die Hilfe meines Freundes sind Ihre Chancen für die Katz!«

»Waren für die Katz!« verbesserte ihn Mike. Er sah Chris nervös zwinkern und fuhr fort. »Wir hatten nichts, worauf wir bei unserer Suche fußen konnten. Jetzt sieht das schon ganz anders aus!«

Mike sah auf den Umschlag, den Chris noch in der Hand hielt. Chris erriet seine Absicht und zog sich auf die Querseite des Schreibtisches zurück. Bei diesem Manöver fiel ihm ein ganzer Stapel Papier und eine Federschale mit Inhalt zu Boden.

»Na denn – wenn Sie mit dem Geld nicht herausrücken wollen, bleibt's eben dabei. Scheren Sie sich zum Teufel und machen Sie, daß Sie hier rauskommen!«

»Nicht ohne das Foto.«

Mike lief los, um sich zwischen Chris und die Tür zu stellen. Chris steckte den Umschlag in seine Brieftasche und nahm die Schere vom Tisch.

»Kommen Sie mir ja nicht näher, oder ich stoße mit der Schere zu, ich stoße zu, hören Sie, ich stoße zu!«

Seine Stimme war hysterisch hochgeschraubt. Mike konnte sich vorstellen, daß dieser Typ wahrscheinlich ebenso wütend und gefährlich werden konnte wie eine Wildkatze, die in die Enge getrieben wird. Die Schere im Auge behaltend, näherte er sich Chris, indem er um den Schreibtisch herumging. Chris machte einen Sprung rückwärts, in den Ladenhintergrund, und lehnte sich gegen das querstehende Bücherbrett.

»Hören Sie, warum wollen Sie nicht zahlen, Sie können sich's doch leisten! Viertausend. Wie finden Sie das?«

Mike schüttelte den Kopf und wandte sich mit einer Geste ab, als wolle er sich den Schmutz dieser unerfreulichen Affäre von den Händen waschen. Dabei packte er blitzschnell ein Buch von einem der Regale, hielt es wie einen Schild vor sich und fuhr jäh auf Chris los. Der Maler wich seitlich aus, entwischte um die Ecke des Regales in den Kreuzgang, Mike hinter ihm her. Jetzt war Chris in Bedrängnis. Er hatte zwar Seitendeckung, aber keine Rückzugsmöglichkeit.

»Was, zum Teufel, wollen Sie denn mit dem Foto? Sie können ihn deswegen noch lange nicht finden.«

»Na – warum geben Sie's mir dann nicht?«

Chris schüttelte eigensinnig den Kopf. Mike ging zum Angriff über. Er sah die Hand mit der geöffneten Schere auf seinen Hals gerichtet und parierte die Attacke mit dem Buch. Die Schere blitzte zur Seite, und plötzlich hatte Mike das Gefühl, daß sein rechtes Handgelenk verbrenne. Im nächsten Augenblick hatte er auch schon Chris' Arm mit der rechten Hand gepackt. Mit der anderen versuchte er, ihn am Hals zu fassen. Er drehte den Arm des jungen Mannes mit aller Kraft nach hinten, und die Schere fiel scheppernd zu Boden. Aber mit einer katzengleichen Wendung hatte sich Chris aus dem Klammergriff gewunden. Er sprang zurück zu der Leiter, auf der er zuvor gesessen und nach Mike Ausschau gehalten hatte, und stieß sie mit aller Kraft vorwärts. Diesmal konnte Mike nicht schnell genug reagieren. Die schwere Leiter traf ihn mit voller Wucht, die soliden Mahagonistufen schlugen ihm auf die Schläfe. Er fiel vornüber zu Boden, die Leiter über sich.

Chris sah mit Entsetzen, was er angerichtet hatte. Mikes Körper lag in erschreckend unnatürlicher Verrenkung am Boden. Blut sickerte aus der Wunde am Handgelenk und tropfte ihm ins Haar.

»Oh Gott –«, keuchte Chris, »ich hab' ihn umgebracht!«

Um freizukommen, mußte er über die Leiter hinwegsteigen und an dem Körper vorbei. Mike lag völlig bewegungslos da, es war nicht einmal zu erkennen, ob er noch atmete. Chris ging, immer noch auf den Boden starrend, rückwärts, bis er an die Regale anstieß. Dann drehte er sich um und rannte blindlings zur Tür. Das Pappschild klapperte, die Ladenglocke wimmerte. Danach unterbrach nur noch das Ticken der alten Uhr die Stille in Dubinskys Buchladen . . .

9

Dubinsky war einer von den Leuten, die am ersten Tag ihres Urlaubs nach Hause zurückkehren müssen, um festzustellen, ob sie auch wirklich den Gasherd abgestellt haben; die aus einem Laden gehen, ohne das Geld nachzuzählen, das ihnen herausgegeben wurde; die häufig vergessen, das Päckchen mitzunehmen, das sie eben gekauft haben; die fünf Stockwerke hochkeuchen und dann wieder hinuntersteigen müssen, um sich im Parterre zu überlegen, aus welchem Grunde sie eigentlich da hinaufwollten. Diesmal war er genau bis zur Eingangstür der Klinik gekommen, bevor es ihm einfiel, daß er das Buch vergessen hatte, welches er einem Patienten mitbringen wollte.

Als er an seinem Laden anlangte, sah er verblüfft, daß das Schild ›Geschlossen‹ in der Tür hing. Er drückte auf die Klinke. Die Tür war nicht verschlossen. Sein erster Gedanke, als er eintrat, war: Ladeneinbruch! Er hatte schon oft genug gelesen, daß Einbrecher den Tatort in fürchterlichem Zustand zurückzulassen pflegen. Erst auf den zweiten Blick sah er den Mann im Stuhl sitzen. Kleine Blutgerinnsel liefen ihm über das Gesicht. Er versuchte, um sein stark blutendes Handgelenk ein Taschentuch zu knüpfen. Sein Gesicht war totenblaß.

Dubinsky stieß einen nachhallenden polnischen Fluch aus. Der Mann sah auf.

»Hier, helfen Sie mir, das festzubinden. Ich muß die Blutung stoppen.«

»Mike Hilton! Was machen Sie denn hier?« Dubinsky stand wie angewurzelt vor Erstaunen. »Was ist los? Ist hier ein Unfall passiert? Wo ist Chris?«

»Helfen Sie mir lieber erst mal, dann will ich's Ihnen erzählen. Wir müssen sofort die Polizei anrufen.«

Bei der Erwähnung der Polizei kam Dubinsky in Bewegung. Während er Mikes Handgelenk verband und etwas Wasser herbeiholte, damit er ihm das Blut vom Gesicht waschen konnte, faßte Mike das Geschehene kurz zusammen.

»Aber das kann ich kaum glauben.« Dubinsky nahm seine Brille ab und versuchte, ihre Gläser zu polieren, wonach sie nur noch beschlagener als zuvor waren. »Chris wäre nicht fähig, so etwas zu tun.«

»Ach, Sie haben ihn nicht dazu angeregt?«

»Gewiß nicht!«

»Warum war er dann allein im Laden?«

»Er ist knapp bei Kasse. Ich lasse ihn dies oder jenes hier im Laden arbeiten, um ihm zu helfen. Er verkauft ja nie eines seiner Bilder. Wie fühlen Sie sich jetzt?«

Mike tippte sich mit der flachen Hand an die Beule, die durch den Sturz der Leiter entstanden war. Die Beule klopfte schmerzhaft und war höchst berührungsempfindlich. Aber wenigstens hatte das Schwindelgefühl im Kopf aufgehört. Er wußte nicht, wie lange er ohnmächtig gewesen war. Mehr als ein paar Minuten konnten es wohl nicht gewesen sein, es war jetzt erst zehn nach eins.

»Nicht mehr so schlimm«, sagte er. »Kann ich vielleicht mal Ihr Telefon benützen? Wir haben schon zuviel Zeit verloren.«

»Warum, wollen Sie die Polizei anrufen?«

»Natürlich, um diesen Überfall zu melden und um ihnen zu sagen, daß Chris ein Foto von dem Jungen hat.«

»Meinen Sie denn, daß man Ihnen glauben wird?«

»Man wird schon müssen!«

»Ihre Aussage steht gegen die von Chris. Stehen Sie – äh – stehen Sie auf gutem Fuß mit der Polizei?«

Mike sah Dubinsky durchbohrend an. Er stellte sich im Geiste O'Days skeptischen Gesichtsausdruck vor, als er ihm den unwahrscheinlichen Vorgang am Dorfrand geschildert hatte.

»Haben Sie vielleicht eine bessere Idee?« fragte er trocken.

Dubinsky lehnte seine rundliche Hüfte an den Schreibtisch. »Vielleicht habe ich das. Ich kenne Chris schon lange. Der kann keiner Fliege etwas zuleide tun. Ich möchte nicht, daß er in Schwierigkeiten gerät.«

»Und was schlagen Sie vor?«

»Sie wollen doch nur die Fotografie, ist es nicht so?«

»Ja, aber ich bin nicht bereit, mich dafür erpressen zu lassen Unter keinen Umständen zu der wahnsinnigen Bedingung von sechstausend Pfund.«

»Dann lassen Sie mich mit Chris sprechen. Wenn ich ihn dazu bringen kann, Ihnen das Foto zu geben, werden Sie dann Ihre Absicht fallen lassen, ihn anzuzeigen?«

Mike biß sich auf die Lippen. Er stieß seine verletzte Hand auf den Grund der Manteltasche. In dieser Haltung tat sie ihm weniger weh.

»Eigentlich, mein Freund, hätten Sie mir noch einen Gefallen zu tun.« Dubinsky wies auf die Bücher, die dort, wo Chris und Mike gekämpft hatten, verstreut am Boden herumlagen. »Einige dieser Bände sind sehr wertvoll, da stimmen Sie doch mit mir überein?«

»Schön«, Mike nickte und lächelte schwach, »es tut mir leid für Ihre Bücher, aber haben Sie keine Sorge, ich werde bezahlen, was sie wert sind.«

»Nein, nein, das ist nicht so wichtig.« Dubinsky hob die Hand, als ob er sofortige Bezahlung abwehren wolle. »Lassen Sie mich nur kurz mit Chris reden – wenn es nicht klappt, können Sie immer noch zur Polizei gehen.«

Mike schob den Stuhl zurück und versuchte behutsam, sich auf beide Füße zu stellen. Der Raum schien einmal kurz um ihn herumzukreisen und blieb dann stehen.

»Schön – versuchen wir es also erstmal auf Ihre Weise.«

Mike folgte Dubinskys Richtungsanweisungen in einen wenig ansehnlichen Teil von Fulham und bog in eine Straße mit baufälligen Häusern ein.

»Nummer 27.« Dubinsky faßte Mikes Arm und deutete auf ein etwas höher liegendes Haus, zu dessen Tür Stufen hinaufführten. Zu einer Kellerwohnung ging eine Treppe hinunter. Mike hielt an der Bordsteinkante, und Dubinsky bemühte sich, die Wagentür zu öffnen.

»Dauert nicht länger als einen Augenblick«, sagte er.

»Ich komme mit.« Dubinsky wollte Einwände erheben, änderte aber seine Absicht, als er Mikes Gesichtsausdruck sah.

Sie gingen zusammen die paar Meter über den Bürgersteig, Dubinsky voraus, und steuerten auf die Treppe zu, die in das Kellergeschoß führte. Die weiße Farbe an der Tür war abgeblättert. Dubinsky klopfte und legte das Ohr an die Tür. Dann ging er zu einem verriegelten Fenster und versuchte, in den dämmrigen Raum dahinter zu schauen.

»Chris, Chris, bist du da?«

»Die Tür ist immer auf«, rief eine Stimme von oben. Mike sah hinauf und entdeckte eine schlampige Frau, die, eine Zigarette zwischen den Lippen, ein Baby auf dem Arm, an die Eingangstür gelehnt stand.

»Oh – äh – danke schön.« Dubinsky ging zur Tür zurück und drehte den Drücker. Die Tür öffnete sich knarrend.

Mike folgte ihm in einen düsteren Raum, dürftig möbliert

mit einem alten Kanapee, einem kahlen Tisch und ein paar Küchenstühlen. Einen Teppich gab es nicht. Ein schmieriger Gaskocher, mit schmutzigen Töpfen und Pfannen darauf, stand in einer Ecke. Eine Staffelei war dicht ans Fenster gerückt, um möglichst gut im Licht zu stehen.

Leinwand und Spannrahmen waren im Raum verstreut. Überall lagen Farbtuben herum.

Dubinsky war zu der Tür des kleinen angrenzenden Raumes gegangen, Mike sah das Ende eines ungemachten Bettes mit schmuddeliger Bettwäsche.

»Chris, bist du da, Chris?«

Mike war um die Staffelei herumgegangen und besah sich das fast fertige Gemälde. Es war die Aktstudie einer vollbusigen Frau mit ausladendem Hinterteil. Das Gesicht wies eine bemerkenswerte Ähnlichkeit mit Ruby Stevenson auf, aber irgendwie schien es nicht zu dem jugendlich-sinnlichen Körper zu passen.

Während er das Bild noch betrachtete, stellte Dubinsky sich hinter ihn.

»Ruby als Akt!« sagte er tief atmend. »Der kleine Teufel, wie hat er sie wohl dazu gebracht, sich so vor ihm zur Schau zu stellen?«

Ein Schatten war am Fenster vorbeigehuscht, die Wohnungstür öffnete sich. Eine Frau mit harten Zügen, eine große Schürze um den Leib gebunden, trat ein.

»Ach, det sind Sie nur! Myrtel sagte, hier wäre eener.«

»Mrs. Pool«, Dubinsky eilte auf sie zu, »ich suche Chris. Ist er schon mal hier gewesen, seitdem er heute früh aus dem Haus ging?«

»Heite frieh?« Mrs. Pool lachte heiser. »Montach isser schon abjehauen.«

»Montag? Das ist ja schon drei Tage her.«

Mrs. Pool nickte nur.

»Schön – aber wo ist er jetzt? Wo hält er sich wohl auf?«

Mrs. Pool zuckte nur die Achseln.

»Ist er vielleicht bei Mrs. Stevenson?«

»Fragen Sie mir ja nich –«

»Wo wohnt sie denn jetzt, wissen Sie das?«

»Wat ick wees is nur, det se von Coster Street irjendwohin jezogen is, wo et piekfein is. Chris sagte mal wat von Stratford Mansions. Ick wees doch nich, warum er – in drei Deibels Namen – immer hinter se her is. Die Olle is alt jenuch, um seene Jroßmutter abzujeben.«

Stratford Mansions war ein neuer fünfstöckiger Wohnblock, der zum Abschluß einer Sackgasse geworden war, seit man die Cromwell Road ausgebaut hatte. Es hatte etwas von einem Rathaus an sich und paradierte mit einem Lift und einer soliden Betontreppe, die seitlich vom Aufzug nach oben führte.

Als Mike und Dubinsky den Hof betraten, war weit und breit nur ein kleines Mädchen, das immer wieder seinen Ball gegen die Hauswand warf. In dem Augenblick, in dem sie vorbeigingen, verfehlte das Kind den Ball. Mike fing ihn auf, um zu verhindern, daß er auf die Straße hinausrollte. Er ging hinüber zu dem Mädchen und gab ihr den Ball zurück. Sie nahm ihn, aber anstatt ein Wort zu sagen, drückte sie ihren Dank nur mit strahlenden Augen aus. Das genügte Mike. Es hatte ihn immer verdrossen, wenn Ruth auf Jill eingedrungen war: ›Sag danke schön, Jill.‹ Gab es denn einen beredteren Dank als den Ausdruck von Freude in einem Kindergesicht?

Irgendetwas an diesem freundlichen Mann hatte des Mädchens Aufmerksamkeit erregt. Sie drehte sich nach ihm um, als er zur Treppe ging, und hielt ihren Ball fest im Arm. Dubinsky hatte seine Brille hochgeschoben und studierte die Namensschilder unter den Apartmentnummern. »Nirgends Stevenson.«

»Nein, aber das Nummernschild 93 trägt keinen Namen, im Gegensatz zu allen anderen. Das muß es sein.«

»Fünftes Stockwerk«, knurrte Dubinsky. »Es wäre möglich.« Er preßte seinen gekrümmten Finger auf den Liftknopf, und gleich darauf hörten sie, wie der Aufzug heruntersurrte.

Das Apartment 93 befand sich der Aufzugstür fast genau gegenüber. Eine schmale weiße Karte war mit einem Reißnagel an der Tür befestigt. ›Miss Stevenson‹ stand darauf. Von innen drang leise Radiomusik. Offensichtlich ein Jazzprogramm.

Dubinsky drückte eine Sekunde lang auf den Klingelknopf. Innen ertönte ein Glockenspiel. Im selben Augenblick brach die Musik ab. Aber es war keine Bewegung zu hören. Nach ein paar Minuten streckte Dubinsky die Hand aus, um nochmals zu klingeln, aber Mike hielt seinen Arm fest. Mit Zeichen machte er Dubinsky auf den noch offenen Lift aufmerksam und gab ihm zu verstehen, daß er wieder hinunterfahren solle. Mit einer Handbewegung bestätigte Dubinsky, daß er verstanden habe. Er ging schweren Schrittes zum Lift, schloß umständlich und geräuschvoll die Tür und fuhr ins Parterre hinunter.

Mike preßte sich in eine Nische in der Nähe von Rubys Wohnungstür und wartete. Nach etwa dreißig Sekunden hörte er, wie sich der Türgriff leise drehte. Ein quietschendes Geräusch war zu hören. Wer immer sich in der Wohnung befand, er hatte der Versuchung nicht widerstehen können, nachzuschauen und sich davon zu überzeugen, daß der ungebetene Besucher gegangen war. Mike stürzte aus seinem Versteck und warf sich gerade in dem Moment mit der Schulter gegen die Tür, als sie sich schloß. Im Bruchteil einer Sekunde hatte er es geschafft, seinen Fuß in den Türspalt zu klemmen.

Einen Augenblick lang stemmte er sich mit verbissener Kraft gegen die Person an der anderen Türseite. Die obere Türangel ächzte unter diesem Druck, aber sie hielt ihm stand. Plötzlich wurde die Tür losgelassen. Durch den eigenen Kraftaufwand nach vorn geschleudert, fiel Mike der Länge nach in die Diele. Im gleichen Moment glitt eine undeutliche Erscheinung hinter ihm vorbei und zur Tür hinaus. Bevor Mike sich wieder erheben konnte, polterte der Unbekannte schon die Treppe hinunter.

Mike verwünschte sich selbst, daß er das Opfer eines so simplen Tricks geworden war, und stob sofort hinterher, immer drei Stufen auf einmal nehmend. Aber jedesmal, wenn er an einem Treppenabsatz anlangte, war der Flüchtling schon um die nächste Ecke und außer Sicht. Als Mike gerade glaubte, ihn endlich eingeholt zu haben, wurde er von einer alten Dame blockiert, die die Treppe hinaufkam. Er mußte bremsen, um sie nicht zu überrennen. Als er die letzte Stufe hinunterraste, hörte er vor sich einen Schrei, einen Fluch und den dumpfen Fall eines Körpers. Mike hielt mit einem Ruck an.

Das Bild, das sich ihm bot, war vom Schein der Nachmittagssonne malerisch beleuchtet. Am Boden lag ein Mann ausgestreckt. Dubinsky kniete mit väterlicher Gebärde daneben. Gleich dahinter stand das kleine Mädchen, den Handrücken vor den Mund gehalten, entsetzt über das, was sie angerichtet hatte. Als Mike herantrat, wandte sie sich, in Erwartung eines scharfen Verweises, mit angstgeweiteten Augen nach ihm um.

Der Ball drehte sich noch friedlich am Fuß der Treppe.

»Ach, du lieber Himmel«, jammerte Chris und faßte an seinen Fußknöchel, »ich habe meinen Knöchel gebrochen – dieser blöde Ball!«

Plötzlich verstand Mike. Er lächelte der Kleinen beruhigend zu, streichelte ihren Blondkopf, griff in die Tasche und holte eine halbe Krone heraus.

»Davon kannst du dir einen neuen Ball kaufen, für den Fall, daß der andere jetzt kaputt ist.«

»Sie haben mir immer noch nicht den Namen des Jungen genannt«, beharrte Mike.

»Ich sage Ihnen doch, daß ich ihn nicht weiß!«

»Das glaube ich Ihnen nicht.«

»Schön, dann glauben Sie mir eben nicht.«

»Chris, sei nicht so stur«, drängte Dubinsky. »Wir wollen ja nur versuchen, dir zu helfen.«

Es schien heute Dubinskys Nachmittagsbeschäftigung zu sein, Verletzten erste Hilfe zu leisten. Er und Mike hatten einen sich rechtfertigenden, protestierenden Chris in den Lift gehoben und in Rubys Wohnung hinaufgeschleppt. Chris hatte sich auf die Couch fallen lassen, während Dubinsky eine Schüssel mit warmem Wasser brachte und einen Umschlag um den geschwollenen Knöchel machte. Während Dubinsky sich noch nach Kopfschmerztabletten und einem Glas Wasser umsah, hielt Mike ein wachsames Auge auf den jungen Mann gerichtet und schaute sich angelegentlich im Raum um.

Ruby schien es nicht schlecht zu gehen. Die Möbel in der kleinen Wohnung waren guter, solider Viktorianischer Stil, ein paar Teile stammten aus der Edward-Epoche. Die Teppiche auf dem Boden hätten sogar echte Perser sein können. Sie hatte ihr Geld mit Überlegung angelegt. An den frischtapezierten Wänden hingen Fotos von Varietékünstlern, die meisten waren mit herzlicher Widmung und flammender Unterschrift versehen.

Chris' Benehmen glich dem eines trotzigen Kindes. Er hatte unverhohlene Angst vor Mike und schien sich wohl bewußt zu sein, daß es einen Grund gab, ihn hinter Schloß und Riegel zu bringen. Dubinsky gegenüber legte er den Groll eines kleinen Gauners an den Tag, der von einem Freund verpfiffen worden ist. In diesem Handel hatte er nun seinen Haupttrumpf verspielt. Während man ihn heraufschleppte, war es Mike gelungen, ihm den Briefumschlag mit der Fotografie des Jungen aus der Tasche zu ziehen ...

Mike wartete, bis Dubinsky ein paar Kopfschmerztabletten beschafft hatte, bevor er mit seinen Fragen begann.

»O gewiß doch«, sagte Chris hohnlächelnd zu Dubinsky, »du bist wahnsinnig bemüht, mir zu helfen, was, Louis?«

Mike war mit seiner Geduld am Ende. »Wenn er's nicht wäre, was glauben Sie wohl, warum er dann die Schwierigkeit auf sich nahm, mich hierherzubringen?« schnauzte er ihn an. »Aber Sie können mir glauben, ich mache mir keine Sorge um Ihr Wohlergehen. Mir ist es restlos egal, was Ihnen passiert. Das einzige, was ich will –«

»Ihre eigene Haut in Sicherheit zu bringen«, unterbrach ihn Chris rüde. »Das kann ich mir vorstellen.«

An diesem Punkt geriet Mike völlig außer sich. Er packte Chris an den Aufschlägen seiner Jacke, riß ihn hoch und hielt ihn zehn Zentimeter von seinem eigenen Gesicht entfernt.

»Jetzt hören Sie mir mal gut zu! Wenn Sie mir nicht sofort alles erzählen, dann . . .«

Chris' Gesicht war angstverzerrt. Unter seinem Gewicht war die Wasserschüssel umgekippt und hatte seinem verletzten Knöchel eine unbeabsichtigte Erfrischung zukommen lassen. Er riß seinen Kopf zurück und schrie auf. Mike fühlte eine Hand, die ihn am Arm zurückhielt. Mit einem Male der ganzen Sache überdrüssig, lockerte er seinen Griff und ließ Chris auf die Couch zurückfallen.

Diese widerwärtige Situation stand in solch niederschmetterndem Gegensatz zu der dramatischen Entwicklung der vergangenen Nacht und des heutigen Morgens. Er glaubte nicht mehr, daß Chris irgendeine Verbindung zu dem Mord hatte. Der erfahrene Verbrecher, der ihn so umsichtig in die Position des Hauptverdächtigen hineinmanövriert hatte, wäre viel zu vorsichtig, um sich in ein Unternehmen wie diese ungeschickte Erpressung einzulassen.

Diese Leute bewegten sich nur am Rande des Verbrechens und hofften dabei, aus ihrem spärlichen Wissen Kapital zu schlagen. Die einzige wesentliche Tatsache war, daß sie auf die eine oder andere Weise in den Besitz des Fotos von dem Jungen gekommen waren. Selbst wenn Mike nichts weiter erfahren sollte, wollte er mindestens dieses Foto der Polizei zur Verfügung stellen, damit die Suche ausgedehnt werden konnte.

»Natürlich versucht er seine Haut in Sicherheit zu bringen!« versuchte Dubinsky Chris die Situation klarzumachen. »Wir alle sind nicht so dämlich wie du. Siehst du denn nicht ein, daß Mike dich der Polizei übergeben wird, wenn du ihm nicht erzählst, was du weißt?«

Chris hörte auf zu jammern. Immer noch seinen Knöchel reibend, sah er mit gerunzelter Stirn zu Mike auf. Der Schmerz in seinem Knöchel schien ihn dazu bewogen zu haben, die Richtigkeit dieser Worte einzusehen.

»Also schön – was wollen Sie wissen?«

Mike hielt das Foto hoch. »Wer ist dieser Junge?«

»Ich habe Ihnen doch gesagt, daß ich es nicht weiß. Ruby nennt ihn Biff, aber das ist nur ein Kosename. Ich weiß wirklich nicht, wer er ist.«

Chris sah von Mikes skeptischem Gesicht hinüber zu Louis. »Das ist wirklich wahr, ich schwöre es, Louis.«

»Schon gut, mein Junge, der alte Louis glaubt dir ja. Und nun erzähl uns mal, was zwischen dir und Ruby vorgefallen ist.«

»Es war am vergangenen Sonnabend abend, sie bat mich, hierher zu kommen. Als ich eintraf, war sie schon furchtbar aufgeregt . . .«

Chris sah mit abwesendem Blick auf die entfernte Zimmerecke, als könnte er sich so besser Rubys Anblick ins Gedächtnis zurückrufen.

Dubinsky erinnerte ihn freundlich. »Mach weiter.«

»Sie fing an, von Selby und dem Mord zu erzählen. Sie sagte, sie hätte eine ziemlich sichere Vorstellung davon, wer es gewesen sei, und wenn wir unsere Karten geschickt ausspielten, wäre da für uns eine Menge Geld drin.«

Mike starrte ihn ungläubig an. Plötzlich war er dem Kernpunkt der Wahrheit näher, als er je zu hoffen gewagt hatte.

»Hat sie Ihnen angedeutet, wer es sein könnte?«

»Nein, aber ich habe viel darüber nachgedacht, und ich bin mir fast sicher, daß es der Mann ist, für den sie arbeitet. Er ist so etwas ähnliches wie ein Agent von ihr – verstehen Sie, er hilft ihr, Kunden zu finden.«

»Ach du meinst, er betreibt einen Call-Girl-Ring, und sie gehört dazu?« erkundigte sich Dubinsky vorsichtig.

»Ruby Stevenson ein Call-Girl!« sagte Mike amüsiert. »Daß ich nicht lache.«

»Was wissen Sie denn davon?« zischte Chris wütend. »Glauben Sie, die einzigen Frauen, die Männer wollen, sind junge Dinger mit flachem Hintern und ohne Busen, die samt und sonders nicht wissen, was überhaupt Sex ist? Erstens hat Ruby Herz, und zweitens könnte manches junge Mädchen froh sein, wenn sie Rubys Figur hätte.«

»Ja, ja, Chris.« Dubinsky tätschelte ihm begütigend den Arm. »Hat sie dir sonst noch etwas erzählt?«

»Sie zeigte mir den Drachen und das Foto.«

»Sagte sie auch, von wem sie beides hatte?«

»Nein, aber sie muß eine Verbindung zu dem Jungen gehabt haben oder zu seinen Angehörigen, findest du nicht auch – und wenn der Kerl, für den sie arbeitet –«

»Moment mal«, unterbrach ihn Mike aufgeregt. »Dieser Junge – nennen wir ihn mal Biff – erzählte mir, daß er seinen Vater treffen würde. Nun nehmen wir mal an, sein Vater ist der Mörder, dann ist es ja ganz klar, daß Biff hinter Schloß und Riegel gehalten wird. Wenn der Vater nämlich rausgekriegt hat, daß die Existenz des Jungen meine Geschichte bestätigen würde! Wenn nun Chris annimmt, daß der Mörder gleichzeitig Rubys Boß ist . . .«

Mike blieb stehen und beugte sich wieder über Chris.

»Haben Sie eine Ahnung, wo der Mann lebt?«

Chris schüttelte den Kopf. »Sie tut immer sehr geheimnisvoll, wenn von ihm die Rede ist. Das einzige, was ich weiß, ist, daß sie immer Ausflüge aufs Land macht, um ›ihre Schwester‹ zu besuchen.«

»Wohin, in welche Gegend?«

»Ich weiß es nicht, ich habe mich nie darum gekümmert. Ich weiß, daß sie immer mit einem Bus von der grünen Linie fährt.«

»Ist sie jetzt bei ›ihrer Schwester‹, Chris?«

»Ich weiß nicht, wo sie jetzt ist, Louis. Sie sagte mir, ich soll hierher kommen, nachdem ich mit Hilton gesprochen habe, und warten, bis sie hier erscheint.«

Irgendwo in der kleinen Wohnung hatte ein Telefon zu läuten begonnen. Chris setzte sich auf.

»Das ist sie wahrscheinlich. Ich glaube, sie sagte, daß sie vielleicht anruft.«

»Wo ist das Telefon?« fragte Dubinsky.

»Sie hat es in ihr Schlafzimmer gestellt, weil sie gerne vom Bett aus telefoniert. Stundenlang hängt sie in der Leitung und schwätzt.«

»Gut«, sagte Mike, »am besten nehmen Sie ab.«

»Das ist ja alles gut und schön, aber was – zur Hölle – soll ich sagen?«

Mike zögerte kurz. »Sagen Sie ihr, Sie hätten mit mir gesprochen und ich hätte eingewilligt, das Geld zu zahlen. Sagen Sie ihr, Sie erwarten sie gleich, und dann hängen Sie sofort ein.«

Chris sah von Mike zu Dubinsky. Der trotzige Ausdruck von vorhin erschien wieder auf seinem Gesicht. Dubinsky nickte ihm aufmunternd zu und gab ihm einen Rippenstoß.

»Nun mal los, Chris, und mach es am besten so, wie er sagt.« Er half ihm auf und stützte ihn, während Chris auf die Tür zuhinkte, hinter der das Telefon ununterbrochen klingelte. Chris drehte den Türgriff. Das Schrillen der Telefonglocke wurde plötzlich sehr laut. Im Schlafzimmer waren die Vorhänge zugezogen, es war ziemlich dunkel. Chris streckte seine Hand aus und drehte das Licht an.

Mike hatte sich entschieden, sein wachsames Auge nicht von Chris zu wenden, und hielt sich deshalb dicht hinter ihm. Er sah den jungen Mann ins Zimmer spähen. Für einen Augenblick stand Chris wie versteinert da, dann drehte er sich um, lehnte sich gegen den Türpfosten und erbrach sich augenblicklich.

»Chris«, rief Dubinsky erschrocken, »was ist los?«

Mike, der ahnte, was er zu sehen bekommen würde, drückte sich an dem immer noch würgenden Chris vorbei und betrat das Schlafzimmer. Es war genau eine Woche her, daß er die Leiche des ermordeten Mädchens gefunden hatte. Aber dies war anders. Die Art, in der Selby umgebracht worden war, hatte etwas von klinischer Genauigkeit an sich gehabt. Mike war mittlerweile überzeugt davon, daß die Unordnung im Hausboot erst nach dem Mord angerichtet worden war. Aber in Rubys Schlafzimmer gab es sichere Anzeichen für brutalen Mord aus Leidenschaft und für einen verzweifelten Kampf auf Leben und Tod. Die Teppiche auf dem Boden waren zerknüllt, die zerbrochenen Bilder hingen schief an der Wand. Der Ankleidetisch lag umgeworfen, was darauf gestanden hatte, wild zerstreut – Puder, Gesichtscreme, Make-up, Parfümfläschchen. Der Duft billigen Toilettenwassers verdrängte jeden anderen Geruch. Der Inhalt der Kommoden- schubladen lag quer über dem Boden. Jedes Kleid war aus dem Kleiderschrank herausgerissen worden. Das Bett war ein Schlachtfeld. Was da zwischen blutbefleckten Kissen und Laken lag, sah weniger wie das Überbleibsel eines menschlichen Körpers aus als vielmehr wie ein Haufen verspritzter Farben, die ein zum Makabren neigender Künstler so chaotisch angeordnet hatte, um die Szene zu vervollständigen. Ruby war offensichtlich von ihrem Mörder erst aufs Bett geworfen worden, nachdem er seine Arbeit an ihr getan hatte, und die schimpfliche Haltung ihrer Leiche schien noch verabscheuungswürdiger als der Mord an sich.

Mike ging zum Telefon, energisch gegen die eigene Übelkeit ankämpfend, die ihm den Magen umzudrehen schien. Es war wie ein Wunder, daß das Telefon diesen Kampf überstanden hatte und noch auf dem Regal neben dem Bett stand. Mike wandte seine Augen vom Bett ab und griff nach dem Hörer.

Nach einer kurzen Pause, in der ihm das Freizeichen ins Ohr gellte, wählte er ohne weiter zu zögern 999.

»Welche Abteilung wünschen Sie?«

»Bitte Mordkommission.«

10

Einige Sekunden, nachdem er die Überfallnummer gewählt hatte, wurde Mike mit dem diensthabenden Beamten der Polizeiwache verbunden, die für Stratford Mansion zuständig war. Die ruhige Stimme, die ihm antwortete, gehörte einem Sergeanten.

»Einen Moment, Sir. Darf ich Ihren Namen erfahren und die Anschrift, von wo Sie anrufen?«

Betroffen durch den sachlichen Ton – wie konnte jemand die Nachricht eines Mordes nur so ruhig aufnehmen –, versuchte Mike seine eigenen Empfindungen unter Kontrolle zu bringen. Es folgte eine kurze Pause, in welcher der Wachhabende versuchte, die Streifenwagen zu erreichen, die dem Tatort am nächsten waren.

»Nun, Sir, würden Sie mir bitte Ihre Angaben wiederholen?«

Mike gab seine Erklärungen nochmals kurz durch. Sobald der Sergeant das Wesentliche der Situation erfaßt hatte, unterbrach er Mike. »In Ordnung, Sir, ein Streifenwagen ist bereits unterwegs zu Ihnen. Bitte lassen Sie die Beamten herein. Sie und die anderen Personen, die sich in der Wohnung aufhalten, bleiben bitte dort. Und lassen Sie alles unverändert liegen und stehen.«

»Ja«, versicherte Mike, »ich kenne mich aus.«

Er legte den Hörer auf die Gabel zurück, nahm ihn sofort wieder auf und rief zu Hause an.

In der Zwischenzeit hatte der Sergeant dem diensttuenden Inspektor Bericht erstattet, welcher seinerseits die Kriminalabteilung von Scotland Yard telefonisch benachrichtigte. Zufällig war gerade um diese Zeit O'Day im Büro. Als er hörte, daß der gemeldete Mord in einer Wohnung begangen worden war, die die Kriminalpolizei als ›Geschäftsanschrift‹ eines Call-Girls kannte, entschloß er sich, die Ermittlungen selbst durchzuführen. Innerhalb von fünf Minuten war er, begleitet von einem Kriminalbeamten derselben Abteilung, von einem Wagen des Überfallkommandos nach Stratford Mansions befördert worden.

Über Funk und Telefon wurde eine Reihe erfahrener Experten systematisch in Bewegung gesetzt. Während Mike, Dubinsky und Chris mit weißen Gesichtern in Rubys Wohnzimmer saßen, notierten sich bereits der Polizeiarzt, der Pathologe, das Fotografenteam, ungeachtet dessen, was sie gerade taten, die Anschrift, unter der sie eine ermordete Frau finden würden und wo sie ihre Analysen stellen und ihre Überlegungen treffen sollten.

Wieder einmal war Mike der Bevorzugte, der die Aktivität beobachten durfte, mit welcher die Polizei einen Mordfall aufgreift. Es war ungefähr das gleiche wie damals am Flußufer, aber nachdem der Tatort im Stadtgebiet lag, gab es kleine Abwandlungen. Hier spielten sich die Vorgänge rascher, routinierter und persönlicher ab.

Kaum hatte Mike nach einem kurzen Gespräch mit Ruth

den Hörer wieder aufgelegt, da läutete es auch schon langgezogen an der Tür. Dubinsky trottete hinaus, um zu öffnen.

Es war 13.43 Uhr gewesen, als Mike die Nummer 999 gewählt hatte. Die beiden uniformierten Polizeibeamten vom Streifenwagen RS 5 klingelten um 13.49 Uhr. Nach einer kurzen Inspektion des Raumes, wobei sie sich nur so lange aufhielten, um festzustellen, daß jede menschliche Hilfe zu spät kam, schlossen sie die drei Zeugen im Wohnraum ein. Der jüngere der beiden Beamten ging wieder hinaus, um den verschiedenen Kollegen, die jetzt noch zu erwarten waren, den Weg zu zeigen.

Um 13.53 Uhr klopfte der Polizeiarzt an die Tür. Er warf nur einen kurzen Blick auf das Opfer und stand dann mit betont zur Schau getragener Geduld da, bis zwei Minuten nach zwei das Fotografenteam erschien. Erst als die grausige Szenerie aus allen Blickwinkeln aufgenommen worden war, begann der Doktor mit seiner Untersuchung.

Um zehn Minuten nach zwei Uhr erschien in aller Eile der Pathologe, ein Professor der medizinischen Fakultät, und ging zu dem Polizeiarzt hinüber.

Um zwölf Minuten nach zwei kam eine ganze Gruppe Experten auf einmal – der Spezialist für Fingerabdrücke, der Gerichtsmediziner, verschiedene, in den verschiedensten Ermittlungstechniken erfahrene Kriminalbeamte.

Es war ungefähr Viertel nach zwei, als O'Day in Erscheinung trat, ungefähr wie ein Star, der die Opernbühne betritt, nachdem sich der Vorhang zum ersten Akt gehoben hat.

O'Day blieb an der Tür stehen, um sich den Bericht des Inspektors anzuhören, der bisher das Kommando geführt hatte. Aufmerksam musterte er die drei Zivilisten, die fast vergessen im Wohnzimmer saßen, und nur ein leichtes Aufblitzen der Überraschung erschien auf seinem Gesicht, als er Mike Hilton erkannte.

Die Wohnung war nun so erfüllt mit zweckgerichteter Betriebsamkeit wie der Aufnahmeraum des Fernsehstudios, in dem die Ereignisse der Woche gefilmt werden sollen. Im Schlafzimmer hatte man ein Kunststofftuch ausgebreitet. Sobald die Leiche daraufgelegt worden war, begannen die Fotografen ihre Arbeit aufs neue. Der Pathologe und der Gerichtsmediziner untersuchten die Tote und das Schlafzimmer auf Kontaktspuren, Haare, Fußabdrücke, Blut- und Hautpartikelchen.

Fünf oder sechs andere Kriminalbeamte gingen ruhig ihren diversen Aufgaben nach, indem sie ihre Augen und Nasen gebrauchten und selbst tote Gegenstände hochhoben, um sie zu untersuchen.

Unten an der Straße parkten drei Streifenwagen, vier neutrale Limousinen und ein Unfallwagen. Eine Menge Neugieriger war versammelt, einige von ihnen reckten sich die Hälse nach dem fünften Stock aus. Ein Feuerwehrwagen, der gleichfalls eingetroffen war, hatte wieder umgedreht. Ein paar aufgeregte Bürger hatten die verschiedenen Anzeichen mißverstanden, einen Brand vermutet und die Feuerwehr alarmiert. Der erste Kriminalreporter war auch schon da; er hatte seinen Presseausweis dem wachhabenden Polizeibeamten gezeigt und wartete nun vor der Tür des Apartments auf die ersten amtlichen Ergebnisse.

O'Day nickte dem berichtenden Beamten kurz zu, um anzudeuten, daß er alles, was er wissen wollte, gehört habe, und ging in seiner bedächtigen Haltung ins Wohnzimmer.

»'n Tag, Mr. Hilton, Sie haben also die 999 angerufen?«

»Ja.« Mike war aufgestanden, um mit O'Day in gleicher Höhe zu stehen. Durch beider Hirn spukte der Gedanke, daß dies nun schon das zweite Mal war, daß Mike als erster den Schauplatz eines Verbrechens betreten hatte.

»Ich kam mit Mr. Dubinsky und Mr. Benson hier herauf. Wir versuchten ...«

»Ich werde mir sofort anhören, was Sie zu sagen haben, Mr.

Hilton«, unterbrach ihn O'Day. »Wie ich sehe, waren Sie wieder mitten im Gefecht, Sir.«

Er hatte sich umgedreht, ehe Mike ihm den Grund seiner Verletzung erklären konnte. Der Polizeiarzt wartete in der Tür des Schlafzimmers auf O'Day. Er hatte alles Erforderliche getan. Der Pathologe würde die Autopsie der Leiche am nächsten Tag im gerichtsmedizinischen Institut durchführen. Der Doktor war in Eile, wieder in seine Sprechstunde zurückzukommen.

»Innerhalb der letzten ein oder zwei Stunden«, hörte Mike ihn murmeln, »die Körpertemperatur ist kaum um zwei Grad gefallen. Verschiedene Quetschungen und Abschürfungen an Kopf und Körper, möglicherweise Schädelbruch. Die Todesursache ist Erwürgen.«

O'Day stellte eine Zwischenfrage. »Starke Verfärbung?«

»Nein, es gab keine Ohnmacht. Es war Schock durch Pressen der Halsschlagader. Wie Sie wissen, gibt es in solchem Fall keine Blutstauungen.«

»Sie werden mir den üblichen Bericht zukommen lassen?«

»Ja, natürlich.«

Mit einem Blick auf seine Armbanduhr eilte der Polizeiarzt zur Tür hinaus. Wie ein später Gast, der auf einer Cocktailparty Bekannten zunickt, betrat O'Day das Mordzimmer. Die Tür schlug hinter ihm zu.

Die kleine französische Standuhr auf dem Kaminsims tickte vierzig Minuten lang, bevor O'Day wieder erschien. Er setzte sich in einen bequemen Lehnstuhl den drei Männern gegenüber, fand ein Magazin, das er als Schreibunterlage auf seine Knie plaizerte und zog Notizbuch und Stift heraus.

»So, Mr. Hilton, nachdem Sie den Notruf gegeben haben, wäre es wohl am besten, Ihre Aussage zuerst zu hören.«

Mike wandte sich zu Chris. »Es tut mir leid, Chris, aber ich muß ihm von dem Drachen und dem Foto erzählen.« Chris drehte sich um, sein Mund zitterte, er nagte an seiner Unterlippe, und die Enden seines einst so stolzen Schnurrbartes hingen mitleiderregend nach unten.

O'Day hörte ohne jeden Kommentar Mikes Bericht von der Auffindung des Drachens, von dem nächtlichen Anruf und dem Zwischenfall in Dubinskys Buchladen an.

»Ich verstehe«, sagte er, als Mike geendet hatte. »Und das Foto, wo ist es?«

»Ich habe es aus Chris' Tasche herausziehen können, als wir ihn hier heraufgeschleppt haben.«

»Chris – Sie meinen Benson, glaube ich.«

»Ja, ich sage nur Chris, weil Dubinsky ihn dauernd so nennt.«

»Darf ich's bitte mal sehen?«

Mike griff in seine Tasche und nahm die Fotografie heraus. Er gab sie O'Day und dieser studierte sie einen Augenblick, bevor er sie unter sein Notizbuch legte.

»Nun, Mr. Benson, würden Sie mir erzählen, wie das Foto und der Drachen in Ihren Besitz kamen?«

Chris sprudelte in einem weitschweifigen und rührseligen Bericht alles heraus – wie Ruby ihm den Drachen und das Foto gezeigt habe, und wie sie ihm versprochen habe, daß damit eine Menge Geld aus Mike herauszuholen sei. Er schwor, daß er außer diesen Tatsachen weiter nichts wisse.

»Darf ich bitte Ihre Hände sehen?«

Verblüfft streckte Chris O'Day seine Hände entgegen. O'Day studierte sie sorgfältig, sie waren noch farbbekleckst und nicht allzu sauber.

»Und jetzt die andere Seite bitte. Danke, so geht's schon.« Er wandte sich an Dubinsky.

»Nun, Sir, darf ich Sie um Ihren Namen und um Ihre Anschrift bitten?«

Dubinsky war so eifrig darum bemüht, Auskunft zu geben, daß O'Day ihn bitten mußte, bei der Sache zu bleiben. Letztlich konnte Dubinsky dem, was Mike und Chris bereits ausgesagt hatten, nichts Neues mehr hinzufügen.

»So, Mr. Benson, ich möchte Sie bitten, sehr genau zu überlegen, bevor Sie mir die folgende Frage beantworten.« O'Day hatte seinen Sessel herumgedreht, um Chris genau ins Auge zu fassen. »Wie lange waren Sie allein, bevor Mr. Hilton und Mr. Dubinsky läuteten?«

»Nicht länger als zwanzig Minuten«, murmelte Chris fast unhörbar.

O'Day blickte verärgert auf, als ein uniformierter Beamter zur Tür hereinkam.

»Verzeihen Sie, Sir, eine Mrs. Hilton steht draußen, sie bat darum, ihren Mann zu sehen.«

»Mrs. Hilton?« O'Day zwinkerte mißtrauisch. »Haben Sie sich hier mit Ihrer Frau verabredet?«

»Nachdem ich 999 angerufen hatte, rief ich auch zu Hause an, weil ich dachte, daß meine Frau sich Sorgen machen würde. Ich wußte ja aus Erfahrung, daß ich wohl eine ganze Weile würde hierbleiben müssen. Ich wollte sie lediglich beruhigen.«

»Sagen Sie Mrs. Hilton, sie möchte bitte noch ein wenig warten«, trug O'Day dem Beamten auf. »Bitten Sie sie, in einer der Limousinen zu warten, und lassen Sie niemanden von der Presse an sie heran. Vergewissern Sie sich, daß auf sie geachtet wird.«

»Sehr wohl, Sir.«

»Sie sagten, sie nannte ihn Biff«, fuhr O'Day fort, indem er sich wieder Chris zuwandte. »Sind Sie sicher, daß der Name richtig ist?«

»Ja, so nannte sie ihn, aber es war nur ein Kosename. Alles, was ich weiß, ist, daß ihn sonst keiner benutzte.«

»Sprach sie oft von dem Jungen?«

»Nein, bevor sie mir das Foto zeigte, habe ich sie diesen Namen nie nennen hören. Das war am vergangenen Sonnabend.«

»Wenn sie von ihm sprach, tat sie das in einem – äh – liebevollen Ton?«

»Das könnte ich nicht sagen.«

»Aber Sie hatten den Eindruck, daß sie den Jungen persönlich kannte?«

»Ja, den Eindruck hatte ich.«

Mike schaute an O'Day vorbei auf den Neuankömmling, der von einem Beamten zur Tür hereingeführt wurde. Er war sich absolut sicher, daß es der gleiche Mann war, der an der Bar saß, als er Ruby Stevenson und Chris zusammen im ›Four Poster‹ gesehen hatte. Mit einem schnellen Blick auf Mike ging der Mann direkt auf O'Day zu.

»Ah, Bellamy«, begrüßte ihn der Chefinspektor, »da sind Sie ja endlich. Wir haben Sie schon erwartet. Sie wollten die Leiche sehen? Ich glaube, sie war ein Mitglied – Ihrer – äh – Herde. Ich nehme an, der Pathologe ist bereits im Begriff, sie in die Anatomie überführen zu lassen.«

»Entschuldigen Sie, ich konnte es nicht eher schaffen. Ich wurde in Camden Town aufgehalten.«

Bellamy war O'Days Kopfbewegung in Richtung des Mordzimmers gefolgt. Ein paar Minuten zuvor hatte Mike gesehen, wie zwei Polizeibeamte einen flachen provisorischen Metallsarg hineingetragen hatten, in dem die Leiche zum gerichtsmedizinischen Institut befördert werden sollte. Als die Tür sich öffnete, mußte er wie unter einem Zwang einen kurzen Blick in das Zimmer werfen. Auf dem Boden lag ein formloser Gegenstand, säuberlich in ein Plastiktuch eingehüllt. Chris hatte es auch gesehen. Ein Schluchzen drang aus seiner Kehle, als die Tür sich wieder schloß.

»Herr Kommissar«, sagte Mike, »würden Sie es als aufdringlich ansehen, wenn ich Ihnen sage, was ich von der ganzen Geschichte halte?«

»Nein, Mr. Hilton, was ist Ihre Meinung?« Das Gesicht des Chefinspektors drückte höfliches Interesse aus.

»Wir unterhielten uns über die Angelegenheit, bevor wir entdeckt hatten, daß Ruby Stevenson tot im anstoßenden Raum lag.« Mike hatte sich eifrig vorgebeugt, die Stirn in Konzentration gekraust. »Es sieht doch fast so aus, als ob der Vater dieses Jungen Selby Brooks Mörder ist. Als er erfuhr, daß ich seinen Sohn getroffen hatte, war es zwingende Notwendigkeit für ihn, den Jungen verschwinden zu lassen. Als er dann entdeckte, daß Ruby sich ein Foto von Biff beschafft hatte, ist er wahrscheinlich hierhergefahren, um es sich wieder zu holen. Sie kam herein, überraschte ihn bei der Suche nach dem Bild, und er brachte sie um.«

»Eine interessante Theorie, Mr. Hilton.«

»Aber Sie stimmen mir nicht zu?«

»Wenn der Grund der Nachforschungen das Foto war, warum wurden sie dann aufs Schlafzimmer beschränkt? Wenn Ihre Theorie zuträfe, hätten wir in der ganzen Wohnung die gleiche Unordnung vorgefunden.«

»Glauben Sie, daß es ein anderes Motiv gab?«

»Es hätte reine Mordlust sein können oder Mord aus Rache. Sämtliche Anzeichen sprechen dafür, daß der Mörder in seinem Drang zu morden jede Kontrolle über sich verlor.«

»Glauben Sie, daß es derselbe Mann war, der Selby Brooks und das andere Mädchen tötete – wie hieß sie doch noch?«

»Della Morris. Ja, ich bin überzeugt, daß dies die Handschrift von ›Mr. King‹ ist.«

Mike wies auf das Foto des Jungen, das O'Day unter sein Notizbuch gelegt hatte.

»Jetzt besteht doch einige Aussicht, ihn aufzufinden. Alles was man zu tun hätte, wäre, das Foto zu veröffentlichen.«

»Es gibt einen guten Grund, das nicht zu tun, Mr. Hilton.«

»Oh – und der wäre?«

»Wir haben an die persönliche Sicherheit des Jungen zu denken. Wenn ein Mörder ihn beseitigen will, um seinen eigenen Hals zu retten, befindet sich das Kind in Gefahr.«

»Ich verstehe«, sagte Mike nachdenklich. Er sah sich um, als einer der Polizeibeamten aus dem Schlafzimmer eilte.

»Hier gibt's was Interessantes, Sir«, sagte er leise zu O'Day. »Wir fanden in ihrem Regenmantel einen Kassenzettel aus einem Geschäft in Aylesbury mit dem Datum vom 22.«

O'Day nahm den Zettel mit oberflächlichem Kopfnicken in Empfang und legte ihn sorgfältig unter sein Notizbuch zu der Fotografie.

»Und wir fanden ein Adreßbuch in ihrer Handtasche in der Küche.«

»Gut«, meinte O'Day, »das möchte ich dann auch haben.«

Er nahm ein schmales, ledergebundenes Notizbuch und bedeutete dem Beamten, daß er gehen könne. Er blätterte die Seiten durch und übergab es Mike.

»Hier gibt es eine Menge Namen. Ich hätte gerne, daß Sie sie sorgfältig durchlesen und mir sagen, ob einige der genannten Personen auf der Party waren, von der Sie uns erzählt haben.«

»Auf der Party?« entgegnete Mike verblüfft.

»Möglicherweise war der Mörder gleichfalls auf der Party. Er konnte sich dort die Zeitung geschnappt haben, mit der Sie Ihren kleinen Trick vorführten.«

O'Day sah fragend auf einen anderen Polizeibeamten, der vorher nicht mit den anderen gekommen und auch nicht erwartet worden war. Er hielt ein geöffnetes Notizbuch in der Hand.

»Was haben Sie da, Baker?«

»Ich habe eine Liste aller unbekannten Personen aufgestellt, die nach halb eins gesehen wurden, wie sie das Gebäude verließen, Sir. Im übrigen war mein bester Informant ein kleines Mädchen, das ich beim Ballspiel im Hof gefunden habe. Intelligentes Kind, das seine Augen zu gebrauchen weiß.«

O'Day nahm die Liste und überflog sie. Sein Blick streifte

Dubinsky und Chris, als ob er feststellen wollte, inwieweit die Beschreibung zutraf.

»Dieser lange Kerl mit der Brille scheint gegangen zu sein, kurz bevor die Herren hier kamen. Ich nehme an, daß das Mädchen nicht sah, ob er in einem Wagen wegfuhr.«

»Doch, Sir, sie glaubt, daß er im Wagen weggefahren ist.«

»Die Nummer hat sie natürlich nicht behalten.«

»Nein, aber sie sagte, es habe einen furchtbaren Krach gemacht, als er wegfuhr.«

O'Day wandte sich wieder an Chris. »Sie haben auf der Treppe oder im Lift niemanden gesehen, auf den diese Beschreibung passen könnte: sehr groß, schon älter, mit Glencheckanzug und Brille?«

»Nein, ich habe niemanden getroffen.«

O'Day raffte sich aus seinem Sessel auf. »Also schön, meine Herren, ich muß mit dem Leichentransport zum gerichtsmedizinischen Institut. Ich hätte gern, daß Sie später Ihre Aussage zu Protokoll geben. Der Sergeant hier wird Sie zum Hauptbüro der Kriminalpolizei bringen.«

»Herr Kommissar.« Mike hatte sich gleichfalls erhoben und befand sich neben O'Day, als dieser im Begriff war, die Tür zum Schlafzimmer zu öffnen. »Da ist noch etwas, was ich Sie fragen möchte.«

»Ja, und das wäre?« O'Day, der den Türgriff schon in der Hand hielt, hatte sich umgewandt.

Mike sah auf Dubinsky und Chris. »Können wir vielleicht allein miteinander sprechen?«

O'Day zögerte und wies dann in Richtung der kleinen Küche. »Lassen Sie uns hier hereingehen.«

Als die Tür sich hinter ihnen geschlossen hatte, sah er Mike an. »Nun, Mr. Hilton?«

»Sie erinnern sich an das Verhör in Belford, als Sie mir sagten, daß Selby Brooks eine – eine – Erpresserin gewesen sei.«

»Ich glaube mich zu erinnern, daß ich Ihnen sagte, daß sie einen üblen Charakter gehabt habe.«

»Ja, ich habe damals überlegt, ob Sie sich da auch nicht irrten.«

»Ich habe Ihnen die Wahrheit gesagt, Mr. Hilton«, sagte O'Day mit einem kleinen Kopfnicken. »Ich habe das nicht nur des Effektes wegen gesagt oder um eine Schocktaktik anzuwenden, wenn Sie das meinen. Sie war eine professionelle Erpresserin. Und es ist meine Vermutung, daß sie auch deshalb ermordet wurde.«

»Ja, aber alles was ich sagen kann, ist, daß sie mich nicht erpreßt hat«, erwiderte Mike fast aggressiv.

»Nein?« In O'Days Frage schwang nicht die geringste Ironie. »Nun ja, vielleicht wollte sie das auch gar nicht. Vielleicht war sie in Sie verliebt, Mr. Hilton. Auch solche Leute verlieben sich mal.«

»Aber im Grunde genommen denken Sie das nicht, oder?«

Hinter der Tür hörte Mike einen dumpfen Laut und den Schritt schwerer Füße. Wahrscheinlich trugen sie eben den Metallsarg hinaus.

»Nein, das ist es nicht, was ich glaube. Ich nehme an, sie war im Beginn ihrer Vorbereitungen. Sie wußte, daß Sie wohlhabend sind, und wahrscheinlich hätte sie zum guten Schluß behauptet, sie sei schwanger. Dann hätte sie angefangen, Sie zu erpressen. Das ist das übliche, Mr. Hilton.«

»Ich kann es einfach noch nicht glauben.« Mike schüttelte den Kopf.

»Natürlich könnte ich mich irren, ich könnte mich irren ...«

»Glauben Sie, sie hat herausgefunden, wer Mr. King war, und versucht, ihn deswegen zu erpressen?«

»Das ist eine Möglichkeit, die ich noch nicht in Erwägung gezogen habe. Wir wissen, daß sie von irgendwoher eine Summe von zweitausend Pfund bekommen hatte; sie bezahlte das

Hausboot damit. Selbst Call-Girls kommen an eine solche Summe nicht über Nacht.«

O'Day hatte es offensichtlich eilig zu gehen. Der Ton dumpfer Schritte hatte sich entfernt, und die kleine Wohnung leerte sich von dem Heer von Kriminalbeamten, die sie bevölkert hatten. Der Chefinspektor betrachtete Mike nicht unfreundlich. Aber da war noch eine wichtige Tatsache, die ihn davon zurückhielt, den jungen Mann völlig vom Verdacht freizusprechen. Weitere Untersuchungen hatten ergeben, daß das Blut, das unter den Fingernägeln der Leiche gefunden wurde, den gleichen Rhesusfaktor hatte wie Mikes Blut. Außerdem war es O'Day in seiner Praxis noch niemals vorgekommen, daß eine Frau mit dem kriminellen Hintergrund wie Selby Brooks sich von einem Mann leidenschaftlich angezogen fühlte, ohne die Absicht, ihn zu erpressen.

Er sagte: »Ich wäre dankbar, wenn Sie sorgfältig die Anschriften in dem Notizbuch durchsehen würden, Mr. Hilton. Damit können Sie mir am besten weiterhelfen.«

*

»Ich bin fast gerührt, daß O'Day mir hiermit soviel Vertrauen entgegenbringt«, sagte Mike und tippte auf den Umschlag von Ruby Stevensons Notizbuch. »Wenn ich irgendeinen Verdacht gegen mich selbst dabei fände, könnte ich das doch vertuschen.«

»Ich bin sicher, daß er es fotokopieren ließ oder sonst eine Kopie des gesamten Inhalts hat«, antwortete Ruth.

Sie rührten in ihrem Kaffee, nachdem sie in einem Restaurant am westlichen Ende der King's Road zu Abend gegessen hatten. Es war fast sieben Uhr gewesen, als Mike, Dubinsky und Chris aus den Klauen des Chefinspektors entlassen worden waren. Halb hatte Mike schon erwartet, daß Chris festgenommen werden würde. Schließlich war er fast eine halbe

Stunde mit der Toten in der Wohnung allein gewesen, nach allem die einzige Person, die eine Möglichkeit hatte, den Mord zu dieser Zeit zu begehen.

»Wenigstens kann O'Day dich nicht dieses Mordes verdächtigen«, meinte Ruth. »Du kannst nachweisen, daß du mit Dubinsky zusammen warst, während es passierte – beziehungsweise, daß du bewußtlos in seinem Laden lagst. Wie geht es übrigens deinem Kopf jetzt, ein bißchen besser nach dem Essen?«

»Ja, der Wein hat mir auch gut getan. Ich kann sagen, während des Essens ist der Kopfschmerz ganz vergangen. Hast du dir Sorgen um mich gemacht, Ruth?«

»Fürchterlich, ich war mir gleich sicher, daß du in eine Falle geraten warst. Ich konnte einfach nicht anders, als dich an Ort und Stelle aufzusuchen.«

»Wirklich, du hättest nicht zu kommen brauchen, aber ich bin trotzdem froh, daß du da warst. Wie behandelte dich die Polizei?«

»Sie waren ziemlich strikt, als sie mich nicht zu dir einließen, aber andererseits sehr rücksichtsvoll. Ich wurde von einem gräßlichen kleinen Reporter bedrängt, aber die Beamten haben kurzen Prozeß mit ihm gemacht.«

»Ich wünschte, ich bräuchte nicht das Gefühl zu haben, daß O'Day immer noch einen leichten Verdacht gegen mich hat.« Mike tat noch ein Stück Zucker in seinen Kaffee. »Wenn wir bloß diesen Jungen finden würden, dann hätte ich freie Fahrt. Aber O'Day lehnte es ab, das Foto zu veröffentlichen.«

»Kann das Notizbuch uns nicht weiterhelfen?«

Mike überflog die Seiten des Büchleins und las die Namensliste durch. »O'Day scheint sich ziemlich sicher zu sein, daß der Mörder auf der Party im ›Four Poster‹ war. Seltsam zu denken, daß es möglicherweise jemand ist, den ich vom Ansehen kenne. Vera, Ingrid, Sel . . ., sie sind alle in diesem Buch, sogar Della Morris – Chatsworth!« Mike sah auf und zögerte.

»Chatsworth, er war einer von Rubys Kunden. Verdammt – laß mal sehen, ob Barry auch dabei ist . . .«

Mike fuhr mit dem Zeigefinger das alphabetische Register entlang bis zu ›F‹.

»Freeman. B. I. Freeman – hier ist er tatsächlich. Das dachte ich mir fast.«

Ruth drückte die Zigarette, die sie halb aufgeraucht hatte, in dem nebenstehenden Aschenbecher aus. »B. I. Freeman.« Ihre Stimme war leise, fast flüsterte sie. Mike sah sie verblüfft an.

Ruth sagte: »Mike, ich glaube, ich komme da auf etwas! Haben Jungen nicht öfters die Initialen ihres Vaters, zumindest sehr oft die gleichen Vornamen?« Mike nickte, wußte aber noch nicht, worauf sie hinauswollte.

Ruth fuhr fort. »Wenn Barry Freeman einen Sohn hat, dann könnten seine Anfangsbuchstaben sehr wohl die gleichen wie die seines Vaters sein. B. I. – B. I. Freeman – und auf diese Weise wäre Biff ein ganz natürlicher Kosename.«

Mike legte das Notizbuch vor sich auf den Tisch. Er machte keinen Versuch, seine Erregung zu verbergen.

»Mein Gott – Ruth, da bist du wirklich auf eine Spur gekommen. Die Beschreibung des Mannes, der kurz bevor wir kamen das Haus verließ, war die eines großen Mannes mit Glencheckanzug und Brille. Vielleicht erschien er dem kleinen Mädchen älter, als er wirklich ist. Und wenn der Wagen, in dem er davonfuhr, so besonders laut war, könnte es sehr gut der MG sein, den er letzte Woche von Chatsworth gekauft hat.«

»Wie ist seine Anschrift?« Mike nahm das Notizbuch auf und hielt es dicht unter die Tischlampe.

»Das ist ja merkwürdig. Ich dachte, er lebt in London. Hier steht Longacre Farm, Aston Clinton.«

»Wo ist Aston Clinton?«

»Ein paar Meilen von Aylesbury entfernt.«

»Was ist, Mike?«

»Aylesbury – Ruby Stevenson war in Aylesbury an dem Tag, an dem Sel ermordet wurde.« Mike sah Ruth an. »Dies könnte ein wichtiges Zusammentreffen verschiedener Umstände sein. Komm, trink aus. Ich will den Inspektor anrufen.«

»Du meinst den Chefinspektor?«

Mike schüttelte den Kopf. »Nicht um alles in der Welt. Ich werde den alten Craddock darauf hetzen.«

II

Mit geradezu tugendhaft eingehaltener Höchstgeschwindigkeit von fünfzig Meilen die Stunde fuhr Mike etwa hundert Meter hinter Craddocks schwarzem Jaguar her. Die Dunkelheit war schon hereingebrochen, als sie London verließen. Er fuhr mit abgeblendeten Lichtern. Jedesmal, wenn an dem Zwei-Wagen-Konvoi der entgegenkommende Verkehr vorbeifuhr, konnte er die beiden Polizeibeamten sehen, die sich gegen das Rückfenster abhoben.

Craddock, froh über die günstige Gelegenheit, Mike helfen zu können, hatte sofort zugestimmt, ihn zu empfangen, und ihm aufmerksam zugehört. Aber er hatte es glatt abgelehnt, irgendwelche Schritte zu unternehmen, ohne zuvor O'Day verständigt zu haben. Ruth und Mike hatten dagesessen und ihre Ungeduld zügeln müssen, während der Polizeibeamte an der Vermittlung kreuz und quer telefonierte – Scotland Yard und verschiedene Polizeistationen anrief, um O'Day zu finden.

Schließlich hatte er ihn im ›Four Poster‹ aufstöbern können, wo er mit Sergeant Bellamy saß und sich einen Schoppen genehmigte. Mike wußte nicht, ob er das amüsant oder abstoßend finden sollte.

Während er der einseitigen Unterhaltung zuhörte, konnte er feststellen, daß O'Day Mikes Theorie mit großer Skepsis aufzunehmen schien und sich auch nicht sehr bereitwillig zeigte, so weit aus London herauszufahren, wo er sich doch gerade in die neue Mordaffäre festgebissen hatte.

Mike war Craddock für seine Beharrlichkeit dankbar. Craddock machte O'Day verständlich, daß er willens sei, dieser heißen Spur zu folgen. Genaugenommen wäre das ja außerhalb des Bereichs, für den O'Day zuständig sei, aber er hätte O'Day aus Gründen der Höflichkeit verständigen wollen. Schließlich hatte O'Day eingewilligt, sie bei der Gerrardskreuzung zu treffen, vor dem Gasthof ›Zum Bullen‹. Er hatte seinen schwarzen Ford dort stehen lassen und war mit einem schwer zu deutenden Blick auf den Mercedes zu Craddock in den Wagen gestiegen.

Jetzt, da sie sich der Neubaugegend von Wendover näherten, hielt sich Mike ein bißchen dichter an die Rücklichter des Jaguar.

Craddock stoppte vor der Polizeiwache. O'Days wuchtige Gestalt schob sich aus dem Wagen und eilte nach drinnen.

»Ich nehme an, er versucht, die genaue Anschrift herauszufinden«, erklärte Mike seiner Frau. Er streckte die Arme und verschränkte sie hinter seinem Nacken. Sie faßte in seine Jackentasche nach den Zigaretten, nahm sich eine aus dem Päckchen heraus und zündete sie an.

»Es kann nicht mehr lange dauern, Liebling. Ich habe das Gefühl, daß wir jetzt bald am Ende des Weges angelangt sind.«

»Das Ende eines Weges«, sagte Mike, »und gleichzeitig der Anfang eines anderen.«

Er sah sich nach ihr um, fast schüchtern.

»Du bist zu Tode erschöpft«, sagte sie und steckte ihm die Zigarette zwischen die Lippen. »Versuch dich ein bißchen zu entspannen, Liebling.«

Innerhalb einer Minute war O'Day wieder draußen. Als der Jaguar anfuhr, konnten sie sehen, wie der Chefinspektor Craddock den Weg erklärte. Craddock bog in eine Nebenstraße, die aus Wendover herausführte, und bald fuhren sie durch eine hügelige, bewaldete Landschaft. An einer Straßenabzweigung war ein Straßenschild, das nach Stainwick wies. Craddock machte wedelnde Handbewegungen mit der Rechten und hielt den Wagen an. Mike stellte seinen Wagen daneben, als Craddock eben ausstieg und zu dem Mercedes herüberkam.

»Es wird das beste sein, Sie warten hier auf uns, Mr. Hilton. Longacre ist ungefähr eine halbe Meile von hier entfernt. Der Chefinspektor wird nicht lange ausbleiben.«

Mike nickte. Er hätte am liebsten geantwortet: ›Das ist genau das, was ich befürchtet habe‹, aber er hielt den Mund. Wenn es nach ihm gegangen wäre, hätte man einen Polizeikordon rings um das Anwesen gestellt, bevor es irgend ein Mensch betreten hätte.

Die Sonne war erst vor einer Stunde untergegangen, und schon schwebte ein fast voller Mond im klaren Abendhimmel. Alle Farben waren von der Landschaft gewichen, aber Formen und Umrisse waren so deutlich zu erkennen wie auf einem Schwarzweißfilm. Es schien erstaunlich, daß sie sich, nur fünf Minuten Fahrt von der Hauptstraße entfernt, in einem so offensichtlich verlassenen Teil des offenen Landes befanden.

Der rechte Richtungsanzeiger des Jaguars blinkte auf, als Inspektor Craddock heftig einkuppelte. Der Polizeiwagen bog in eine enge, aber übersichtliche Nebenstraße ein. Mike hatte seinen Motor noch nicht abgestellt. Er machte jetzt die Lichter aus, schaltete in den ersten Gang und fuhr hinter dem Jaguar her. Ungefähr eine halbe Meile folgte er ihm wie ein Schatten, bis der Jaguar vor einem imposanten, aber baufälligen Tor hielt. Die Scheinwerfer kreisten, bis sie ein rotbeschriftetes Schild im Lichtstrahl festhielten. ›Longacre Meierhof. Schwere Fahrzeuge bitte den anderen Eingang benutzen.‹ Der Jaguar fuhr ein. Eine halbe Minute später tat Mike das gleiche.

Der Weg führte zuerst zwischen ein paar freien Feldern hindurch. Früher waren sie wohl Ackerland gewesen, jetzt bildeten sie einen Friedhof, die letzte Ruhestätte für hunderte von verlassenen Autowracks. Da lagen sie in einsamen Reihen, das Mondlicht konnte kaum ein schwaches Glimmern aus ihren rostigen Chromleisten hervorlocken. Schrecklich zerstörte Autoüberbleibsel weckten Vorstellungen von Frontalzusammenstößen und eingeklemmten Körpern, von Wagen, die in den Abgrund stürzen oder langsam auf den Grund eines Hafenbeckens sinken, während die eingeschlossenen Insassen sich an die Fenster krallen. In einer Ecke wurden die dürren Umrisse eines Krans undeutlich sichtbar. Drumherum waren die Autowracks meterhoch gestapelt. In der Nähe hockte eine Metallpresse wie ein vollgefressenes Monstrum, das Metallfutter verschlingt.

Ruth schauderte. »Was für ein deprimierender Ort. Wie kann jemand es über sich bringen, der Landschaft das anzutun.«

Mike fuhr ganz langsam. Vor ihm stand eine Doppelreihe hoher, anmutiger Koniferen. Ihre regelmäßig gewachsenen Stämme sahen aus wie die Säulen einer Kathedrale und bildeten beiderseits des Weges einen schmalen Gang, der zu dem etwa fünfzig Meter entfernten Haus führte.

Er hielt an, öffnete die Tür und glitt vom Fahrersitz.

»Du bleibst hier. Fahr den Wagen bitte hinter die Hecke, damit O'Day und Craddock dich nicht sehen, wenn sie wieder herausfahren.«

»Mike!« Ruth versuchte einen letzten Appell. »Mußt du denn unbedingt allein da reingehen? Ich finde es gräßlich, es macht mir Angst.«

»Wir müssen die Sache hier übernehmen. O'Day glaubt wohl, es handelt sich um nichts weiter als um eine Jagd auf Wildgänse. Mit dieser Methode wird er den Jungen niemals finden. Er wird höchstens Freeman aufscheuchen.«

»Bitte versprich mir, vorsichtig zu sein. Ich könnte es nicht ertragen, wenn dir etwas zustieße.«

Er blieb stehen und küßte sie leicht auf die Wange. »Keine Sorge, Püppchen, es wird schon nichts passieren.«

Sie sah ihm nach, als er unter den herabhängenden Zweigen der Nadelbäume, die wie Schildwachen standen, durch das üppige Gras die Auffahrt hinaufging.

Craddock und O'Day hatten sich ohne besondere Umstände dem Hause genähert und den Jaguar einfach vor der Tür des ehemaligen Meierhofes geparkt. Sorgfältig im Halbkreis aufgereiht standen auf dem breiten Vorplatz des Hauses viele auf Hochglanz polierte Fahrzeuge. Sie waren der Stolz von Freemans Sammlung und harrten der Überprüfung der Autohändler, mit denen er Geschäfte zu machen pflegte.

Das Haus selbst war ein festes Steingebäude, dessen Einheitlichkeit einigermaßen gelitten hatte, als der letzte Besitzer den dritten Stock direkt unters Dach setzte und dabei die unschönen Bodenfenster hineingebaut hatte, die jetzt mit Jalousien geschlossen waren. Zwar blühten seltene Bäume im Parkgelände, welches das Haus umgab, aber der Park selbst war ungepflegt und verrottet, das Gras, das einmal vielleicht ein Rasen war, wuchs mehr als einen halben Meter hoch.

»Ein Jammer, daß das Grundstück so verwahrlost ist«, bemerkte Craddock, als sie draußen vor der Tür standen und darauf warteten, daß jemand sie einließ. »Ein Plätzchen wie dieses zu haben – das war schon immer mein Traum.«

»Nicht geschenkt – das Gras möchte ich nicht in Angriff nehmen müssen!«

Craddock drehte sich um und hatte schon die Hand an dem schweren Türklopfer, als das Außenlicht oberhalb der Tür von innen angemacht wurde und Schritte durch die Halle kamen. Ein Riegel wurde zurückgeschoben, ein Schloß rasselte, und die Tür öffnete sich. Die Augen der beiden Kriminalbeamten nahmen blitzschnell den Mann wahr, der in der Türöffnung stand: Brillenträger, hochgewachsen, in kariertem Anzug.

»Mr. Freeman«, erkundigte sich Craddock.

»Ja?«

»Wir sind Kriminalbeamte, Sir, wir hoffen, Sie können uns bei einigen Ermittlungen helfen, die wir durchzuführen haben.«

»Polizei?« Freemans Gesicht drückte Anteilnahme aus. »Aber bitte – äh – vielleicht kommen Sie besser herein.«

»Vielen Dank, Sir.« Der Mann war ohne Zweifel nervös. Craddock und O'Day tauschten einen schnellen Blick aus, als sie über die Schwelle traten. Freeman führte sie in einen Raum im hinteren Teil des Hauses. Es war gut möbliert – mit schweren Möbeln im Viktorianischen Stil –, sah tadellos aufgeräumt aus und roch ein wenig unbewohnt.

Einigermaßen nervös forderte Freeman seine Gäste auf, Platz zu nehmen, während er selbst abwartend stehenblieb, wie jemand, der sich ausgestoßen fühlt.

Mit erwachtem Mißtrauen entschied sich O'Day, den Vorteil auszunutzen, der sich ihm bot.

»Nun, Sir, wir führen Ermittlungen durch, die den Mord an einer Miss Ruby Stevenson betreffen. Wir hätten gern, daß Sie uns mitteilen –«

»Mord?« unterbrach ihn Freeman. »Sagten Sie, Sie ermitteln in einer Mordsache?«

»Ja, Sir«, bestätigte O'Day sehr bestimmt, »Mord!«

»Na, Gott sei Dank«, Freeman zeigte deutliche Erleichterung. »Einen abscheulichen Moment lang habe ich geglaubt – sehen Sie, in meinem Geschäft kaufe ich eine riesige Anzahl von Gebrauchtwagen, und ich kann nicht immer nachprüfen, was für eine Vergangenheit sie haben. Es ist ein dauernder Alpdruck für mich, daß irgendwann mal jemand einen gestohlenen Wagen auf mich ablädt und ich für den Ankauf verantwortlich gemacht werde.«

Es geschah nicht oft, daß Craddock O'Day sein Gleichgewicht verlieren sah, aber jetzt konnte er sehen, daß der Chefinspektor aus der Fassung geriet.

»Sehr interessant, Sir, aber gestatten Sie mir fortzufahren. Kennen Sie jemanden mit Namen Ruby Stevenson?«

»Ruby Stevenson ...« Freeman furchte die Stirn und spitzte nachdenklich die Lippen. »Ich glaube, ich kann mich schwach erinnern, den Namen schon einmal gehört zu haben. Sollte ich sie persönlich kennen?«

»Das ist es, was wir von Ihnen wissen wollen.« O'Day entfaltete die Abendzeitung, die er mitgebracht hatte. Der Mordbericht stand auf der Titelseite, zusammen mit einem Foto von Ruby Stevenson. Er gab Freeman die Zeitung. »Kommt Ihnen dieses Gesicht bekannt vor?«

Freeman nahm das Foto und schaute auf die Überschrift. »Das ist ja furchtbar. Gab es da nicht schon mal einen ähnlichen Fall, vor gar nicht allzu langer Zeit?«

»Kennen Sie sie?« wiederholte O'Day hartnäckig.

»Nein, ich denke nicht.«

»Sind Sie jemals in den Stratford Mansions gewesen?«

»Stratford Mansions, wo liegen die?«

»Genau die Cromwell Road hinunter, gegenüber von Earl's Court.«

»Nein«, Freeman schüttelte den Kopf, »ganz sicher nicht!«

O'Day entschloß sich, die Bombe platzen zu lassen: »Können Sie dann erklären, Mr. Freeman, wie Ihr Name in Mrs. Stevensons Notizbuch geraten ist?«

»Mein Name war in ihrem Notizbuch?« Freemans leicht fliehendes Kinn klappte nach unten. O'Day wünschte, daß seine Brillengläser seine Augen nicht so wirksam verbergen würden.

»Dafür gibt es nur eine Erklärung. War sie vielleicht zufällig ein Call-Girl?«

»Ja, das war sie.«

»Dann ist es schnell erklärt, denke ich.« Wieder einmal trug Freeman Erleichterung zur Schau. »Es ist nur zu wahr, ich bin bekannt dafür, eine kleine Neigung in dieser Richtung zu haben.« Er kicherte kurz. »Diese Mädchen tauschen Namen und Anschriften aus, wie Sie wissen. Manchmal entspricht eine von ihnen mehr den speziellen Wünschen eines Kunden als die andere. Ich wette, mein Name war nicht der einzige in dem Notizbuch.« Er machte eine kleine Pause, bevor er schalkhaft hinzufügte: »Oder etwa doch?«

O'Day fühlte sich unbehaglich. Er erinnerte sich, daß in Ruby Stevensons Notizbuch eine Menge Namen gestanden hatte, die der Öffentlichkeit wohl bekannt sein dürften.

»Ich glaube wirklich, daß uns allen jetzt ein Drink guttäte«, schlug Freeman vor. »Mir jedenfalls!« Er ging zu einem frühviktorianischen Wäscheschrank mit Doppeltür, der in eine Hausbar umgebaut worden war.

»Was darf es sein – äh – ich glaube, ich weiß nicht einmal Ihre Namen.«

O'Day und Craddock erhoben sich und trabten über den Teppich wie kampfbereite Stiere über eine Wiese.

»Für mich bitte Whisky und Soda. O'Day ist mein Name, Chefinspektor O'Day, und dies ist Inspektor Craddock.«

»Ich würde Bier vorziehen, wenn Sie welches dahaben«, sagte Craddock.

Die Fenster an der Vorderfront des Hauses boten wenig Chancen. Mike lief gebückt seitlich am Haus entlang, so daß er von den Zweigen der üppig wuchernden Sträucher verdeckt blieb. Der Hof hinter dem Haus machte einen etwas ›belebteren‹ Eindruck. Übervolle Mülleimer standen vor der Tür des Rückgebäudes herum, dahinter ein Karton voll leerer Flaschen. Vor der Mauer parkte der MG, in dem Chatsworth ihn noch zu Beginn der Woche mit in die Stadt genommen hatte.

Die Hintertür war verschlossen. Aber etwas weiter ab fand er das Fenster eines Waschraums, das einen schmalen Spalt offenstand. Es gelang ihm, den Riegel von außen anzuheben und den inneren Griff zu fassen. Die Fensteröffnung war gerade so groß, daß er sich mit knapper Not hindurchzwängen konnte. Er fühlte nach der Taschenlampe in seinem Jackett und knipste sie an. Der kleine Flur vor dem Waschraum führte an den üblichen Räumlichkeiten vorbei zur Küche. Schmutziges Geschirr und Kochgeräte standen in wirrem Haufen darin herum. Es sah so aus, als wäre eine ganze Reihe opulenter Teepartys veranstaltet worden und niemand hätte bisher die Zeit zum Abspülen gefunden.

Er fand den Weg zu der Tür, die in den Wohnteil des Hauses führte. Glücklicherweise bestand der Fußboden hier aus Fliesen, so daß keine knarrenden Dielen Mikes Anwesenheit verraten konnten. Das Licht über der Eingangstür am anderen Ende der großen Diele brannte noch. Zur Linken war die Tür nur angelehnt. Als Mike näher kam, sah er in eine ganze Zimmerflucht.

O'Day und Craddock schienen famos mit Freeman zurechtzukommen. Alle drei hielten ihre Gläser in der Hand, und die Unterhaltung hatte sich allgemeinen Themen zugewandt.

»Ich möchte Sie bloß noch eines fragen.« O'Day stellte sein Glas auf ein Seitentischchen und faßte in die Brusttasche nach dem Umschlag mit der Aufnahme von Biff. »Haben Sie Kinder, Mr. Freeman?«

»Nur eins. Einen Jungen.«

»Lebt er hier bei Ihnen?«

»Ja, ich habe das Sorgerecht, aber er ist im Augenblick nicht bei mir. Er ist letzte Woche fortgefahren, um wie stets einmal im Jahr seine Mutter zu besuchen.«

»Und wo ist sie?«

»Sie wohnt in Rom.« Freeman ließ deutlich erkennen, daß

er eine weitere Diskussion über dieses Thema nicht wünsche. »Rom paßt auch besser zu – äh – zu ihrem Temperament!«

»Haben Sie zufälligerweise eine Fotografie des Jungen?«

»Ein Foto von Brian? Ich fürchte, nein. Ich bin kein sentimentaler Vater.«

»Ist dies Ihr Sohn?«

Freeman nahm die Fotografie, warf einen flüchtigen Blick darauf und lachte.

»Armer Kerl. Er ist keine Schönheit, finden Sie nicht auch? Nein, Brian braucht keine Zahnklammer und trägt keine Brille. Also auch wenn ich es sage – er ist ein wirklich hübscher Bengel. Aber können Sie mir nun bitte erklären, was das alles bedeuten soll?«

»Nur Routinefragen, Sir.« O'Day warf Craddock einen bedeutsamen Blick zu. Es sah so aus, als ob er zum Aufbruch mahnen wollte. »Vielen Dank für Ihre Hilfe, Sir, vom Drink ganz abgesehen.«

»Es tut mir leid, daß ich eine Enttäuschung für Sie war«, sagte Freeman überaus liebenswürdig, »lassen Sie mich wenigstens Ihre Gläser nochmals nachfüllen.«

Mike entfernte sich von der Tür. Die Treppe nach oben lag mehr zur Mitte der Diele. Sie knarrte ein wenig unter seinem Gewicht, aber das beunruhigte ihn nicht; der Zustand der Küche hatte ihn davon überzeugt, daß keine Frau im Hause sein konnte. Das Haus machte den Eindruck, als ob sein Besitzer es mit allen Möbeln gekauft habe. Die Teppiche und Bilder wiesen eine gewisse Übereinstimmung auf. Das ließ auf einen besseren Lebensstil längst vergangener Tage schließen. Am Ende des ersten Treppenabsatzes führte eine Stiege, die weniger massiv gebaut war als die Haupttreppe, ins Dachgeschoß. Am anderen Ende schienen die Räume zu liegen, die von Freeman bewohnt wurden. Man konnte den Schimmer einer kleinen Lampe sehen.

Stimmen drangen aus dem Erdgeschoß, als er schnell in den Raum hinüberschlich, in dem das Licht brannte. Die Zimmerflucht bestand aus einem Vorraum, einem roten Schlafzimmer, einem Bad und einem kleinen Raum, das wohl früher einmal ein Ankleidezimmer gewesen sein mußte. Das Schlafzimmer war anscheinend Freemans Höhle. Es befand sich in einem Zustand wildester Unordnung. In der Fensternische stand ein Schreibpult, auf dem alle möglichen Papiere, Briefe und Rechnungen auf einem Haufen lagen, als seien sie eben aus dem Papierkorb geschüttet worden. Schuhe und Anzüge hatte der Hausherr wahllos auf den Boden geworfen. Eine Whiskyflasche und eine Fünfzigerpackung Zigaretten waren auf dem Nachttisch abgestellt. Zeitschriften und Illustrierte lagen übereinander auf dem Boden verstreut, wo sie vom Bett aus hingeschleudert worden waren.

Mike durchsuchte systematisch den Raum nach einem Foto – dem Foto von einem kleinen Jungen mit Zahnklammer und metallgefaßter Brille. Er ging gerade zu dem Schreibtisch, als die Haustür unten zuschlug. Unmittelbar darauf hörte er Freeman über den Steinboden der Diele laufen.

Ein Kodak-Falträhmchen ragte aus dem Papierhaufen hervor. Mike griff danach und zog eine Aufnahme heraus. Es war ein Schnappschuß von drei Leuten, die auf der Treppe vor ›Longacre‹ saßen. Der Mann war Freeman, die Frau war Ruby Stevenson. Der Junge zwischen den beiden hatte seinen Kopf gerade abgewendet, als die Aufnahme gemacht wurde, seine Gesichtszüge waren undeutlich.

Freeman lief schnell. Er war bereits auf den Stufen, die zum ersten Treppenabsatz führten. Wenn er jetzt in den Vorraum ginge, überlegte Mike, würde Freeman ihn von dort aus sehen können. Schnell steckte er das Rähmchen in die Tasche und sah sich nach einem Versteck um. Ein Einbauschrank nahm die ganze Längswand des Raumes ein. Die Schiebetür war nur etwas zur Seite gerollt. Mike durchquerte den Raum auf Zehenspitzen und schlüpfte hinein. Die Türe hinter sich zu schließen, wagte er nicht, weil er befürchtete, daß die Rollen, auf denen sie lief, seine Anwesenheit verraten könnten. Das beste,was er tun konnte, war, einen Morgenmantel vor sich zu ziehen und zu hoffen, daß seine Beine so weit im Lichtschatten standen, daß man sie nicht sah.

Freeman betrat den Raum im Laufschritt. Er ging sofort zu einer schweren Kommode, nahm einen Schlüssel von seiner Uhrkette und öffnete eine Schublade. Mike sah, wie er einen automatischen Revolver herausnahm, ein Magazin einlegte und die Waffe in seine Jackentasche gleiten ließ. Danach zog er die untere Schublade heraus und begann, Hemden, Socken und Unterwäsche daraus hervorzugraben und auf dem Bett zu stapeln.

Das nächste, was er brauchen würde, waren Anzüge, und das bedeutete, daß er zum Kleiderschrank gehen mußte. Freeman drehte sich um. Mikes Muskeln spannten sich. Aber mit einem ungeduldigen Blick zum Wäschehaufen schien Freeman seine Absicht schon wieder geändert zu haben. Er lief zur Tür hinaus.

Das war Mikes letzte Chance, sich aus der Sackgasse zu retten, in die er sich selbst gebracht hatte. Er folgte Freeman fast auf den Fersen, als der Hausherr ins Obergeschoß hinaufjagte. Wenn Freeman sich umgedreht hätte, als er, immer zwei Stufen auf einmal nehmend, die Treppe zum Boden hinauflief, hätte er sehen können, wie Mike die Tür zum früheren Ankleidezimmer öffnete.

Irgendwo im oberen Stockwerk hörte Mike, wie sich ein Schlüssel im Schloß drehte. Mike schlüpfte in den Ankleideraum, behielt aber den Türgriff so in der Hand, daß er sich notfalls geräuschlos wieder daraus entfernen konnte. Als er eine Minute später Freemans Schritte auf dem Teppich entlangkommen hörte, öffnete er die Tür ein klein wenig. Vom Schlafzimmer kam das Geräusch der rollenden Schranktür.

Unter dem Schutz dieses Geräusches schlich er aus dem Ankleidezimmer auf den Treppenabsatz hinaus.

Es bestand kein Zweifel, daß Freeman sich nicht allein im Haus befand. Mikes einzige Hoffnung waren die Räume am anderen Ende des Zwischenstockwerkes. Sie waren alle offen. Er drehte drei Türgriffe nacheinander und sah in drei verlassene Zimmer, deren Möbel Schonbezüge trugen. Im letzten Zimmer ließen geisterhafte leintuchumhüllte Umrisse sein Herz stocken. Es konnte eine Schneiderpuppe sein, die da stand. Er hielt inne. Plötzlich vernahm er ein dumpfes Rollen. Es wurde lauter, schien direkt über seinem Kopf zu sein und entfernte sich wieder. Für seine überreizten Nerven hörte es sich an, als ob sich ein interkontinentales Raketengeschoß dröhnend auf den Weg machte, um irgendwo eine mit Leben erfüllte Hauptstadt zu vernichten.

Sein Nackenhaar sträubte sich wie Gras im Mitternachtswind. Das Rollen kam wieder auf ihn zu, ein anderes Projektil schien über seinen Kopf hinwegzugehen. In der Stille des fast geisterhaften Hauses war dieses mächtige Vibrieren etwas, was Vorsicht zu gebieten schien.

Er ging aus der Zimmerflucht hinaus und starrte auf die Treppe. Oben stand eine Tür offen, der Schlüssel steckte im Schloß. Dort hatte Freeman anscheinend seine Koffer herausgeholt. Mike erinnerte sich, daß er das Dachfenster von außen gesehen hatte. Mike schlich vorsichtig die Stufen hinauf, ohne den Blick von dem Flur zu wenden, der zu Freemans Schlafzimmer führte. Der obere Treppenabsatz war durch ein Geländer geschützt. Als Mike sich hinüberbeugte, konnte er unten die fliesenbelegte Diele sehen. Er ging durch die Tür und befand sich vor zwei weiteren Türen. Hinter der, die offenstand, lag ein dunkler Bodenraum. Die andere war geschlossen, heraus drang das ununterbrochen auf- und abschwellende Geräusch, das er schon von unten gehört hatte.

Er faßte nach dem Türgriff, drehte ihn leise und drückte die

Tür auf. Sie öffnete sich einen Fuß breit. Das metallische Rollen nahm zu. Mike sah in ein großes Zimmer mit schrägen Mansardenwänden. Die hintere Ecke war als Schlafzimmer eingerichtet mit Bett, Kommode, Tisch und Sesseln. Die andere Hälfte des Raumes war ein Kinderspielzimmer. Der Boden war bedeckt mit buntem, mechanischem Spielzeug. Von der Decke hing eine elektrische Birne ohne Schirm. Das Mittelstück dieses Raumes war eine naturgetreue Modelleisenbahnanlage.

Davor kniete ein etwa neunjähriger kleiner Junge, in grauem Pullover und grauen Hosen. Seine Hand lag auf dem Trafo-Schalter, um die Umlaufgeschwindigkeit der Spielzeugbahn zu regeln. Der Junge betrachtete mit entzückter Aufmerksamkeit, wie der Zug fröhlich seine Runden drehte. Dann stoppte er die Bahn und langte hinter sich, um dem Zug noch einen weiteren Wagen anzuhängen. Mike sah eine Kinderbrille mit Metallrand und das ernsthafte kleine Gesicht des Jungen mit dem Drachen.

»Biff, ich habe dir doch gesagt, du sollst die Tür zumachen!« rief Freeman vom Fuß der Treppe. Mike drehte sich schleunigst zurück und verschwand wie ein Schatten im dunklen Bodenraum. Er hörte, wie Biff sich hochrappelte und den Raum durchquerte. Vater und Sohn trafen sich auf dem Gang. »Ich hab' sie gar nicht aufgemacht, Vater, ehrlich!«

»Lüg mich nicht an«, sagte Freeman barsch. »Du kannst mir nicht weismachen, daß sie von selbst aufgegangen ist.«

»Doch, das muß sie aber, bestimmt, ich habe sie überhaupt nicht angefaßt.«

Durch den Türspalt konnte Mike das Gesicht des Kleinen sehen, halb furchtsam, halb beteuernd.

»Diesmal soll's dir noch hingehen. Wir haben keine Zeit, darüber zu streiten. Pack deinen Schlafanzug und dein Waschzeug ein. Wir fahren weg.«

»Oh, gut!« Biff strahlte. »Ich hab's sowieso satt, hier oben eingesperrt zu sein. Wohin fahren wir?«

»Frag nicht lange, tu, was ich dir gesagt habe!«

Biff schoß durch den Raum, mit flinken Füßen über sein Spielzeug springend. Freeman folgte ihm, wobei er behutsam über die Schienen der elektrischen Eisenbahn hinwegstieg. Biff zog einen Koffer unter dem Bett hervor und begann Schlafanzug, Kamm und Bürste hineinzuwerfen.

»Kann ich auch ein paar Spielsachen mitnehmen?«

»Du kannst, wenn du schnell machst. Wir werden ziemlich lange Zeit weg sein.«

»Ich würde mich darauf nicht verlassen«, sagte Mike von der Tür her.

Freeman fuhr herum. Der Junge stand wie versteinert da. Dann rief er aufgeregt: »Das ist er, Vater, das ist der Mann, von dem ich dir erzählt habe. Er hat mir geholfen, meinen Drachen wiederzukriegen!«

Biff sah Mike mit leuchtenden Augen an.

Freemans Ausdruck war weniger herzlich.

»Nimm den Koffer und geh hinunter, Biff. Ich werde nur noch mit diesem Herrn abrechnen.«

Biff ließ das Kofferschloß schnappen. Sein Blick wanderte von einem zum anderen, bevor er durch das Zimmer trippelte. Mike lächelte ihm freundlich zu und ging einen Schritt zur Seite, um ihn vorbeizulassen, dann betrat er das Kinderzimmer.

»Sie haben einen höllischen Fehler gemacht, mein Freund, indem Sie hierherkamen.« Freemans Stimme klang gleichgültig, fast freundlich. Aber seine Hand war schon an der Jackentasche, aus welcher der Revolver herausragte.

»Find' ich eigentlich nicht«, parierte Mike, »ich wußte, daß Sie versuchen würden, sich aus dem Staub zu machen, sobald die Polizei gegangen war.«

»Kluge Überlegung, wirklich. Aber Sie sind nicht eingeladen, an der Party teilzunehmen.«

Der Revolver war nun in Freemans Hand. Der Routine nach zu urteilen, mit der er ihn gefaßt hatte, war zu vermuten, daß er ihn auch zu gebrauchen wußte. Mike sah den Finger am Abzug und senkte langsam die Augen. Dabei stellte er fest, daß Freeman genau im Oval der Eisenbahnschienen stand.

»Wenn Sie gern am Leben bleiben wollen, Hilton, legen Sie sich über das Bett und halten Sie die Hände auf den Rücken. Ich könnte Sie abknallen, aber ich ziehe es vor, Sie hier zu lassen, wo man Sie in ein paar Tagen finden wird.«

Mike hatte nicht die Absicht, sich freiwillig in eine Lage zu begeben, in der er ohne Aufhebens in den Hinterkopf geschossen werden konnte.

»Das werden Sie ebensowenig tun«, sagte er in dem Versuch, Zeit zu gewinnen. »Sie übersehen anscheinend, daß Sie es waren, der den großen Fehler machte. Selbst wenn Sie mich erschießen würden – Sie kämen aus dem Haus nicht mehr heraus. Es ist von der Polizei umstellt.«

»Hören Sie schon auf! Mich können Sie doch nicht bluffen. Wenn wirklich etwas gegen mich vorliegen würde, hätten sie mich ja gleich mitnehmen können, oder zumindest wären sie mit einem Haftbefehl angerückt.«

Ein leichter Zweifel in Freemans Augen zeigte jedoch, daß er in Gedanken schnell überprüfte, ob er vielleicht nicht doch einen kleinen Fehler gemacht haben könnte. Mike maß mit den Augen die Entfernung zwischen seinen eigenen Fußspitzen und der Schienenkurve.

Er sprach eindringlich: »Della Morris wurde am 12. August erstochen. Ihr Name wurde in ihrem Notizbuch gefunden. Selby Brooks wurde erwürgt – am 22. August. In ihrem Notizbuch stand gleichfalls Ihr Name. Heute nachmittag wurde Ruby Stevenson erschlagen aufgefunden. Ihr Name war ...«

Er beendete den Satz nicht. Draußen vor der Tür, wo Biff von den beiden Männern unbeachtet gestanden und gelauscht hatte, kam ein Keuchen und ein qualvoller Schrei – protestierend, ungläubig!

Nur den Bruchteil einer Sekunde ließ Freeman seine Aufmerksamkeit durch den schluchzenden Aufschrei des Jungen ablenken. Mike begriff, daß das, was er wußte, seine einzige Chance sein konnte. Er bückte sich wie der Blitz, griff nach den Metallgleisen und zog sie mit aller Kraft zu sich heran. Die Schienen trafen Freemans Fußknöchel von hinten. Er schwankte und versuchte, sich im Gleichgewicht zu halten. Dabei löste sich ein Schuß; das Geschoß sauste über Mikes hinabgebeugten Kopf hinweg und schlug in die Wand hinter ihm ein. Bei dem Versuch, einen Schritt vorwärts zu machen, geriet Freeman mit dem Fuß in einen der kleinen Güterwagen, kam ins Schleudern und fiel zu Boden. Der Revolver flog ihm aus der Hand, rutschte über den Fußboden und blieb vor der Türschwelle liegen.

Eingerahmt von der offenen Tür stand Biff und sah entsetzt auf den Revolver zu seinen Füßen.

Freeman hatte sich bereits wieder aufgerichtet und griff nach der Waffe, aber Mike warf sich im Schnellangriff auf ihn und hielt ihn zurück, bevor er noch den Revolver halbwegs erreichen konnte. Die beiden Männer schlugen aufeinander ein – eine geballte Masse wütender Fäuste und Füße. Der Schmerz aus dem verletzten Handgelenk fuhr wie eine Stichflamme in Mikes Arm. Unwillkürlich wich Mike zurück und lockerte seinen Griff. Freeman überrollte ihn und bemühte sich, ihn auf den Boden zu drücken und seine Kehle zu umklammern. Mike stieß ihm den rechten Fuß in den Magen und schleuderte Freeman quer durch den Raum. Dann raffte er sich auf und versuchte, die Tür zu erreichen, um sie von außen zuwerfen zu können. Er war nicht schnell genug. Das Gewicht des anderen krachte gegen ihn. Ineinander verkrallt, rollten die beiden Männer auf den Boden.

Mit weit aufgerissenen Augen hatte Biff sich an die Wand gelehnt. Der Revolver, von einem ausgerutschten Fuß weggestoßen, war bis an den Rand des Treppengeländers geschleudert worden.

Freeman war nach Größe und Gewicht Mike gegenüber im Vorteil. Seine Brille hatte er während der Schlägerei verloren, aber er schien auch ohne sie auszukommen. Das verletzte Handgelenk war für Mike eine arge Behinderung. Als Freeman nach seinem Arm griff, konnte Mike einen Schmerzensschrei nicht unterdrücken. Plötzlich gelang es dem Größeren, Mike ein Bein zu stellen und ihn krachend zu Boden schlagen zu lassen. Mikes Schädel schien zu bersten. Aller Atem war aus ihm herausgeprügelt.

Triumphierend spreizte Freeman die Beine über Mikes hingestreckten Körper und sah sich nach Biff um.

»Los, gib mir das Schießeisen 'rüber!«

Biff stand regungslos da und starrte auf ein Gesicht, das ihm zwar bekannt war, das er aber so noch nie gesehen hatte. Die Maske, die Freeman täglich seiner Umgebung präsentierte, war abgeglitten. Seine Gesichtszüge waren verzerrt, unter dem zwanghaften Trieb zu morden. Die flackernden Augen waren die eines Bluthundes, den man auf eine Fährte angesetzt hat. Wie hypnotisiert wandte Biff sich zum Geländer und hob mit mechanischem Gehorsam den Revolver auf. Dann blieb er zögernd stehen. Ein Ausdruck qualvoller Unsicherheit zuckte in dem kleinen Gesicht.

»Komm schon, gib ihn her – oder bei Gott, ich werde dir –«

Mit einer plötzlichen Geste offener Revolte wandte sich Biff um und ließ den Revolver über das Geländer hinunterfallen. Man hörte das Aufschlagen von Metall auf Holz und schließlich den klirrenden Aufprall auf dem Fliesenboden der Diele.

Fluchend griff Freeman in Mikes Haar und begann brutal seinen Kopf auf den Fußboden zu schlagen.

Ruth hatte am unteren Ende der Auffahrt gewartet und auch gesehen, daß der Polizeiwagen das Gelände verließ und die Straße in Richtung Wendover davonfuhr. Craddock raste wie der Teufel, und das Motorengeräusch entfernte sich schnell. Danach schien die wieder eingetretene Stille noch intensiver als zuvor.

Ruth wünschte, der Autofriedhof wäre weniger nah gewesen. Die Schatten der schrecklich zugerichteten Autowracks schienen sich zusammenzukrampfen. Einmal drang ein scharfer Ton zu ihr herüber; es schien ihr, als ob ein zerbrochener Gong angeschlagen hätte. Vielleicht – so versuchte sie sich selbst zu beruhigen – war es nur eine Metalleiste gewesen, die sich nach der Wärme des Tages zusammengezogen hatte.

Ruth knipste das Innenlicht an und sah auf ihre Uhr. Es waren erst siebzehn Minuten vergangen, seitdem Mike das Haus betreten hatte.

Der Schuß war brutal deutlich und nicht mißzuverstehen. Ein Feuergefecht wäre weniger unheilvoll, weniger endgültig gewesen, als diese einzige Detonation und die absolute Stille danach. Soviel sie wußte, besaß Mike überhaupt keine Waffe. Der Schuß mußte von seinem Gegner abgefeuert worden sein. Und da kein zweiter Schuß folgte, war es klar, daß die Kugel ihr Ziel gefunden hatte. Ruth war überzeugt davon, daß Mike ermordet worden war und nun tot in dem Haus am Ende der Auffahrt lag. Wenn das tatsächlich so war, hatte es für sie keinen Sinn weiterzuleben.

Ruth war ein merkwürdig ausgeprägter Charakter. Nach außen hin schien sie so ruhig, daß manche Leute sie sogar für ein wenig abgestumpft hielten; doch in ihrem innersten Wesen war sie so hartnäckig, daß sie zur unversöhnlichen Widersacherin werden konnte. Das hatte sie an dem Tag, an dem sie Mike verließ, zum Bahnhof gebracht, und nun führte es ihre Hand an das Zündschloß des Mercedes. Sie zitterte – aber nicht vor Angst.

Sie startete und fuhr den Mercedes zur Auffahrt, in Richtung des Hauses. Durch die Bäume konnte sie die Vorderfront klar erkennen. Eine Bogenlampe flammte auf, die den Wagenhalbkreis erleuchtete. Ruth sah, wie die Tür zurückschlug und eine Gestalt die Stufen hinunterrannte.

Es war nicht Mike.

Sie hörte das Geräusch eines Starters und das Aufheulen eines Motors. Scheinwerfer blendeten auf. Die Lichter glitten über die Hausfront und wandten sich der Auffahrt zu.

Ruth kuppelte den ersten Gang ein und trat aufs Gaspedal. Alles, was sie denken konnte, war, daß Mikes Mörder zu entkommen versuchte. Die Lichter vor ihr standen jetzt genau frontal in ihrem Weg. Sie schaltete den zweiten Gang ein, ließ die eigenen Scheinwerfer aufleuchten und beschleunigte die Geschwindigkeit.

Halbwüchsige in Kalifornien spielten dieses Spiel nur um des Spektakels willen, hatte sie mal gelesen. Es war eine Art russisches Roulett. Dazu brauchte man eine einsame Landstraße, startete eine Meile voneinander entfernt und fuhr mit voller Geschwindigkeit aufeinander los. Es war reine Nervensache – derjenige, der zuerst auswich, hatte verloren.

Als die beiden Wagen mit einer gemeinsamen Geschwindigkeit von etwa 80 Meilen aufeinander zuschossen, hatte Freeman die Hand auf der Hupe. Er war es gewöhnt, jedermann damit aus dem Weg zu scheuchen. Ruth sah die Scheinwerfer auf sich zukommen wie die Augen eines Monstrums. Sie schluchzte, aber ihr Fuß blieb auf dem Gaspedal. Erst Jill, und nun Mike. In einer Welt ohne sie beide ...

In letzter Sekunde schloß sie die Augen, den Zusammenstoß erwartend, die Vernichtung, die Auflösung.

Das Krachen kam. Aber es war neben ihr. Außerhalb des Mercedes irgendwo auf der rechten Seite.

Sie öffnete die Augen, der Weg vor ihr war frei. Sie mußte scharf bremsen, um nicht in die Treppen vor der Haustür zu rasen.

Sie zitterte am ganzen Körper wie von Fieber geschüttelt; trotzdem brachte sie es auf irgendeine Weise fertig, sich aus dem Führersitz herauszuzwängen. Ein unnatürlich orangefarbenes Licht flackerte über die Hausfront. Die Fensterscheiben reflektierten es wie einen strahlenden Sonnenuntergang. Als Ruth sich umdrehte, sah sie die Ursache.

Eine der Koniferen längs der Auffahrt war zur Feuerfontäne geworden. Das Freudenfeuer an ihrer Wurzel sandte tanzende Feuerbälle in die Aste, die in fauchenden, krachenden Flammen barsten. Ruth wandte sich ab, ihre Augen vor diesem Anblick schützend. Ihr Gefühl für Gleichgewicht, Zeit und Raum schien sie verlassen zu haben. Sie schwankte und wäre zu Boden gefallen, wenn nicht zwei kräftige Arme sie aufgefangen hätten.

»Oh, Ruth, Ruth«, sagte Mike. »Dem Himmel sei Dank.«

»Oh, wir wußten genau, daß er unser Mann war«, sagte O'Day. »Das wußte ich bereits, als ich die Zigarettenstummel im Aschenbecher auf dem Kaminsims entdeckte. Die Zigaretten waren von der gleichen Marke, die Ruby Stevenson rauchte, und dazu noch mit Lippenstift verschmiert.«

»Verflixt, warum haben Sie ihn dann nicht verhaftet? Das hätte mir eine Menge Arbeit erspart.«

Die Flammen waren fast niedergebrannt. Die Feuerwehrleute von Aylesbury waren in Asbestanzügen angerückt, sie standen und warteten, bis sie an das ausgebrannte Autowrack herankonnten, um zu sehen, was von Barry Freeman übriggeblieben war. O'Day und Craddock waren von Wendover innerhalb von ein paar Minuten mit Verstärkung zurückgekommen.

»Wir hatten nicht genügend Beweise.« O'Day sprach vom Vordersitz des Polizeiwagens und wandte sich nach Ruth und Mike um, die beide auf dem Rücksitz saßen und jeder einen Schluck Brandy aus Craddocks Flasche tranken.

»Ich hätte auch kaum angenommen, daß Sie mit den gesetzlichen Bestimmungen genügend vertraut wären, aber so, wie die Dinge sich jetzt entwickelt haben, waren Sie es, die uns eine Menge Ärger ersparten – Sie und die gnädige Frau.«

Mike drückte Ruths Arm. Ihr Zittern hatte allmählich nachgelassen, aber sie sprach kaum ein Wort. Das einzige, worauf sie bestanden hatte, war, ganz dicht bei Mike zu bleiben.

»Wenn Sie uns nicht mehr brauchen, würden wir jetzt gern fahren.«

»Ich denke, wir können sagen, daß dieser Fall abgeschlossen ist, Sir. Vielleicht brauche ich noch eine Aussage von Ihnen, aber das hat Zeit.«

Mike hatte schon die Hand an der Wagentür, um sie zu öffnen, als Craddock den Chefinspektor am Arm faßte und hinauszeigte.

»Wer ist das?«

Ein schmaler Schatten flatterte den Weg hinauf auf sie zu. Im Schein der noch brennenden Koniferen hoben sich die Umrisse der kleinen Gestalt deutlich ab. Das orangefarbene Leuchten der Flammen wurde reflektiert von ein paar Brillengläsern.

»Das ist Biff«, murmelte Mike. »Der Himmel möge mir verzeihen – ich hatte ihn ganz vergessen.«

»Oh, das arme Kerlchen.« Ruth war schon halb aus dem Wagen, sie lief auf die einsame kleine Gestalt zu. Beschämt folgte Mike seiner Frau.

Die beiden Kriminalbeamten saßen im Jaguar und beobachteten, was weiter geschehen würde.

»Ich nehme an, Freeman war der Vater. Gut, aber wer war die Mutter?«

»Vielleicht werden wir das nie herausfinden, aber auf Grund des Fotos, das Hilton drinnen fand, scheint es noch am ehesten Ruby Stevenson gewesen zu sein.«

»Seltsame Art, ein Kind großzuziehen. Ich möchte wissen, was nun aus ihm wird.«

»Lassen Sie uns mal abwarten. Würden Sie übrigens gerne eine kleine Wette mit mir abschließen?« fragte Craddock.

Ruth hatte den Jungen erreicht. Sie kauerte sich neben ihn, so daß ihre Augen auf gleicher Höhe mit den seinen waren. Sein Gesicht und sein kleiner Körper waren steif vor Entsetzen und Nichtverstehen.

Sie sahen, wie Ruth ein Taschentuch herauszog und ihm die Flecken von den Wangen rieb. Er stand und duldete ihre mütterliche Fürsorge. Als Mike herankam, sah der Kleine auf und betrachtete sein Gesicht eine ganze Weile. Dann schienen die drei etwas sehr Wichtiges miteinander zu besprechen. Der kleine Junge nahm Ruths Hand. Langsam gingen sie auf den Mercedes zu.

O'Day und Craddock wandten ihnen die Köpfe zu, als sie an ihnen vorbeigingen. Keiner der beiden sprach ein Wort. Sie waren ganz damit einverstanden, daß man sie vollkommen vergessen hatte. Sie sahen, wie Mike die Tür zum Fahrersitz öffnete. Biff hatte die andere Tür aufgemacht und bereits die Lehne des Vordersitzes vorgekippt, damit er nach hinten klettern konnte, als eine Bewegung von Ruth ihn zurückhielt. Sie streckte die Arme nach ihm aus, und er kletterte bereitwillig auf ihren Schoß. Die Tür schlug zu, Mike startete. Langsam fuhr der Mercedes davon.

Die beiden Männer sahen, wie Ruth den Kleinen umarmte und seinen Kopf an ihre Schulter preßte, damit er das rauchende Wrack nicht sehen konnte, als sie daran vorbeifuhren.

Craddock wandte sich O'Day zu und lächelte. »Und jetzt – glaube ich – schulden Sie mir wohl einen Nickel!«